AF647359

पुस्तक की प्रशंसा में

'हिन्दोल सेनगुप्ता की यह पुस्तक अपने विशाल फलक के साथ, वेदान्त के रहस्यवादी दर्शनों की तुलना क्वांटम भौतिकी तक से करती हुई, हमें वाराणसी के मन्दिरों से लेकर सर्न के नटराज तक ले जाती है। विस्तृत, समृद्ध और स्फूर्तिप्रद।'

—अमीष त्रिपाठी

'हिन्दोल सेनगुप्ता की मौजूदा पुस्तक एक साहसिक और नवीन परिप्रेक्ष्य उपलब्ध कराती है, जो एक विशाल फलक के भीतर प्राचीन और आधुनिक, सांस्कृतिक और दार्शनिक हिन्दुत्व को जोड़ती है। और ऐसा करते हुए वह एक अत्यन्त निजी आख्यान का सहारा लेती है जो आकर्षक भी है और विचारोत्तेजक भी। उनकी पुस्तक हमें शिक्षा देती है कि हिन्दुत्व कोई अस्पष्ट चीज़ नहीं, बल्कि वैयक्तिक और सामूहिक विकास के लिए रूपान्तरकारी शिक्षाओं से युक्त एक आध्यात्मिक विज्ञान, कला और दर्शन है। इस पुस्तक में प्रज्ञा के ऐसे अनेक रत्न समाहित हैं जो दुनिया में शान्ति और सामंजस्य ला सकते हैं।'

—*इंडिया टुडे*

'ये जाने-पहचाने क़िस्से हैं... अलावा सेनगुप्ता के सहज और अत्यन्त पठनीय गद्य के जो *हिन्दू होने का अर्थ* को उस तरह की दिलचस्प रूप से विचारोत्तेजक पुस्तक बनाती है। जिसे हम एक प्राचीन धर्म पर लिखी गई पुस्तक की बजाय आसानी से किसी जासूसी कहानी या हत्या-रहस्य-कथा से जोड़ सकते हैं। हिन्दू होने के अर्थ का दूसरा बड़ा यूएसपी इसका निपट समकालीन चरित्र है। पुस्तक के माध्यम से सेनगुप्ता हिन्दू दर्शन और चिन्तन की जटिलताओं से जूझते हैं और इसके लिए वे रोज़मर्रा जीवन की दुविधाओं, संकटों और राजनीतियों के प्रिज़्म का इस्तेमाल करते हैं।'

—*पायनियर*

'यह पुस्तक समकालीन हिन्दू की चुनौतियों को एक ऐसी दुनिया में स्पष्ट करती है, जो सुदृढ़ सेक्युलर आधुनिकता और उभरते हुए धार्मिक जोश के बीच दुविधा में फँसी हुई है। लेखक इस कृति को हिन्दू होने के अर्थ को समझने की अपनी निजी यात्रा के नतीजे के रूप में देखता है। समकालीन सन्दर्भ में हिन्दुत्व को समझना चाहने वालों के लिए एक बड़े योगदान के रूप में यह एक अपरिहार्य पुस्तक है।'

—एस. गुरुमूर्ति
लेखक और हिन्दुत्व तथा अर्थशास्त्र के शिक्षक

'तत्कालीन कलकत्ता के असेम्बली ऑफ़ गॉड चर्च स्कूल के एक जिज्ञासु छात्र से लेकर हिन्दुत्व की भूमिका तक एक लम्बी यात्रा है। उनका तर्क है कि इस्लाम और ईसाइयत के बीच का टकराव और एशिया का उदय एक अर्थ में आपस में जुड़े हुए हैं और आपसी संघर्षों से भरी हुई इस दुनिया में हिन्दू धर्म लोगों को बहुलतावाद को अंगीकार करने के लिए प्रेरित करने करने की महत्त्वपूर्ण भूमिका निभा सकता है। *फ़ॉर्च्यून इंडिया* के अनौपचारिक सम्पादक द्वारा एक नए क्षेत्र में किया गया दिलचस्प काम'

— डॉ. आर. वैद्यनाथन

प्रोफ़ेसर ऑफ़ फ़ायनेंस, आईआईएम बेंगलुरु

'हिन्दू धर्म क्या है और हिन्दू होने का क्या अर्थ है, इस पर हिन्दोल सेनगुप्ता का विमर्श विचारोत्तेजक है। इस बहुस्तरीय, विस्मयकारी ढंग से जटिल आस्था-पद्धति को जो अन्ततः हमारे वास्तविक आत्म का अन्वेषण है, यह पुस्तक एक वैश्विक आयाम देती है। साथ ही, यह उन चुनौतियों को सामने रखने से भी परहेज़ नहीं करती जो आधुनिकता इस प्राचीन संस्कृति के समक्ष उछालती रही है।'

— माइकल डेनिनो

भारतविद्, प्रोफ़ेसर, आईआईटी, गाँधीनगर

हिन्दू होने का अर्थ

हिन्दोल सेनगुप्ता ने छह पुस्तकें लिखी हैं जिनमें *रिकास्टिंग इंडिया : हाउ एन्टरप्रेनुअरशिप इज़ रिवोल्यूशनाइज़िंग द वर्ल्ड्स लार्जेस्ट डेमोक्रेसी* (पैल्ग्रेव मैकमिलन, 2014) शामिल है, जो एकमात्र ऐसी भारतीय पुस्तक है, जो अर्थशास्त्र में मौलिक लेखन के लिए मैनहटन इन्स्टीट्यूट द्वारा दिए जाने वाले हायेक प्राइज़ की सूची में शामिल हुई थी। हिन्दोल *फ़ॉर्च्यून इंडिया* के अनौपचारिक सम्पादक (एडिटर-एट-लार्ज) भी हैं और मुनाफ़ा न कमाने वाले संगठन वायपोल ट्रस्ट के संस्थापक हैं, जिसने हिन्दुस्तान के पहले स्त्री सुरक्षा मोबाइल ऐप तैयार करने और दिल्ली में जेंडर मैपिंग का काम किया है। उन्हें इंटरनेशनल एसोसिएशन फ़ॉर द हिस्ट्री ऑफ़ रिलीज़न की XXI वर्ल्ड कॉंग्रेस में हिन्दुत्व और प्रौद्योगिकी पर अपना शोध प्रस्तुत करने के लिए आमंत्रित किया गया था। वे स्वीडन की लुंड यूनिवर्सिटी में विकसित साउथ एशिया मीडिया प्रोजेक्ट के सह-संस्थापक और ऑस्ट्रेलिया-इंडिया यूथ डायलॉग के भूतपूर्व छात्र हैं। हिन्दोल TED वक्ता भी हैं। वे हिन्दुस्तान के पहले स्त्री सुरक्षा मोबाइल ऐप के अपने आकल्पन के लिए आइडियामेन्श के उन 33 उद्यमियों की 2012 की सूची का हिस्सा थे जो दुनिया को एक बेहतर रहने लायक़ जगह बना रहे हैं।

हिन्दू

होने का अर्थ

प्राचीन आस्था, नई दुनिया और आप

हिन्दोल सेनगुप्ता

अनुवाद : मदन सोनी

MANJUL

मंजुल पब्लिशिंग हाउस

MANJUL
मंजुल पब्लिशिंग हाउस
कॉरपोरेट एवं संपादकीय कार्यालय
• द्वितीय तल, उषा प्रीत कॉम्प्लेक्स, 42 मालवीय नगर, भोपाल-462 003
विक्रय एवं विपणन कार्यालय
• 7/ 32, अंसारी रोड, दरियागंज, नई दिल्ली-110 002
वेबसाइट : www.manjulindia.com
वितरण केन्द्र
अहमदाबाद, बेंगलुरू, भोपाल, कोलकाता, चेन्नई,
हैदराबाद, मुम्बई, नई दिल्ली, पुणे

हिन्दोल सेनगुप्ता द्वारा लिखित मूल अंग्रेजी पुस्तक
बीइंग हिन्दू : ओल्ड फ़ेथ, न्यू वर्ल्ड ऐंड यू का हिन्दी अनुवाद

मूल अंग्रेजी पुस्तक सर्वप्रथम पेंगुइन रैंडम हाउस इंडिया द्वारा 2015 में प्रकाशित

यह हिन्दी संस्करण 2018 में पहली बार प्रकाशित

ISBN 978-93-88241-40-3

हिन्दी अनुवाद : मदन सोनी

मुद्रण व जिल्दसाज़ी : थॉमसन प्रेस (इंडिया) लिमिटेड

अपने माता-पिता को,
जिन्होंने रामकृष्ण परमहंस और विवेकानन्द के प्रति मेरी आँखें खोलीं
और इशिरा को
प्रश्नों और अनेक पुस्तकों के लिए

'क्या मूर्खतापूर्ण बात है रामकृष्ण के चमत्कारों के बारे में... (मानो) शराब को... गुप्त की औषधि में बदल देने के अलावा श्री रामकृष्ण को इस दुनिया में करने के लिए और कुछ भी नहीं था!'

— 1894 में स्वामी विवेकानन्द द्वारा उनके आध्यात्मिक गुरु श्री रामकृष्ण परमहंस की मृत्यु के बाद उनके जीवन को चमत्कारों से भरे जीवन के रूप में चित्रित करने की बहुत से लेखकों द्वारा की जा रही कोशिश पर उठाई गई आपत्ति।

'अपने समूचे बाहरी रूप में हमारा जीवन एक शाश्वत अन्धकार और दूसरे शाश्वत अन्धकार के बीच रोशनी की एक कौंध की तरह है।'

—ऐलन डब्ल्यू. वॉट्स, द *विज़्डम ऑफ़ इन्सिक्योरिटी*

अनुक्रम

प्रस्तावना

पापी और आस्तिक

जब मैं कलकत्ता में स्कूल में था, तो तीन बरस से लेकर अठारह बरस की उम्र में स्कूल छोड़ने के साल तक मैं हर सुबह चैपल सर्विस में भाग लिया करता था। इस मामले में कोई विकल्प नहीं था। मैंने असेम्बली ऑफ़ गॉड चर्च स्कूल में पढ़ाई की थी। यह उस तरह का स्कूल था और अभी भी है, जिसे आप इवेंजेलिकल अमेरिकन प्रोटेस्टेंट स्कूल कहेंगे।

एक ऐसे शहर में जिसमें बेशक़ीमती ऑंग्ल-ईसाई स्कूल थे, जिनमें से ज़्यादातर कैथोलिक थे और जो अँग्रेज़ी राज के ज़माने से चले आ रहे थे, मेरा यह स्कूल महज़ कुछ दशक पुराना था। लेकिन अपने इतिहास की इस कमी को इसने दो तरह से पूरा करने की कोशिश की थी : अमेरिका और कनाडा से मिलने वाला डॉलरों का दान जिसकी मदद से इसने कलकत्ता के दूसरे स्कूलों के मुक़ाबले कुछ उत्कृष्ट क़िस्म की सुविधाएँ खड़ी की थीं (समृद्ध प्रयोगशालाएँ, बास्केटबॉल के ख़ूबसूरत कोर्ट्स और यहाँ तक कि इसका अपना अस्पताल भी था जो उस ज़माने में शहर का सबसे अच्छा अस्पताल हुआ करता था) और दूसरा यह कि यह धर्मान्तरण के अपने काम को संजीदगी से लेता था।

असेम्बली ऑफ़ गॉड चर्च स्कूल की स्थापना श्रद्धेय मार्क बंटेन और श्रीमती हुल्डा बंटेन ने की थी। जब तक मेरी उम्र इतनी होती कि मैं उनको याद रख सकता तब तक मार्क बंटेन की मृत्यु हो चुकी थी। लेकिन श्रीमती बंटेन की याद मुझे अभी भी स्पष्ट तौर पर है। उनसे मिलना उस चीज़ के साथ मेरी पहली मुठभेड़ थी जिसे मैंने बाद के समय में अमेरिकी लहज़े के रूप में जाना। जब मैंने उनको पहली बार देखा था, तब वे साठ से ऊपर की हो चुकी थीं। वे सुनहरे भूरे बालों वाली छोटे क़द की महिला थीं जो ज़रूरत से ज़्यादा बड़े आकार का ऐनक पहनती थीं और साटन की एकरंगी सादा पोशाकें पहना करती थीं। जो अक्सर तीखी बैंगनी, चमकीली नीली और कभी-कभी मूँगिया रंग की होती थीं।

श्रीमती बंटेन जब भी शहर में होती थीं तो चैपल सर्विस के दौरान हम लोगों को सम्बोधित करती थीं। जिस पल्पिट (चर्च में पुरोहित की आसन्दी) के पीछे खड़े होकर वे भाषण देती थीं। उसके मुक़ाबले वे अक्सर छोटी पड़ जाती थीं और वे हम लोगों की ओर चुनौतियाँ उछालने में अपनी आवाज़ का इस्तेमाल करती थीं, 'क्या हम सारे समय पाप में लिप्त रहते हैं? हममें से जिन लोगों ने पाप किया है, उनका क्या होगा? क्या हम नर्क की ओर बढ़ रहे हैं? हमने 'ईश्वर के प्रेम' और स्वर्ग का चुनाव क्यों नहीं किया।' स्कूल के उस गुफानुमा चैपल, जिसकी हर सीट के सामने गहरे जामुनी रंग की चमड़े की ज़िल्द वाली *'किंग जेम्स' बाइबल* रखी होती थी, की लकड़ी की अपनी सख़्त बेंच से श्रीमती बंटेन मुझे एक साथ दूर और घेरती हुई लगती थीं। वे उत्तर अमेरिकी टेलिविज़न उपदेशकों की तरह के उतार-चढ़ाव से युक्त स्वर में बोलती थीं। पल भर पहले वे ईश्वर की-सी प्रशान्ति के साथ फुसफुसा रही होतीं और अगले ही पल में वे सर्वशक्तिमान के नाद और प्रकोप को जगा रही होतीं। उनका कहना था कि ईश्वर ने उनके लिए चमत्कार किए थे। श्रीमती बंटेन और उनके पति बहुत थोड़े-से पैसे और साधनों के साथ कलकत्ता आए थे और तब भी वे अपने भीमकाय अभियान को पूरा कर सके थे। उनका कहना था कि जीसस क्राइस्ट हम सबके लिए चमत्कार करने के इच्छुक और तत्पर हैं, हममें से हर एक के लिए। हम श्रीमती बंटेन की बात पर विश्वास करते थे। कम से कम मेरे माता-पिता तो करते ही थे। आख़िरकार, अगर बंटेन दम्पति न होते तो मेरी अँग्रेज़ी माध्यम की स्कूली शिक्षा की क्या हैसियत होती? अगर यह अपेक्षाकृत नया अँग्रेज़ी माध्यम स्कूल न आया होता, जिसकी स्थापना बंटेन दम्पति ने की थी, तो मेरे पिता का न तो इतना रसूख़ था और न ही उनके पास इतना पैसा था कि वे मुझे कलकत्ता के पुराने उच्चवर्गीय कैथोलिक स्कूलों में दाख़िल करा पाते। मेरे माता-पिता को बाक़ी चीज़ों की परवाह नहीं थी। प्रोटेस्टेंट पेंटेकोस्टल की आक्रामक विश्वदृष्टि उनके लिए या मेरे लिए बहुत कम मायने रखती थी, सिवा इसके कि उसने मेरे लिए अँग्रेज़ी भाषा की शिक्षा का अत्यन्त अभीप्सित द्वार खोल दिया था। यह अँग्रेज़ी राज का पहला शहर कलकत्ता था, गोरे साहबों के हिन्दुस्तान छोड़ने के तीन दशक बाद 1980 के दशक में जब मैंने इस स्कूल में प्रवेश किया था, जब मैंने श्रीमती बंटेन को देखा था, तब भी यह वह शहर था जो अँग्रेज़ी भाषा को मूल्यवान मानता था। इसके अलावा, कलकत्ता यह भी समझ रहा था कि अँग्रेज़ी जब अमेरिकियों द्वारा बोली जाती है तो यह समृद्धि के एक निहायत ही अलग और बड़े बोध की ओर इशारा कर सकती है। श्रीमती बंटेन या हुल्डा और उनके पति, स्वर्गीय श्रद्धेय मार्क बंटेन, दरअसल संयुक्त राज्य अमेरिका के नहीं थे। वे कनाडा के थे। मार्क बंटेन के पिता विनीपेग के चर्च में पादरी रह चुके थे। बाद वे टोरंटो आकर कनाडा की असेम्बली ऑफ़ गॉड के जनरल सुपरिंटेंडेंट हो गए थे। हुल्डा के दादा वेंकोवर के चर्च में उपदेशक

रहे थे और उनके परदादा इंग्लैंड में प्रेस्बायटेरियन मिनिस्टर रहे थे। कलकत्ता आने के बहुत पहले से हुल्डा पूरब से परिचित रह चुकी थीं। उनके माता-पिता जापान में मिशनरी रह चुके थे और उनके दादा की मृत्यु के बाद उनके पिता उपदेशक की उनकी जगह लेने वेंकोवर वापस चले गए थे। 1954 में जब मार्क और हुल्डा महज़ तीस से कुछ ही ऊपर की उम्र में थे, दोनों ने वेंकोवर छोड़ दिया और वे न्यू यॉर्क आ गए। जहाँ से वे तीन जहाज़ों और एक नाव की मदद से तीन महीनों की यात्रा करते हुए अन्ततः कलकत्ता पहुँचे। उनको उनके चर्च के द्वारा एक साल के लिए भेजा गया था और वे अपने साथ नौ महीने की अपनी बेटी को भी लाए थे।

'जब हम इस शहर में उतरे, ग़रीबी..ओह, ग़रीबी,' हुल्डा बंटेन हमें बताया करती थीं। 'मैंने मार्क से कहा, "हम यहाँ क्या कर सकते हैं? हमारे पास कुछ भी नहीं है, हम लोग बहुत कम उम्र के हैं।" और वह मुझसे कहा करता था, "हम नहीं कर सकते, लेकिन ईश्वर कर सकता है।"

मदर टेरेसा की किंवदन्ती से हर कोई वाकिफ़ है, लेकिन अल्बानिया की इस सन्त नन के प्यारे दोस्त बंटेन दम्पति का क़िस्सा कम प्रसिद्ध है। बहुत कम लोगों को इस बात की जानकारी है कि 1997 में हुई मदर टेरेसा की मृत्यु के पहले तक उनका इलाज कर रहे कुछ महत्त्वपूर्ण डॉक्टर उस मल्टीस्पेशलिटी हॉस्पिटल के थे जिसकी स्थापना बंटेन दम्पतियों ने उस पार्क स्ट्रीट में की थी।

एक सड़क के बीचों-बीच जहाँ आज भी कलकत्ता के धनाढ़्य लोग खेलने आते हैं। जहाँ रातों-रात क्रिसमस और नए साल के जश्न मनाए जाते हैं। सर्वोत्कृष्ट इंग्लिश टी हाउस फ़्लरी'ज़ से ज़रा-सी दूरी पर, बंटेन ने शहर का सबसे आधुनिक चर्च स्थापित किया था।

जब 1950 में उन्होंने इस चर्च का निर्माण शुरू किया तो यह पहला नया चर्च था। जो इस शहर ने शायद एक सौ साल बाद देखा था। असेम्बली ऑफ़ गॉड चर्च स्कूल कलकत्ता शहर का एक सबसे बड़ा ऐसा स्कूल था, जहाँ लड़के-लड़कियाँ साथ-साथ पढ़ते थे। तब कलकत्ता के सर्वश्रेष्ठ स्कूल लैंगिक आधार पर दो संस्थाओं में विभाजित थे। लड़कों का ला माख़्तिनिएख़ और लड़कियों का ला माख़्तिनिएख़, सेंट ज़ेवियर्स ऐंड लोरेटो हाउस, सेंट जेम्स ऐंड प्राट मेमोरियल। कलकत्ता की प्रचण्ड ग़रीबी तक बंटेन दम्पति और मदर टेरेसा लगभग दो विपरीत सिरों से पहुँचे थे। टेरेसा निरी इच्छा शक्ति और संवेदना के रास्ते और बंटेन दम्पति लगभग उद्यमी ढंग व सार्वजनिक संस्थाओं के निर्माण के रास्ते से।

मदर टेरेसा की अपनी एक अन्तिम स्मृति का ज़िक्र करती हुई हुल्डा बंटेन बताया करती थीं कि किस तरह यह सन्त नन उनका हाथ थाम कर उनको समझाया करती थी, 'जब तुम ग़रीबों की मदद करती हो, तो तुम यह क्राइस्ट के लिए करती

हो और हर शब्द के लिए एक अँगुली प्रदर्शित करती हो और अन्त में वह एक मुट्ठी बन जाती है, तुम्हारे मिशन की मदद के लिए एक मज़बूत और सशक्त मुट्ठी।' जब मदर टेरेसा मृत्यु के क़रीब थीं और तब भी वे उनके छह मंज़िले धर्मार्थ अस्पताल में आने को तैयार नहीं थीं। तब श्रीमती बंटेन ने उस मकान में एक चिकित्सा-कक्ष बनवाने में मदद की जिसमें मदर टेरेसा रहती थीं। लम्बे अरसे तक मदर टेरेसा के चिकित्सक रहे डॉ. अल्फ्रेड वुडवर्ड बंटेन दम्पतियों द्वारा खड़े किए गए अस्पताल से ही थे।

स्कूल और अस्पताल स्थापित करने के बाद बंटेन दम्पतियों ने शहर के हज़ारों भिखारियों, बेघर लोगों और झुग्गियों में रहने वाले ग़रीबों को रोज़ाना मुफ़्त भोजन बाँटना शुरू कर दिया।

1989 में मार्क बंटेन की मृत्यु होने तक उन दोनों ने हिन्दुस्तान में असेम्बली ऑफ़ गॉड का एक पूरा नेटवर्क खड़ा कर दिया था। जिसके अन्तर्गत 100 से ज़्यादा स्कूल और 700 चर्च, प्रति दिन 25,000 लोगों को भोजन कराने के साथ-साथ हर साल बीस लाख से ज़्यादा लोगों के इलाज का इन्तज़ाम शामिल था। जिनमें से 800,000 लोगों का मुफ़्त इलाज किया जाता था।

मार्क बंटेन की मुझे कोई स्मृति नहीं है। जैसा कि मैंने कहा, मुझे उनकी पत्नी की ही याद है। उन्हीं ने मुझे एक अनूठे 'विदेशी' सम्पर्क के वे पहले अधिकार दिए जिनकी मैं शेखी बघार सकता था। उपनिवेशवाद की स्मृति में गर्क एक शहर में श्रीमती बंटेन महत्त्वाकांक्षा की अगली पीढ़ी थीं। वे अमेरिका से आई थीं। हम, जो मध्यवर्गीय देसी स्कूली बच्चे थे, उस समय अमेरिका और कनाडा के फ़र्क़ को नहीं समझते थे। वह सब हमारे लिए यूएस था। हम कभी विदेश नहीं गए थे। न ही हमारे माता-पिता गए थे।

1979 के आसपास जब मेरा जन्म हुआ था, कलकत्ता बदलने लगा था। राज की स्मृतियाँ समाप्त नहीं हुई थीं, वे किसी किताब के पन्नों के बीच दबी हुई पत्तियों की भाँति उसके नाज़ुक क्लबों में प्रकट थीं, जो अभी भी डिनर के लिए भद्र पुरुषोचित वेशभूषा पर ज़ोर देते थे, लेकिन सड़कों से कम्युनिस्ट क्रान्ति की गन्ध उठने लगी थी। शिक्षा दो भागों में बँट गई थी जिसमें एक वे पुराने अच्छी नस्ल के स्कूल थे जिनमें शहर के अभिजात्य वर्ग के बेटे-बेटियाँ जाया करते थे और दूसरे बाँग्ला माध्यम के वे स्कूल थे जिनमें बाक़ी बच्चे पढ़ते थे। पहला विकल्प मेरे लिए नहीं था और इसकी कोई सम्भावना नहीं थी कि दूसरे विकल्प से मेरे माता-पिता ख़ुश होते (बाँग्ला माध्यम की शिक्षा में उन दिनों कोई भविष्य नहीं दिखता था और आज भी उसमें ख़ासे कम अवसर हैं)।

अमेरिकाना ऑफ़ द असेम्बली ऑफ़ गॉड चर्च स्कूल (एजीसीएस) ने भेद की इस यथास्थिति को झटका दिया। जिस चीज़ को मैंने बाद के दिनों में अमेरिकी पैसे

की विध्वंसक शक्ति के रूप में जाना, उस चीज़ ने उन दिनों कलकत्ता के शैक्षणिक सोपानक्रम को तहस-नहस कर दिया था। एजीसीएस में हमारे पास सौ साल पुरानी स्कूली इमारतें तो नहीं थीं, लेकिन हमारे चैपल में बोस के स्पीकर और उत्कृष्ट क़िस्म के अमेरिकी कम्प्यूटर थे। सबसे बड़ा क्रिसमस पेड़ था और वहाँ हर वर्ष सबसे महँगा क्रिसमस कन्सर्ट आयोजित होता था। जब पहले कोला फ़ाउंटेन कलकत्ता आए, तो उनको हासिल करने वाला हमारा स्कूल पहला था। जिसने डींग हाँकने के मेरे अधिकारों में योगदान किया। जहाँ दूसरे उच्च कोटि के अँग्रेज़ीकृत स्कूल उपनिवेशवादी अकड़बाज़ी के मामले में प्रतिस्पर्धा किया करते थे। वहीं हमने इस खेल को गड़बड़ा दिया। हम लोग अमेरिकीकृत थे। मैं अपने स्कूल का शुक्रगुज़ार हूँ लेकिन सघन चैपल उपासनाएँ मेरे इस अनुभव का बहुत बड़ा हिस्सा थीं।

मास के दौरान हर दिन विभिन्न पादरी चेहरे पर संजीदगी का भाव लिए हुए आते और पोस्ट-इट नोट्स से भरी हुई मोटी *बाइबलें* थामे हुए हमारे सामने के बड़े-से मंच पर खड़े हो जाते। सामने के हिस्से में धातुई क्रॉस से युक्त लकड़ी के पुलपिट के पीछे दीवार से फ़र्श तक फैला हुआ लकड़ी का एक क्रॉस भी था जो मंच की पृष्ठभूमि रचता था। ये पादरी हमें *बाइबल* की कहानियाँ सुनाते थे और उनमें निहित नैतिक शिक्षाओं के बारे में बताते थे। शुरुआती तौर पर, मेरा ख़याल है हम इन कहानियों को उस कल्पित विश्व के एक विस्तार के रूप में देखते थे जिसके बारे में हम *महाभारत, रामायण* और बंगाली *ठाकुरमार झुली* (दादी-नानी की कहानियाँ) से पहले से ही परिचित थे। उन कहानियों में दैत्य और नायक होते थे, जिनके बीच तलवारें चला करती थीं। गोलियथ के सामने गोफन लिए नौजवान डेविड, सैम्सन का बाल, जो उसकी जादुई शक्ति का रहस्य था, ब्रेड और मछली की मात्रा को चमत्कारपूर्ण ढंग से बढ़ाते जीसस - ये सब कुछ जाना-पहचाना लगता था। जो चीज़ कई सालों तक हमारी समझ में नहीं आई, वह इन क़िस्सों में निहित गहरा सन्देश था। हम समझ नहीं पाते थे कि हमसे कुछ और कहा जा रहा होता था। कोई ऐसी चीज़ जिसके चलते ये जादुई क़िस्से जादुई क़तई नहीं थे। हम इन क़िस्सों की बाज़ीगरी में इस तरह खो जाते कि हाथों के करतब को देख ही नहीं पाते थे। उनमें निहित सोपानक्रम हमारी पकड़ से छूट जाता। हमें कभी सूझता ही नहीं था कि हमारी किंवदन्तियाँ उनके इन क़िस्सों के मुक़ाबले कमतर थीं। इस नासमझी में हमारी अक्षमता ही निहित नहीं थी बल्कि हमारे पारिस्थितिक तन्त्र का एक विचार भी निहित था। इन भेदों के अस्तित्व के बारे में हमें किसी ने नहीं बताया था। हमने अपनी और उनकी चीज़ों के बारे में कोई बातचीत देखी या सुनी नहीं थी। हम नीति कथाओं की साझा मिल्कियत को मानकर चलते थे। और बाद में ही यह समझ सके कि नीति कथाओं तक के लिए अपनी अग्र स्थिति को पहले से निर्धारित करना ज़रूरी होता है। हमें यह सूझा ही नहीं था कि मिथक भी आपस में एक दूसरे के शत्रु हो

सकते हैं। कम से कम मुझे तो नहीं ही सूझा था। प्रकाश की किरण तब फूटी जब पाप का प्रश्न सामने आया।

पाप का मुद्दा अक्सर उठता था। पाप क्या है, कोई व्यक्ति पापी कैसे होता है या कैसे बन जाता है और वह पाप से मुक्त होने के लिए क्या कर सकता है। घण्टे भर और कभी-कभी डेढ़ घण्टे लम्बे इन सत्रों का एक मुख्य प्रभाव इस विचार के रूप में सामने आता था कि ईसा में आस्था न रखना पापी होना है। 'ईसा को अपने जीवन में' स्वीकार न करना एक ऐसा अनैतिक जीवन जीना था, जो आपको निश्चय ही नर्क की ओर ले जाता। 'एक सच्चे ईश्वर' से इनकार करना धर्मद्रोह था।

उपदेशों के पहले कुछ स्तोत्र गाए जाते थे, जिसके बाद प्रभु की प्रार्थना होती थी।

मैं उस समय बारह या तेरह साल का रहा होऊँगा या शायद पन्द्रह साल का, जब पहली बार मुझे यह सूझा कि पापी के विचार का यह समूचा मामला कुछ अजीब-सा था। यह यूरेका क्षण एक ख़ास जोशीले उपदेश के दौरान घटित हुआ था। यह दुर्गा पूजा की दस दिन की उन छुट्टियों के ठीक पहले की बात थी। जब समूचा कलकत्ता शहर जश्न में डूबा होता है और दुर्गा की विशालकाय प्रतिमाओं को पूरे उत्साह के साथ पूजा जाता है। उस दिन एक पादरी ने जोश में आकर हमसे कहा कि देवी-देवताओं की प्रार्थना का हिन्दू रिवाज अधार्मिक बुतपरस्ती जैसा है। यह रिवाज अन्ततः और भी बड़े पाप का कारण बनता है। 'अपने निजी मुक्तिदाता' के रूप में ईसा को स्वीकार करना ही हमारी रक्षा कर सकता है। श्रीमती बंटेन ने कहा था। मुझे अपनी हल्की-सी हँसी की याद है। वह अचानक, बिना इरादे के, मुँह से फूट पड़ी थी। मैं तुरन्त ही डर गया। मैंने मुड़कर चारों ओर देखा- किसी अध्यापक ने तो नहीं देख लिया? सौभाग्य से नहीं देखा था और इसलिए मैं एक बार और चुपचाप हँस दिया। यह बात मुझे हास्यास्पद लगी कि मूर्ति-पूजा के ख़िलाफ़ एक इस क़दर उग्र उपदेश सुनने के बाद हम ख़ुशी-ख़ुशी मूर्ति-पूजा के अतिरेक से भरी हुई लम्बी, धींगा-मस्ती से भरी छुट्टियों में खिसक जाने वाले थे।

यह भी पहली बार था जब मैंने सचमुच अपनी आस्था के बारे में सोचा था। मैं जन्म से हिन्दू था। मेरे माता-पिता हिन्दू हैं। उसी तरह मेरे दादा-दादी, नाना-नानी और उनके माता-पिता हिन्दू थे। लेकिन इसका क्या अर्थ था? हिन्दू होने का क्या अर्थ था? मैंने अपने माता-पिता से इसका मतलब कभी नहीं पूछा था बल्कि बिना कोई सवाल उठाए इसे मान लिया था कि चूँकि वे हिन्दू थे इसलिए मुझे भी हिन्दू ही होना चाहिए।

मेरे माता-पिता और दादा-दादी उस रामकृष्ण मठ और मिशन से बहुत क़रीबी रिश्ता रखते थे, जो अन्तिम महान हिन्दू ऋषि उन्नीसवीं सदी के एक निरक्षर रहस्यवादी रामकृष्ण परमहंस और उनके मेधावी शिष्य स्वामी विवेकानन्द की उपासना

पद्धतियों और शिक्षाओं का प्रचार करता था। स्वामी विवेकानन्द, जिन्होंने 1893 में विश्व धर्म-संसद में अपने ओजस्वी भाषण से अमेरिका का दिल जीत लिया था।

इसका मतलब था कि मेरे माता-पिता इस मठ और मिशन की विभिन्न शाखाओं में अक्सर उपस्थित हुआ करते थे। वह उस संस्कृत के श्लोकों को सुनते और कभी-कभी उनके पाठ में हिस्सा लेते थे। जो वह भाषा है जिसमें *महाभारत* और *रामायण* जैसे महान भारतीय महाकाव्य तथा *वेद, उपनिषद* और *पुराण* जैसे हिन्दू दर्शन के आधारभूत ग्रन्थ लिखे गए हैं। लेकिन इन श्लोकों और विवाह के कुछ मन्त्रों के अलावा मुझे याद नहीं पड़ता कि मैंने कभी कहीं अन्यत्र कोई संस्कृत सुनी थी। कौन जानता था कि यह भी मेरी विरासत का हिस्सा था? हमें किसने बताया था कि ये वो भाषा है जिसे मेरी सभ्यता में ईश्वर के निकटतम ले जाने वाली भाषा के रूप में देखा गया है? मैं भले ही संस्कृत की अनुगूँजों को अपने दिमाग़ में महसूस करना चाहता था लेकिन उस तक कोई पहुँच नहीं थी, कोई शिक्षण नहीं था। आज मैं महसूस करता हूँ कि इस गफलत ने, इस अभाव ने मुझे और मुझ जैसे बहुतों को अशक्त बनाए रखा है। हमने दुनिया के बारे में जाना है, लेकिन अपने घर के बारे में? अपने जीवन में बहुत बाद में, तीस की उम्र के क़रीब, जब मैंने इस क्षति को अनुभव किया तो यह एक बहुत ही विषाद से भरा अनुभव था। एक ऐसी अत्यन्त आत्मीय चीज़ की क्षति जिसके बारे में आपको यह बोध भी नहीं था कि वह आपके पास हुआ करती थी। जब वे लोग श्लोकों का पाठ करते, तो मैं सोचता कि जो संस्कृत एक सभ्यता के रूप में हमारे लिए कभी इतनी महत्त्वपूर्ण हुआ करती थी, वह क्यों उत्तरोत्तर हमारे हाथों से छूटती गई। थोड़ी-सी खोजबीन के बाद मुझे समझ में आया कि जो चीज़ हम भूल गए थे, उसकी ओर नासा के वैज्ञानिक ने 1985 में संकेत किया था। *आर्टिफ़िशियल इन्टेलिजेन्स* नामक पत्रिका में रिक ब्रिग्स ने 'नॉलेज रिप्रेजेंटेशन इन संस्कृत ऐंड आर्टिफ़िशियल इन्टेलिजेन्स' शीर्षक से एक आलेख प्रकाशित किया था। इस आलेख में ब्रिग ने लिखा था, 'ये दिलचस्प है कि हिन्दुस्तानियों को अर्थ वैज्ञानिक तत्त्वों में नैसर्गिक भाषाओं के सुस्पष्ट कूटांकन के अध्ययन की ओर ध्यान देना इतना महत्त्वपूर्ण लगा। मन करता है कि उनको ऐसे कम्प्यूटर वैज्ञानिकों की तरह देखा जाए जिनके पास हार्डवेयर नहीं था, लेकिन एक सम्भाव्य कैफ़ियत यह हो सकती है कि एक स्पष्ट, संदिग्ध समझ की तलाश की इच्छा मनुष्य में सहज रूप से मौजूद है। हमें यह नहीं भूलना चाहिए कि हिन्दुस्तानी विचारकों की महान सिद्धियों में शून्य का आविष्कार और उस द्विआधारी संख्या पद्धति (बायनरी नम्बर सिस्टम) का आविष्कार शामिल है, जिसे उन्होंने पश्चिम द्वारा पुनराविष्कृत करने के हज़ार साल पहले खोज निकाला था। उनका भाषा-विश्लेषण नैसर्गिक और कृत्रिम बुद्धि (आर्टिफ़िशियल इन्टेलिजेन्स) के मानववादी विभाजन पर सन्देह की छाया डालता है।' मुझे अपने आसपास ऐसे बहुत लोग दिखाई नहीं देते

थे, जो संस्कृत और आर्टिफ़िशियल इन्टेलिजेन्स के बारे में एक साथ सोचते और यह चीज़ मुझे दुखी करती थी।

मैं अक्सर इन समागमों में अपने माता-पिता के साथ जाया करता था। उस समय जो चीज़ मुझे सबसे ज़्यादा आकर्षित करती थी, वह इन मन्दिरों की स्वच्छता और शान्ति थी। जो ज़्यादातर हिन्दू मन्दिरों के मुक़ाबले हमेशा नीरव और लगभग ख़ामोशी-भरी, प्रचार और बड़बोलेपन से दूर होती थी, सिवा बेशक उन अवसरों के जब श्लोकों का गान हो रहा होता था। तब भी, संगीत सुरीला होता था, कोलाहलपूर्ण नहीं। परमहंस ने अपने रहस्यवादी अन्वेषणों के दौरान एक मौलवी और एक ईसाई पादरी के साथ अध्ययन किया था और विवेकानन्द ईसा और बुद्ध (जिनको वे अक्सर एक 'पूर्ण पुरुष' कहा करते थे) की शिक्षाओं के प्रशंसक थे। मठ और मिशन तब सारे धर्मों को ईश्वर की ओर ले जाने वाले समान रूप से प्रासंगिक मार्गों की तरह स्वीकार करता था। इस विचार का खुलासा परमहंस के इस प्रसिद्ध उपदेश में था कि 'जोतो मोथ, तोतो पोथ,' या दूसरे शब्दों में मनुष्यों के बीच जितनी भी दृष्टियाँ हैं, वे सब ईश्वर की ओर ले जाने वाले मार्ग हैं।

रामकृष्ण मठ और मिशन में अपनी इस संलग्नता के अलावा मेरे माता-पिता, दूसरे बंगाली हिन्दुओं की ही तरह, बहुत से दूसरे त्योहार भी मनाते थे। जिनमें जन्माष्टमी का विस्तृत त्योहार भी शामिल था। जो ब्रह्मा-विष्णु-महेश की हिन्दू त्रयी के 'पालनहार' देवता विष्णु के एक मुख्य अवतार कृष्ण के जन्मदिन के रूप में मनाया जाता है। एक स्कूली बच्चे के रूप में मेरे लिए इन सारे त्योहारों का मतलब छुट्टियाँ और उत्तम भोजन होता था (क्या ज़्यादातर बच्चों के लिए त्योहारों का मतलब वाक़ई इससे ज़्यादा कुछ होता है?)। यह स्थिति उस दिन तक बनी रही जब चैपल उपासना के समय मैंने यह सोचना शुरू किया कि हिन्दू होने का मेरे लिए क्या अर्थ है। मेरे माता-पिता के लिए नहीं, बल्कि व्यक्तिगत रूप से मेरे लिए।

एक अर्थ में, यह पुस्तक मैं तभी से लिख रहा हूँ। यह समझने की कोशिश में मुझे बहुत लम्बा लगभग दो दशक का समय लगा कि जब मैं रोज़मर्रा जीवन की दुविधाओं की व्याख्या करता हूँ तो मेरी वह आस्था क्या रूप लेती है। जिसमें मैं करोड़ों दूसरे लोगों के साथ साझा करता हूँ। एक बार फिर यह सवाल उठाना स्वाभाविक लगा कि ईश्वर की क्या प्रासंगिकता है। एक ऐसी दुनिया में जिसको मानवीय बुद्धि पहचान के परे बनाती जा रहा है। जहाँ जो चीज़ आज जादू लगती है, वह तेज़ी के साथ आने वाले कल के गजेट्स में बदल जाती है? दूसरे शब्दों में, हिन्दू होने का वाक़ई क्या अर्थ है?

इस पुस्तक का लेखन शुरू करने से पहले मैंने इस आस्था के मूलभत चिन्तन में निहित विचारों, व्याख्याओं और विकास के बारे में पढ़ते हुए वर्षों तैयारी की थी। लेकिन जब मैंने पुस्तक का लेखन शुरू किया तो मुझे अपने सारे नोट्स अपर्याप्त

लगने लगे और मेरे शब्द मेरा साथ छोड़ने लगे। मुझे समझ में आ गया कि जब तक मैं अपनी आस्थाओं पर सवाल उठाना शुरू नहीं करता तब तक मेरा शोध अपर्याप्त रहेगा। मैं अपने निजी मर्म-स्थलों को सवालों के घेरे में लाकर ही उस चीज़ को लिख सकता था, जो मैं अपनी आस्था के बारे सोचता था, या महसूस करता था। जितना महत्त्वपूर्ण हिन्दू होने के अर्थ को धार्मिक तौर पर समझना था, उससे कहीं ज़्यादा ज़रूरी यह तलाशना था कि मेरे लिए उसका क्या अर्थ है। मैं उस आदमी की ओर मुड़ा जिसकी ओर अपने सम्भ्रम की स्थिति में अक्सर मुड़कर देखता हूँ और यह आदमी था विवेकानन्द।

विवेकानन्द वेदान्त के समर्थक थे। वेदान्त वह शब्द है जिसका प्रयोग वेदों और उनसे सम्बन्धित दूसरे ग्रन्थों के मूलभूत दर्शनों के सन्दर्भ में किया जाता है। मनुष्य के लिए ज्ञात वे सर्वाधिक प्राचीन, आध्यात्मिक टीकाएँ जो ईसा मसीह के धरती पर आने के 1700 साल पहले लिखी गई थीं। लेकिन वेदान्त किसी एक या कुछ पुस्तकों तक ही सीमित नहीं है। इस शब्द का प्रयोग प्रायः समग्र वैदिक और औपनिषदिक साहित्य तथा उस साहित्य पर लिखी गई टीकाओं के लिए किया जाता है जिसका विस्तार प्राचीनतम मनुष्यता के कुहासे से लेकर आज के समय तक है। यह चीज़ वेदान्त को एक ऐसी अनूठी शक्ल देती है जिसे समग्रता में समझ पाना कभी-कभी मुश्किल हो जाता है। मुद्दा ये है कि वेदान्त और उसकी शिक्षाएँ सीमित और समय से बँधी हुई नहीं हैं। यहाँ तक कि आज भी एक सच्चा मँजा हुआ योगी वेदान्त की शिक्षाओं को तकनीकी तौर पर परिष्कार दे सकता है, उनको आगे बढ़ा सकता है। इस मामले में वेदान्त सच्चे अर्थों में संसार का एकमात्र 'जीवन्त' आध्यात्मिक पाठ है। एक ऐसा पाठ जो समय के बन्धन से मुक्त और ऐतिहासिकता के प्रतिबन्धों से परे है। यह जीवित बना रहता है और अपना अथक कायाकल्प करता रहता है, क्योंकि इसकी बुनियादी केन्द्रीय आस्थाएँ कालातीत रूप से सत्य हैं।

क्या हैं ये आस्थाएँ, यह सनातन धर्म, जो अकल्पनीय रूप से अचल बना हुआ है। और तब भी जो युगों-युगों से लगातार पचा रहा है, अनुकूलित कर रहा है, सामंजस्य बिठा रहा है? अँग्रेज़ी उपन्यासकार और वेदान्त के अध्येता क्रिस्टोफ़र ईशरवुड ने इस प्रश्न पर *वॉट इज़ वेदान्त?* शीर्षक से एक सार ग्रन्थ लिखा है। जो मैं समझता हूँ कि बहुत प्रासंगिक है। वे कहते हैं कि 'अगर वेदान्त के दर्शन को उसके तत्त्वों में समेटा जाए, तो उसमें तीन मूल कल्पनाएँ शामिल हैं। पहली है, मनुष्य की वास्तविक प्रकृति दैवीय है। दूसरी है, मानव जीवन का लक्ष्य इस दैवीय प्रकृति को चरितार्थ करना है। और अन्तिम है, सारे धर्म तत्त्वतः एक दूसरे की सम्मति में हैं। इनमें से प्रत्येक कल्पना या आप चाहें तो कह लें प्रत्येक सत्य और रोज़मर्रा जीवन में, मेरे जीवन में और लाखों दूसरे हिन्दुओं के जीवन में, उनके अर्थ का अन्वेषण वह चीज़ है जिसने मुझे यह पुस्तक लिखने के लिए प्रेरित किया है।

धर्म की दुनिया अब्राहमीय और ग़ैर अब्राहमीय आस्थाओं में विभाजित है। इसी बात को और सरल ढंग से कहें तो वह उन आस्थाओं में विभाजित है जिनमें से कुछ के पास एक मार्गदर्शक ग्रन्थ है और कुछ के पास ऐसा कोई एक मार्गदर्शक ग्रन्थ नहीं है। इस्लाम, यहूदी धर्म और ईसाइयत वे धर्म हैं जो एक मार्गदर्शी पुस्तक के सिद्धान्तों को मानते हैं। यह बात भारतीय उपमहाद्वीप में जन्मे दूसरे धर्मों, जैसे कि हिन्दू धर्म, बौद्ध धर्म और जैन धर्म के सन्दर्भ में सही नहीं है। इसमें सिख धर्म और ताओ धर्म तथा शिन्तो धर्म जैसी अन्य पूर्वी आस्थाएँ भर अपवाद हैं। अब्राहम का सन्दर्भ इसलिए है, क्योंकि ईश्वर तक पहुँचने के एक ही सच्चे मार्ग में विश्वास रखने वाले इन तीनों एकेश्वरवादी धर्मों के मूल संस्थापक अब्राहम हैं।

लेकिन इस सारे सिद्धान्तों का रोज़मर्रा जीवन में क्या अर्थ है? पिछले दो दशकों में जिनके दौरान मैंने हिन्दुस्तान में वयस्क जीवन में प्रवेश किया। एक चीज़ मेरे लिए उत्तरोत्तर और स्पष्ट तौर पर ज़ाहिर होती गई है। 11 सितम्बर 2001 को न्यू यॉर्क में आतंकवादियों द्वारा अपहृत विमानों के दो टॉवरों से टकराए जाने के बाद आस्था और उसके परिणामों को लेकर वैश्विक चर्चा इस प्रश्न के इर्दगिर्द केन्द्रित हो गई कि मुसलमान होने का और उस सन्दर्भ में ईसाई होने का क्या अर्थ है।

'सभ्यताओं का टकराव' के सिद्धान्त के जनक सैम्युअल हटिंग्टन न सिर्फ़ एक जाने-माने रूढ़िवादी राजनैतिक चिन्तक थे बल्कि वे प्रभावशाली पत्रिका *फ़ॉरेन पॉलिसी* के सह-संस्थापक और सह-सम्पादक भी थे। और इसलिए मैं अक्सर संशयपूर्वक सोचता हूँ कि यह आश्चर्य की बात नहीं है कि इस्लाम बनाम ईसाइयत ब्रेकिंग न्यूज़ बनने के बहुत पहले से एक समाचार बनने लायक़ थीम थी। 'सभ्यताओं के टकराव' का सिद्धान्त कहता है कि धार्मिक और सांस्कृतिक आस्थाएँ शीतयुद्धोत्तर दुनिया में संघर्ष और हिंसा का मुख्य स्रोत होंगी।

मैंने 9/11 के दुष्परिणामों के तुरन्त बाद अपनी पुस्तक के बारे में सोचना शुरू किया था। एक नौजवान पत्रकार के रूप में जब मैंने टीवी सैट पर उन टॉवरों को ध्वस्त होते देखा था। मैं जानता था कि दुनिया और मेरी दुनिया इसके बाद वही नहीं रह जाने वाली है। तब, मुझे याद है कि मैं यह सवाल पूछ रहा था कि यह सब कुछ हम हिन्दुओं को कहाँ ले जाकर छोड़ेगा। अगर हम किसी पक्ष में हैं तो किस पक्ष में हैं? (तमाम आस्थाओं के बीच मैं शान्ति के पक्ष से उम्मीद करता था, लेकिन टकराव के मध्य क्या वह एक बेहद सरलीकृत अनुमान था? मैं पूरे उत्साह से उम्मीद करता था और करता हूँ कि नहीं)। एक हिन्दुस्तानी के रूप में यह न देख पाना मेरे लिए असम्भव था कि आक्रमणों, क़ब्ज़ों, अतुलनीय समावेशीकरण और हिन्दू और मुसलमानों के बीच हिंसक विभाजन और हिन्दुओं और ईसाइयों और सिखों के बीच के छोटे-छोटे झगड़ों के इतिहास से युक्त ख़ुद मेरा देश भी इस तरह की दरारों को लेकर हमेशा असुरक्षित है। मैंने अक्सर सुना था कि धर्म भारत की आत्मा है।

लेकिन टकरावों के इतिहास के साथ यह बात भी स्पष्ट थी कि वह आत्मा आसानी से घायल हो सकती है। और वे सुषुप्त विद्वेष बहुत तेज़ी के साथ और ज्वालामुखीय ढंग से जाग उठे थे। 1947 के विभाजन के दौरान ख़ुद मेरे दादा-दादी को उस जगह से भागना पड़ा था जिसे आज बांग्लादेश के नाम से जाना जाता है।

हिन्दुस्तान जैसे देश में जहाँ का इतिहास इतना वैविध्यपूर्ण और उलझा हुआ है। यह विषय ख़ास तौर से जटिल और ख़तरनाक ढंग से कंटकों से भरा है। ईसाइयत का आगमन हिन्दुस्तान में छठवीं सदी के आसपास हुआ। लेकिन कुछ का मानना है कि उसका आगमन अपॉसल थॉमस के साथ हुआ था जिन्होंने दक्षिणी प्रदेश केरल की यात्रा की थी। ताज़ा जानकारी के मुताबिक़, 2.3 प्रतिशत हिन्दुस्तानी, यानी 240 लाख लोग ईसाई थे। इस्लाम हिन्दुस्तान में पहली बार सातवीं सदी के आसपास आया था और इसने बारहवीं सदी के आसपास तुर्कों के आक्रमण के साथ अपनी जड़ें जमाई थीं। इस्लाम के वैभव का समय बेशक 300 साल लम्बा मुग़ल साम्राज्य था, जो अपने चरमोत्कर्ष के युग में मध्य एशिया स्थित समरकन्द से लेकर दक्षिण भारत के डेक्कन पठार तक फैला था। आज लगभग 18 करोड़ हिन्दुस्तानी या आबादी के 14 प्रतिशत लोग मुसलमान हैं।

महज़ 80 प्रतिशत से कम हिन्दुस्तानी हिन्दू हैं-एक ऐसी लचीली और कभी-कभी विस्मित करने वाली, बहुदेववादी आस्था का साक्ष्य जिसमें 33 करोड़ देवी-देवता शामिल हैं। ये वे लोग हैं जिनका धर्मान्तरण या पराभव न तो 100 साल के अँग्रेज़ी राज के दौरान ईसाइयों द्वारा और उसके पहले स्पेन और इटली के जेसुइट और बाद में फ़्रांस और पुर्तगाल के द्वारा हो सका। और न ही इन सबसे लम्बे अरसे तक जारी रहे इस्लामी शासन के द्वारा हो सका। दरअसल, ये हिन्दू धर्म था, जिसने इन दोनों आस्थाओं को देश में समाविष्ट कर लिया। इस्लाम में तो इसने उस अनूठे ढंग से उदार और सहिष्णु सूफ़ी उप-पन्थ तक को सराहा, जिसके विचार हिन्दू धर्म से मिलते-जुलते हैं। जिसमें अनेक पीर हैं। जिसकी अनेक पवित्र दरगाहों पर श्रद्धालु एकत्र होते हैं। जिनमें से कोई भी उस अरब के कट्टरपन्थी, शुद्धतावादी इस्लाम का हिस्सा नहीं थे या नहीं हैं, जहाँ इस धर्म का जन्म हुआ था।

मैंने यह सवाल भी उठाया कि आने वाले समय की दुनिया में कौन-से मुद्दे होंगे जो प्रभावशाली और नियामक होंगे। एक पत्रकार के रूप में जहाँ कहीं भी मैं देखता था, वहाँ से मेरे पास इस सवाल के दो व्यापक उत्तर आते लगते थे। इस्लाम और ईसाइयत के बीच टकराव (ईसाइयत को कभी-कभी 'पश्चिम' कह कर भी पुकारा जाता है) और एशिया का उत्थान।

चीन की क्षिप्र प्रगति और जापान की समृद्धि से सम्बन्धित हाल की तमाम चर्चाओं में समूची दुनिया में अगर कन्फ़्यूशियस धर्म, शिन्तो धर्म, ताओ धर्म आदि को छोड़ भी दें तो, बौद्ध धर्म के बारे में एक कहीं व्यापक समझ दिखाई देती है। ख़ास

तौर से (और चीन के लिए स्थायी चिढ़ का कारण बने हुए) होली हाइनेस दलाई लामा और उनके अनेक विश्वासपात्रों और शिष्यों (जिनमें से कई हॉलीवुड में भी हैं) के उत्साहपूर्ण प्रयत्नों के फलस्वरूप।

लेकिन हिन्दू धर्म की समझ अभी भी सतही, अविचारित और ख़ुद को विद्रूपों और तुच्छताओं के जाल से आज़ाद करने में अक्षम प्रतीत होती है। उदाहरण के लिए, अमेरिका में हिन्दुओं का समुदाय तेज़ी से फैल रहा है, लेकिन प्यू ग्लोबल रिसर्च सेंटर द्वारा 2014 में आयोजित मतदान दर्शाता है कि हिन्दुओं के बारे में अमेरिकियों की साफ़ तौर पर मिली-जुली अनुभूतियाँ थीं। जिसके तहत सकारात्मक भाव अधिकतम सौ में मात्र पचास की श्रेणी में थे। यह आँकड़ा मुसलमानों से बमुश्किल दस अंक ज़्यादा था। बावजूद इसके कि हिन्दू समुदाय अमेरिका में टकराव के न्यूनतम इतिहास के साथ निरन्तर एक सर्वाधिक एकीकृत समुदाय रहा है। 'हिन्दू राष्ट्रों' में कभी कोई अमेरिकी सेनाएँ नहीं रहीं। और न ही कभी कोई हिन्दू आत्मघाती बमबाज़, ड्रोनों और अच्छे/बुरे हिन्दुओं की कोई भाषा, आतंक का कोई विराम चिह्न, लोकतन्त्र के वेश में आधिपत्य का कोई व्याकरण रहा है। अमेरिका में हिन्दुओं की चर्चा ज़्यादातर सूचना प्रौद्योगिकी, वित्त, गणित और विज्ञान के सन्दर्भों में ही होती रही है। तब भी कुछ पूर्वाग्रह बने हुए हैं। जो धर्म अपने को शाश्वत सत्य के पात्र के रूप में देखता है उसको ज़्यादातर गायों, बन्दरों और साँपों को पूजने वाले धर्म के रूप में मज़ाक़ का पात्र बनाया जाता है। इसकी अच्छाइयाँ अलग-थलग और वाणिज्यीकृत हैं। इसकी बुराइयाँ बढ़ा-चढ़ा कर दिखाई जाती हैं।

इस सर्वेक्षण ने उपयोगी ढंग से यह भी दर्शाया था कि बावजूद इसके कि योग बहुसांस्कृतिक अमेरिकियों के बीच निरन्तर लोकप्रिय हो रहा था। तब भी इसको हिन्दू दर्शन से जोड़कर देखने वाले लोग अमेरिका में बहुत कम थे। भले ही योग इस दर्शन की अन्तर्भूत परम्परा रही है जिसका व्यवहार सबसे पहले यहाँ के प्राचीन ऋषियों ने किया था। इस सर्वेक्षण ने इस ओर भी संकेत किया था कि इस दर्शन का ग़ैर-धार्मिक, अ-सैद्धान्तिक पाठीय, पाण्डित्यपूर्ण दृष्टिकोण गोपूजा और जातीय कलंकों की विद्रूप छवियों में संकुचित होकर रह गया है। आपको लगेगा कि जिस धर्म ने 1700 साल पहले तमाम धर्मों और आस्था की तमाम अभिव्यक्तियों को समान रूप से वैध मानकर स्वीकार किया था। उसका कट्टरपन्थी धार्मिक शत्रुता से भरी दुनिया में सबसे ज़्यादा अध्ययन किया जाएगा और सबसे ज़्यादा सँजोया जाएगा, लेकिन स्पष्ट ही यह सच नहीं है।

भले ही लाखों हिन्दुस्तानी जिस हिन्दुत्व का अनुसरण करते हैं। उसके दबाव में वे उसके रोज़मर्रा अनुष्ठानों में मुब्तिला रहते हैं। तब भी मैंने देखा है कि अपने आपको हिन्दू घोषित करने को लेकर उनकी विरक्ति और संकोच उत्तरोत्तर बढ़ते गए हैं। यह चीज़ मैंने ख़ास तौर से नौजवानों में और अपने सहकर्मियों और

दोस्तों में देखी है। मैं भी इसे महसूस करता था। जैसी कि मेरे एक क़रीबी दोस्त ने शिकायत की थी, 'मुसलमानों और ईसाइयों के लिए यह चीज़ कहीं ज़्यादा स्पष्ट है – आप पुस्तक पढ़ते हैं और अपना मन बना लेते हैं। हमारे लिए यह बहुत ज़्यादा जटिल है। वहाँ बहुत ज़्यादा संशयात्मकता और बहुत सारी परतें हैं।'

दिलचस्प बात है कि हिन्दुत्व के मूलभूत विश्वास लगभग सारे निर्णयों को जितना ही व्यक्तियों के विवेक पर छोड़ते हैं। आख़िरकार एक नास्तिक भी हिन्दू हो सकता है। उतना ही लोग हिन्दुत्व की अपनी समझ को अस्पष्ट और अपरिभाषित पाते हैं। जो अपरिभाषित है, उसको स्वतन्त्रता की तरह देखने की बजाय हमने इसे एक डाँवाडोल और तत्त्वहीन आस्था के रूप में देखना शुरू कर दिया। ये लगभग ऐसा था, जैसे हमने आध्यात्मिक विकल्प चुनने की अपनी ज़िम्मेदारी से बरी कर दिए जाने का, या कम से कम, इस ज़िम्मेदारी को इस अस्पष्ट हद तक हम पर न छोड़े जाने का आग्रह करना शुरू कर दिया था।

जहाँ दुनिया हिन्दुस्तानी हाथी के खड़े होने का (या जैसा कि कुछ लोग कहते हैं, नाचने का) इन्तज़ार कर रही थी, वहीं लगता है बहुत थोड़े-से लोग थे, जो वाक़ई ज़्यादातर हिन्दुस्तानियों के सभ्यता सम्बन्धी विश्वासों में निहित बारीकियों को समझ रहे थे। दरअसल, दूसरी आस्थाओं से ताल्लुक रखने वाले हम हिन्दू और हिन्दुस्तानी भी इनको नहीं समझते थे, या हम भूल चुके थे।

इस पुस्तक को लिखने के दौरान और एक पत्रकार के रूप में अपने काम के दौरान मुझे अक्सर इस तरह की चीज़ें सुनने को मिलती रही हैं कि 'हिन्दुस्तान भारत में इस्लामोफ़ासिज़्म के ख़िलाफ़ एक चारदीवारी है' या 'बुद्ध चीन, जापान और हिन्दुस्तान जैसी महान एशियाई सभ्यताओं के बीच एक साझा आधार बनेंगे। आख़िरकार बुद्ध हिन्दुस्तान में ही तो हुए थे।' इस बीच, भारतीय जनता पार्टी (भाजपा) के उत्थान के साथ, जिसे अक्सर 'हिन्दू दक्षिणपन्थ' की संज्ञा दी जाती है, जो शायद ही प्रशंसात्मक होती है, और प्रधान मन्त्री नरेन्द्र मोदी की भव्य विजय के साथ, हिन्दुस्तान में धार्मिक सद्भावना के आसन्न विनाश के बारे में बड़ी तादाद में नया लेखन सामने आया है। जिसमें से कुछ उन्माद की हद तक भयाक्रान्त करने वाला है और कुछ हास्यास्पद भी है। कट्टरपन्थी गौण हिन्दू संगठनों के कुछ तत्त्वों के अतिवादी वक्तव्य असहयोगी साबित हुए। लगता है, पैदायशी कम-एज़-यू-आर शान्तिवादी आस्था के नज़रिये से हिन्दुत्व ने बहुत से लोगों के दिमाग़ में एक अभूतपूर्व अति-आक्रामक धार हासिल कर ली है।

इस उन्माद के बीच इस बात को समझने की कोई अध्यवसायी कोशिश नहीं है कि एक बेहिसाब आस्था के साथ वाक़ई क्या हो रहा है। इस बात की बहुत कम समझ है कि हिन्दू खुद को और इस दुनिया में अपनी भूमिका को किस तरह देखते हैं। हिन्दुस्तान की हिन्दू सभ्यता में अगर कोई ख़ूबियाँ हैं तो वे क्या हैं जिनको यह

सभ्यता इक्कीसवीं सदी को सौंप सकती है? वे कौन से मूल्य, पद्धतियाँ और विचार हैं जिनको यह सभ्यता भविष्य के सामने रख सकती है? अनुकूलन और संशोधन की सदियों के दौरान खुद अपने बारे में हिन्दुत्व का अनुभव किस तरह बदला है और आज यह ख़ुद को और दुनिया को किस तरह देखता है? अगर हिन्दुस्तान को, जहाँ राज्य के संवैधानिक तौर पर सेक्युलर होने के बावजूद हिन्दुओं की संख्या अधिक है, इक्कीसवीं सदी में वैश्विक राजनीति के आधार को तय करना है, तो इन सवालों के जवाब बेहद निर्णायक महत्त्व रखते हैं। सिर्फ़ हिन्दुस्तानियों के लिए ही नहीं बल्कि दुनिया के लिए भी। हिन्दू होने का क्या अर्थ है और इक्कीसवीं सदी में हिन्दू अस्मिता को किस तरह बरता जाए, इस प्रश्न की बारीक़ समझ आधुनिक दुनिया में हिन्दुस्तान की अपनी भूमिका को समझने के लिए बेहद निर्णायक है।

जब तक हिन्दू यह नहीं समझते कि वे कौन हैं, वे कहाँ से आए हैं और कहाँ जा रहे हैं। जब तक हम सम्यक् और समग्र तरीक़े से इस बात को स्पष्ट नहीं करते कि प्रायः हमारी नैतिक और भूराजनैतिक विश्वास-पद्धतियों में गुँथी हमारी धार्मिक आस्था वास्तव में क्या है, तब तक प्रगति सम्भव नहीं है। हिन्दुस्तान में यह मिथक प्रचलित रहा है कि हिन्दू कभी भी अपनी नैतिक और राजनैतिक मूल्य-व्यवस्थाओं और दृष्टिकोणों को अपनी आस्था के फ़लसफ़ों में जगह नहीं देते। ये सही नहीं है, और जो एक व्यक्ति इस बात को वाक़ई समझता था वह गाँधी था। उन्होंने हिन्दू विश्वास-पद्धतियों, मुहावरों, प्रतीकों और *ऋग्वेद* के मूलभूत सिद्धान्त - *एकम् सत् विप्राः बहुधा वदन्ति* - से ली गई बहुलता की धारणा का जिस तरह आसवन किया था। उसने मरणासन्न भारतीय राष्ट्रीय काँग्रेस को एक उत्साहहीन, कुलीन बहसबाज़ समाज से ऊपर उठाकर जोशीले राष्ट्रीय आन्दोलन में बदल दिया था। अपने जीवन, अपने निर्णयों के हर मुक़ाम पर गाँधी ने यह घोषणा की कि उनके मार्गदर्शक सिद्धान्त *भगवद्गीता* से आए थे -*भगवद्गीता* जो कि महाकाव्य *महाभारत* में सन्निहित जीवन के अर्थ, ईश्वर के साक्षात्कार तथा कुरुक्षेत्र के मैदान में लड़ी जाने वाली लड़ाई के मर्म के बारे में वह नैतिक उपदेश है, जो भगवान कृष्ण ने महायोद्धा अर्जुन को दिया था। गाँधी इस पुस्तक को अपना 'अध्यत्मिक शब्दकोश' कहा करते थे।

बहुलता के प्रति अपनी (और अपनी आस्था की) प्रतिबद्धता को लेकर गाँधी इतने ढीठ ढंग से अशावादी थे - ख़ास तौर से हिन्दुस्तान के प्रकरण में, हिन्दुओं और मुसलमानों के बीच के समभाव को लेकर - कि वे उस एक हिन्दू कट्टरपन्थी के हाथों मारे गए जिसका विश्वास था कि गाँधी ने अँग्रेज़ी राज की समाप्ति पर मुसलमानों की मातृभूमि के तौर पर पाकिस्तान की स्थापना करने के लिए हिन्दुस्तान के विभाजन की योजना रची थी, बावजूद इसके कि लगभग 15 प्रतिशत मुसलमान हिन्दुस्तानी बने रहे थे और इसलिए हिन्दुस्तान तब भी मात्र हिन्दुओं की मातृभूमि नहीं रह गया था। विभाजन के बाद, मुख्यतः हिन्दुओं और मुसलमानों के बीच हुए

साम्प्रदायिक दंगों में लाखों लोगों के संहार के बावजूद साम्प्रदायिक एकता में गाँधी की आस्था और अपनी निजी सुरक्षा के प्रति उनकी सम्पूर्ण उदासीनता ने उनको आज़ादी मिलने के महज़ एक साल बाद 1948 में एक हत्यारे की गोली का निशाना बना दिया।

और यहीं इस कहानी में वह अनूठा मोड़ मौजूद है। जो हिन्दुत्व की अन्तर्निहित, आनुवंशिक बहुलता के कारण ही पैदा हो सकता है। गाँधी के हत्यारे नाथूराम गोडसे ने बहुलता तथा हिन्दुस्तान में हिन्दुओं और मुसलमानों के सह-अस्तित्व में अपने विश्वास का दावा किया था। नाथूराम गोडसे पर चले मुकदमे और उसको दी गई फाँसी की सज़ा के पहले उसने अदालत में जो कुख्यात भाषण दिया था, जिसके प्रकाशन पर हिन्दुस्तान में 1968 तक प्रतिबन्ध लगा रहा, उसमें उसने घोषणा की थी कि उसने दो देशों में हिन्दुस्तान के विभाजन की वजह से गाँधी की हत्या की थी । इसलिए भी कि गाँधी ने यह विभाजन इसलिए होने दिया क्योंकि वे मुसलमानों को ख़ुश करना चाहते थे। लेकिन इस बात को लगभग कभी भी दर्ज़ नहीं किया गया कि गोडसे ने न तो यह दावा किया था और न ही ऐसी इच्छा ज़ाहिर की थी कि अँग्रेज़ों के हिन्दुस्तान छोड़ने के बाद हिन्दू और मुसलमानों को एक मातृभूमि में साझा नहीं करना चाहिए। यह बात अपने में दिलचस्प है कि एक घोषित 'हिन्दू राष्ट्रवादी' के रूप में, जैसा कि उसके बारे में अक्सर दावा किया जाता है, उसने एक हिन्दू राष्ट्र के निर्माण की माँग को लेकर कोई घोषणा नहीं की थी, जैसा कि कोई अनुमान कर सकता है। इसके विपरीत, गोडसे ने अदालत में कहा, 'अपने भाषणों और लेखन में मैंने हमेशा इस बात की पैरवी की है कि देश के सार्वजनिक मामलों में, चुनावों में, विधान मण्डल के अन्दर और बाहर तथा मन्त्रिमण्डल के गठन और विघटन के मामलों में धार्मिक और साम्प्रदायिक सोच-विचार से हमेशा परहेज़ किया जाना चाहिए। मैं हमेशा से संयुक्त निर्वाचक मण्डल से युक्त धर्मनिरपेक्ष राज्य के पक्ष में रहा हूँ। मेरे विचार से यह एकमात्र अक़्लमन्दी की चीज़ है।'

यहाँ इतिहास की घृणित शक्ति के हाथों दो आदमी शहीद और हत्यारा बनने के लिए अभिशप्त हैं। और इस तरह एक प्राचीन किन्तु आधुनिक धारणा को परिभाषित करते हैं। दोनों ही बहुलता में अपनी आस्था को घोषित करते हैं। गाँधी अपनी शहादत के माध्यम से और गोडसे अपने आख़िरी शब्दों के माध्यम से। जबकि अगर वह चाहता तो उस वक़्त वह एक हिन्दू राष्ट्र की गुहार लगा सकता था। दोनों ही हिन्दू के अलावा कभी कुछ भी नहीं रहे। गाँधी की मृत्यु (और जीवन) की कथा इतनी सर्वव्यापी रही है कि वह किन्हीं अर्थों में उबाऊ बन चुकी है। लेकिन जब मेरा ध्यान इस समानता पर गया और मैंने इस पर विचार किया तो मैं चौंक पड़ा। यहाँ सन्त और पापी दोनों अन्तिम क्षणों तक हिन्दुत्व की बहुलता की पुष्टि कर रहे हैं।

यह पुस्तक ऐतिहासिक प्रबन्ध लेखन का अन्तिम शब्द नहीं है, और मैं कोई इतिहासकार नहीं हूँ। पुस्तक इस बात को समझने की कोशिश में गई एक निजी

यात्रा है कि हिन्दू होने का मेरे लिए और उन बहुत से लोगों के लिए क्या अर्थ है जिनसे मैं अपनी धार्मिक आस्था को समझने के एक दशक लम्बे प्रयत्न के दौरान मिलता रहा हूँ।

हिन्दुत्व हमें सिखाता है कि केवल तीन ऐसे प्रश्न हैं जो उत्तर देने लायक़ हैं। मैं कौन हूँ! मैं क्या चाहता हूँ! और मेरे होने का उद्देश्य क्या है! और इन तीनों में सबसे महत्त्वपूर्ण प्रश्न है- मैं कौन हूँ! कहा जाता है कि इन सवालों के जवाब तो दूर की बात है, इन सवालों को ठीक से समझने तक में एक पूरा जीवन लग जाता है।

इसलिए शायद, विशुद्ध बौद्धिक स्तर पर हिन्दुत्व को समझना असम्भव है। यह नेति, नेति पद में निहित सत्य के वैदिक चित्रण जैसी चीज़ है। यह पद अन्वीक्षा की उस दार्शनिक राह की ओर संकेत करता है जिसके मुताबिक़, जब आप उस सब कुछ को नकार देते हैं जिसे भौतिक तौर पर समझा जा सकता है। तभी जो बचा रहता है, वह सत्य होता है, परम होता है, ब्रह्म होता है। आप इस परम को पूरी तरह तभी समझ सकते हैं, जब आध्यात्मिक उत्कर्ष प्राप्त कर उसके साथ एकात्म हो जाते हैं। (अगर मेरे साथ ऐसा हो चुका होता तो मैं यह पुस्तक न लिख रहा होता।)

मैं इस सवाल के इर्द-गिर्द घूमता रहा हूँ-रोज़मर्रा जीवन में इस बात का क्या अर्थ है? मैं समझने की कोशिश करना चाहता हूँ। हो सकता है, समझने की इस प्रक्रिया में मुझे इसे व्याख्यायित करने में मदद मिले। अगर यह अन्वेषण हिन्दुत्व और दुनिया से उसके रिश्ते के कुछ पक्षों को उजागर कर सकेगा। अगर यह किसी अन्य को समझने में मदद कर सकेगा, तो मुझे स्वाभाविक ही बहुत ख़ुशी होगी।

1

हिन्दुओं के बारे में कैसे लिखा जाए?

यह मैनहटन की घटना है जहाँ मैं अपनी पिछली पुस्तक *रिकास्टिंग इंडिया* पर बोल रहा था। तब श्रोताओं के बीच बैठे एक बुज़ुर्ग व्यक्ति ने मुझसे पूछा, 'क्या आप लोगों, हिन्दुओं के यहाँ नर्तक देवता होते हैं?' उस व्यक्ति ने यूरोपियन ऑर्गनाइजेशन फ़ॉर न्यूक्लियर रिसर्च, सर्न में शिव की नटराज की प्रतिमा देखी थी और उसे देखकर उसको कौतूहल था। वह खुद हार्वर्ड का पढ़ा था और एक प्रतिष्ठित सेवानिवृत्त बैंक-कर्मी था। उसके मन में कोई अनादर का भाव नहीं था, लेकिन इसके बावजूद यह बात उसके पूछने में अप्रत्यक्ष रूप से निहित थी। हमने नृत्यरत शिव की प्रासंगिकता के बारे में लम्बी बातचीत की, जिस दौरान मैंने उसको नटराज के फ़लसफ़े के बारे में समझाने की कोशिश की कि किस तरह वह सृष्टि में सृजन और संहार की निरन्तर श्रृंखला का निरूपण है। जैसा कि कला-इतिहासकार आनन्द कुमारस्वामी ने भी लिखा है, यह नृत्य भगवान शिव के पाँच कृत्यों का निरूपण करता है - सृष्टि और विकास, संरक्षण, संहार और दैवीय अनुग्रह। पश्चिम की निगाह में जो चीज़ उग्रता-भरी आँखों वाले एक पुरुष की छवि है, जो कमर में शेर की खाल लपेटे, हाथ में मृदंग लिए किसी दरवेश की तरह नाच रहा है, जिसकी जटाएँ चारों और फैली हैं, वह वास्तव में स्वयं जीवन के अनवरत सृजन और संहार और पुनः सृजन का एक सारगर्भित निरूपण है। एक सम्मोहक आस्था-पद्धति, तब भी जो दर्शकों के लिए एक विद्रूप-छवि में लिपटी हुई है। इस पुस्तक पर चिन्तन के वर्षों के दौरान मैं हिन्दुत्व के अनेक कौतूहलपूर्ण विश्वासों से सम्मोहित रहा हूँ। इनमें से कुछ हास्यास्पद हैं, कुछ विलक्षण हैं। और लगभग सभी हिन्दुत्व के आचार-व्यवहार का पालन करने वाले मेरे जैसे व्यक्ति के लिए पहचान से परे हैं।

जब मैंने हिन्दुस्तान में और दुनिया के दूसरे देशों में दोस्तों और अजनबियों से बात की। दिल्ली की सड़कों पर, कोलकाता की पुस्तकों की दुकानों में, मुम्बई के रेस्तराओं, बेंगलुरु के क्लबों में, नॉटिंग हिल गेट स्टेशन पर ट्रेन की प्रतीक्षा करते हुए, राजस्थान के एक गाँव में, कोपनहेगन के एक बार में, न्यू यॉर्क में हार्वर्ड क्लब के बाहर जब भी मुमकिन हुआ। मैंने बातचीत के दौरान हिन्दुत्व के बारे में एक-दो सवाल पूछे। मुझे जो जवाब मिले, उन्होंने कभी मुझे चकित कर दिया तो कभी हैरान कर दिया। मुझे सुनने मिले जवाबों के अम्बार में स्वाभाविक ही बहुत से योग के

बारे में थे (हालाँकि उसमें निहित आध्यात्मिक सिद्धान्तों के बारे में नहीं), गायों के बारे में थे, जाति-प्रथा के बारे में थे और 'अनेक देवी-देवताओं' के होने के बारे में थे। लेकिन लगता था कि इन फ़लसफ़ों की, इन प्राचीनतम और मनुष्य के लिए ज्ञात सर्वाधिक विकसित सिद्धान्तों की समृद्धि के बारे में किसी भी तरह की समझ को वह चीज़ धुँधला देती थी जिसे हम पत्रकार 'कलर' कहेंगे। मुझे लगा कि विद्रूप छवियाँ उन सख़्त पूर्वाग्रहों में बदल चुकी हैं जिन्होंने मूलभूत फ़लसफ़ों को धुँधला दिया है।

मुझे लगा कि कई तरह से असंख्य उपविश्वास-पद्धतियों और साथ ही एक महान आधारभूत आख्यान से युक्त इस वैविध्यपूर्ण, बहुमुखी धार्मिक आस्था के बारे में देश के बाहर के, बल्कि देश के अन्दर के भी, ज़्यादतर लोगों का समझ पाना और सम्प्रेषित कर पाना असम्भव है। इस विशिष्ट सन्दर्भ में, ज़्यादातर हिन्दुओं ने इस्लामी और अँग्रेज़ी हुकूमत के 800 सालों और सैकड़ों आक्रमणों के दरम्यान अपनी धार्मिक आस्था में एक सरल अविचल गुण को अनुभव किया है। लेकिन आप ज़्यादातर हिन्दुओं से उनकी धार्मिक आस्था के सिद्धान्तों, इतिहास और विश्वास-पद्धतियों के बारे में पूछिए तो उनको जूझना पड़ेगा। इसके पीछे वजह है। धर्मान्तरण या धर्म-प्रचार किसी भी रूप में हिन्दुत्व की विश्वदृष्टि का अंग नहीं रहे, जैसे कि वे इस्लाम का और व्यापक तौर पर ईसाइयत का अनिवार्य आचरण रहे हैं और कुछ जगहों पर आज भी हैं। किसी भी हिन्दू से पूछ लीजिए कि क्या उसको धर्म-प्रचार या धर्मान्तरण करने के सक्रिय प्रयत्नों से युक्त किन्हीं श्लोकों या किन्हीं पोथियों की या ऐसे किसी व्यवहार की कोई जानकारी है तो उसका उत्तर ज़्यादातर ना में होगा। धर्मान्तरण करना या अपने धर्म में ज़्यादा से ज़्यादा अनुयायियों को शामिल करते हुए अपने धर्ममत का विस्तार करना हिन्दुओं के सोच-विचार का अपना ढंग कभी नहीं रहा। हिन्दू धर्म में व्यक्तिगत, निजी आस्था पर ज़ोर रहा है। और इसलिए सामूहिकता के विस्तार का वहाँ कोई अर्थ नहीं है। हरे कृष्णा आन्दोलन जैसे कुछ हाशिये के समूह ज़रूर हैं जो सक्रिय रूप से 'सदस्यता' अभियान चलाते हैं। लेकिन ज़्यादातर हिन्दू जिस तरह अपनी धार्मिक आस्था के साथ सम्बन्ध बनाते हैं। और उसको सम्बोधित करते हैं, उसमें इस तरह के प्रयत्न केन्द्रीय नहीं हैं। धर्म-प्रचार के जोश के अभाव का मतलब है कि एक औसत हिन्दू अपने बहुदेववादी दार्शनिक विचारों का सार निचोड़ने के मामले में एकेश्वरवादी आस्थाओं के लोगों के मुक़ाबले में बहुत कम मुखर होता है। रोज़मर्रा जीवन के स्तर पर मैंने लक्ष्य किया है कि हिन्दू अपनी धार्मिक पोथियों पर उतना निर्भर नहीं करते जितना वे अपने जीवन के अनुभवों पर करते हैं। एक हिन्दू के लिए दिव्यता के साथ, अपने जीवन के आध्यात्मिक हिस्से के साथ अपने रिश्ते को वर्णित करना कहीं ज़्यादा आसान होता है। उसे अपनी धार्मिक आस्था को उसकी समग्रता में स्पष्ट करना उतना आसान नहीं होता। गूढ़ अर्थ इतने विविध हैं (याद है उन 3 करोड़ 30 लाख देवी-देवताओं की जिनकी यह संख्या कुछ

लोग 33 करोड़ बताते हैं?) कि साधारण उपासकों को हिन्दू धर्म की प्रधान थीमों को पहचानना और व्यक्त करना मुमकिन नहीं होता। लेकिन वे अपनी निजी अनुभवपरक आस्था के बारे में बात कर सकते हैं।

इसका ये अर्थ क़तई नहीं है कि हिन्दू साहित्य और अनुष्ठानों में कोई प्रभावशाली या मूलभूत थीमें या मूल्य नहीं हैं। क्योंकि वे प्रायः गहन रूप से जटिल और सूक्ष्म धार्मिक विचार हैं। प्रायः होता यह है कि उदाहरण के लिए मेरे जैसे आस्थावान या धार्मिक आचरण करने वाले लोग फ़लसफ़ों की समझ की क़ीमत पर अनुष्ठानों से आकृष्ट होने की कोशिश करते हैं। हम इस पुस्तक में इनमें से कुछ थीमों पर चर्चा करेंगे। लेकिन फ़िलहाल मैं अपने उन शुरुआती जायज़ों की ओर रुख़ करने का आग्रह करता हूँ कि लोग हिन्दुत्व के बारे में क्या सोचते हैं। मसलन मैंने पाया कि कुछ लोग इस दृष्टिकोण में साझा करते हैं कि *महाभारत* और *रामायण* जैसे महान हिन्दू महाकाव्य 'कल्पित क़िस्से' हैं। मूलतः ऐसे गल्प, जिनका कोई अन्तर्निहित ऐतिहासिक मूल्य नहीं है। कुछ ने तो यहाँ तक कहा कि मिथकों को किसी तरह की ऐतिहासिकता से नवाज़ना निरक्षरता और मूर्खता है। लेकिन मैं इससे असहमत हूँ, मेरी पड़ताल साबित करती है कि यह एकदम सही नहीं है। स्वाभाविक ही मैं यह नहीं मानता कि प्रत्येक तथाकथित हिन्दू ग्रन्थ में निहित विचार को सत्य मानकर स्वीकार कर लेना चाहिए। ऐसा मानना, मेरी दृष्टि में, इस अनवरत जाँच-पड़ताल के हिन्दू विचार के विरोध में जाना होगा कि किसी भी चीज़ पर विश्वास करने से पहले उस पर सवाल उठाना हमारा कर्तव्य है।

हम डी.आर. भण्डारकर के उन व्याख्यानों से एक उदाहरण लें, जो उन्होंने प्राचीन भारतीय इतिहास पर (ख़ास तौर से ईसा-पूर्व 650 और 325 के कालखण्ड पर) फ़रवरी 1918 में कलकत्ता विश्वविद्यालय में दिए थे। डी.आर. भण्डारकर कौन थे और हमें उनकी बात क्यों सुननी चाहिए? डी.आर. भण्डारकर हिन्दुस्तान के उत्कृष्टतम पुरातत्त्ववेत्ता और लब्धप्रतिष्ठ व्याख्याता थे। वे कलकत्ता विश्वविद्यालय में प्रोफ़ेसर थे और प्राचीन भारतीय इतिहास और संस्कृति पर केन्द्रित एम.ए. के कार्यक्रम में मुद्राशास्त्र पढ़ाते थे। उनके पिता सर आर.जी. भण्डारकर एक प्रसिद्ध भारतविद् थे। सर आशुतोष मुखर्जी जैसे महान शिक्षाविद् ने डी.आर. भण्डारकर के काम की सराहना करते हुए उसे 'भारत के पुरातात्त्विक अनुसंधान के असीम क्षेत्र के दिग्भ्रान्त इलाक़ों में मार्गदर्शक काम' की संज्ञा दी थी। प्रागैतिहास के अपने अनुसन्धान में भण्डारकर निरन्तर इस बात की ओर संकेत करते हैं कि किस तरह युग-चेतना को पकड़ने की कोशिश करने वाले लोगों द्वारा रचे गये ग्रन्थों, *रामायण और महाभारत,* में मिलने वाले सन्दर्भ अनेक ऐतिहासिक तथ्यों की पुष्टि करते हैं। मैं भण्डारकर के इन व्याख्यानों से उदाहरण के लिए सिर्फ़ तीन बिन्दुओं को प्रस्तुत करूँगा।

उदाहरण के लिए एक व्याख्यान में भण्डारकर भोज नामक एक क्षत्रिय (हिन्दुओं के चार वर्णों में से एक योद्धा वर्ण) जनजाति के बारे में बात करते हैं। वे इस जाति के अस्तित्व की पुष्टि कौटिल्य के *अर्थशास्त्र*, जो सामाजिक-आर्थिक व्यवस्था पर हिन्दुस्तान का वह ग्रन्थ है, जो शासन-कला के सिद्धांतों बारे में फ़्लोरेंटाइन निकोलो, मैकियाविली के परामर्श से पहले लिखा गया था, से लेकर *महाभारत* और *हरिवंश* (जोकि *महाभारत* का एक महत्त्वपूर्ण क्षेपक है) तक का विस्तार से वर्णन करते हैं।

इसके बाद इक्ष्वाकुओं का सन्दर्भ आता है, जो उत्तर भारत का बड़ा शासक वंश रहा है। भण्डारकर तीन स्रोतों से इक्ष्वाकुओं की उपस्थिति की पुष्टि करते हैं। पहला है, पुरातत्त्ववेत्ताओं द्वारा खोजे गए तीसरी सदी के वे शिलालेख जो इक्ष्वाकु वंश के राजा माधरिपुत्र श्री वीरपुरुषदत्त के शासन की बात करते हैं। दूसरा, *रामायण* से जिसके माध्यम से हम जानते हैं कि इस महाकाव्य के नायक भगवान राम इक्ष्वाकु वंश का हिस्सा थे। और तीसरा, बौद्ध ग्रन्थ हमें बताते हैं कि बुद्ध भी इसी राजवंश से थे।

भण्डारकर के व्याख्यानों से लिए गए मेरे तीसरे उदाहरण का सम्बन्ध ब्राह्मण ऋषि अगस्त्य से है। *रामायण* में अगस्त्य का उल्लेख विन्ध्य पर्वत-शृंखलाओं को पार करने वाले प्रथम व्यक्ति के रूप में आता है और उनको तमाम तमिल व्याकरण द्वारा महान तामिरमुनी या तमिलों के सन्त के रूप में तमिल भाषा का संस्थापक माना जाता है। भण्डारकर इस ओर भी संकेत करते हैं कि अगर आप रॉबर्ट काल्डवेल की *ग्रामर ऑफ़ द द्रविड़ियन* या *साउथ इंडियन फ़ैमिली ऑफ़ लैंग्वेजेज़* पढ़ें, तो वहाँ उस पर्वत का उल्लेख मिलता है जहाँ तमिल भाषा को जन्म देने के अपने काम के बाद अगस्त्य जाकर रहने लगे थे। यह पर्वत जिसे स्थानीय परम्परा अगस्तियर (अगस्त्य की पहाड़ी) के नाम से जानती है। और जिस नाम को बाद में अँग्रेज़ों द्वारा अपना लिया गया, आज भी तमिलनाडु के तिन्नेवेली ज़िले में स्थित है। काल्डवेल उन्नीसवीं सदी के उत्तरार्ध के एक ईसाई धर्मप्रचारक और भाषा वैज्ञानिक थे। मुद्दा सिर्फ़ इतना है, यह मानकर चलना ग़लत है कि मिथक या किंवदन्तियाँ इतिहास में गुँथे हुए नहीं होते। जिसे एक निरा मिथक मान लिया गया, हो सकता है वह इतिहास के साथ, वास्तविक घटनाओं के साथ और वास्तविक लोगों के साथ गहरे रिश्ते के बारे में हो सकता है।

इन उदाहरणों के बारे में भण्डारकर जो बात कहते हैं वह सबसे महत्त्वपूर्ण है, 'मैं इस बात से बेख़बर नहीं हूँ कि अनुश्रुतियाँ हैं। लेकिन यह मानना ग़लत है कि अनुश्रुतियाँ हमें कोई ऐतिहासिक सीख नहीं देतीं।'

प्राचीन मिथकों का ऐतिहासिक दृष्टि से पुनरावलोकन करने के पीछे ठीक यही तर्क है। यह इस बात को सुनिश्चित करने के लिए है कि हम मिथकों और अपने रोज़मर्रा के परिदृश्य के साथ प्रासंगिक सम्बन्ध बनाएँ ताकि अनुश्रुतियाँ निरी कल्पना

और दूर की चीज़ न बनी रहें। उद्देश्य यह साबित करना नहीं है कि राम अपने आप में एक ऐतिहासिक व्यक्तित्व थे, बल्कि जिसे हम इतिहास के रूप में जानते हैं, उसके साथ उस चीज़ के रिश्ते को दर्शाना है जिसे हम मिथक के रूप में जानते हैं। और यह दर्शाना कि किस तरह ये दोनों अन्तरप्रजनन करते हुए हमें हमारे राष्ट्रीय अवलम्ब का बोध प्रदान करते हैं। इतिहास और मिथक के बीच का ठीक यही वह परावर्तक सम्बन्ध है, जिसका तर्क इस विषय पर एक बार मुझे प्रसिद्ध अर्थशास्त्री, इतिहासकार और ब्रिटिश लेबर पार्टी के नवाब लॉर्ड मेघनाद देसाई से सुनने मिला था। उन्होंने इस बात पर ज़ोर दिया था कि *बाइबल* का अध्ययन ऐतिहासिक सन्दर्भों के लिए किया गया। उदाहरण के लिए ऐसा अध्ययन स्कॉलर, धर्मशास्त्री और ट्रिनिटी कॉलेज डबलिन में धर्मशास्त्र और देवविद्या के प्रोफ़ेसर डॉ. जेम्स उश्शर ने किया है। इसी तरह ग्रीक इतिहास के लिए *द इलियड* और *द ओडिसी* का अध्ययन किया गया है।

निर्णायक महत्त्व के ग्यारह खण्डों के ग्रन्थ *द हिस्ट्री ऐंड कल्चर ऑफ़ द इंडियन पीपल* के सम्पादक महान भारतीय इतिहासकार रमेश चन्द्र मजूमदार ने 'पुराणों और *रामायण* तथा *महाभारत* जैसे महाकाव्यों में मौजूद आँकड़ों, ख़ास तौर से राजसी वंशावलियों से एक नैरन्तर्यपूर्ण ऐतिहासिक आख्यान की पुनर्रचना के लिए' प्राचीन भारत के अँग्रेज़ विशेषज्ञ फ़्रैड्रिक ईडन पार्गीटर द्वारा किए गए काम के महत्त्व के बारे में बताया है। ये महाकाव्य, मजूमदार के मुताबिक़, 'वह एकमात्र निष्पक्ष आधार उपलब्ध कराते हैं जिस पर भारत का प्राचीन राजनैतिक इतिहास गढ़ा जा सकता है।' मजूमदार लिखते हैं, 'पार्गीटर ने सफलतापूर्वक कम से कम इतना तो दर्शाया ही है कि पुरु, मन्धाता, नहुष, ययाति, कार्तवीर्य अर्जुन जैसी महान ऐतिहासिक विभूतियों को निरी कल्पनाएँ और मिथक मानना ग़लत होगा। और इनको किसी तरह का ऐतिहासिक परिप्रेक्ष्य प्रदान करने वाले किसी भी सिद्धान्त को अत्यन्त मूल्यवान समझा जाना चाहिए।' सवाल यहाँ एकदम सीधा-सा है, लेकिन इसका दोटूक जवाब अक्सर आसान नहीं होता। हमारे मिथकों और अनुश्रुतियों का कौन-सा हिस्सा आन्तरिक रूप से इतिहास से जुड़ा हुआ है और कौन-सा हिस्सा नहीं जुड़ा है? मैंने महसूस किया है कि हम हिन्दुस्तानी लोग, ख़ास तौर से पराधीनता के लम्बे इतिहास की वजह से, अपनी प्राचीन उपलब्धियों को लेकर अक्सर उपहास और उपेक्षा से भरे रहे हैं। ये शायद किसी हद तक स्वातन्त्र्योत्तर चरित्र की भी देन है। जिसमें जिस वक़्त देश आधुनिक पहचान की खोज में लगा था। उस वक़्त परम्परा को गई-बीती और अप्रासंगिक चीज़ की तरह देखा गया। प्रसिद्ध है कि नेहरू ने बड़े बाँधों को आधुनिक हिन्दुस्तान के मन्दिरों की संज्ञा दी थी। लेकिन विचार की इस लीक पर आगे बढ़ते हुए क्या हमने कहीं इस तरह की भावना विकसित नहीं कर ली कि मन्दिरों की ओर देखने का एकमात्र ढंग उनके प्रति बौद्धिक तिरस्कार का भाव रखना है? क्या हम ज़्यादातर मामलों में अनुपयोगी चीज़ से छुटकारा पाने की प्रक्रिया में उसके

साथ महत्त्वपूर्ण चीज़ से भी हाथ नहीं धो बैठे? हमारी संस्कृति और विज्ञान के बारे में हमारे दमनकर्ता उपहास का जो भाव रखते थे, क्या हमने उस भाव को बरक़रार नहीं रखा। क्या हमने आत्मविश्वास के साथ और व्यर्थ की विनम्रता के बग़ैर अपनी विरासत को समझने और अपनाने की पर्याप्त कोशिश की है?

इन सवालों पर विचार करते हुए जब मैंने सुना कि ख़ास तौर से प्राचीन भारत में विज्ञानों के सन्दर्भ में कोई भी विशेषज्ञता चालबाज़ी थी, तो सहसा एक विचित्र-सी चीज़ पर मेरी निगाहें टिक गईं। भारतीय मूल के एक गणितज्ञ मंजुल भार्गव ने फ़ील्ड्स मैडल जीता था, जो गणित के क्षेत्र में उत्कृष्ट काम के लिए दिया जाने वाला सबसे बड़ा पुरस्कार है। भार्गव की सबसे बड़ी उपलब्धि सम्भवतः यह थी कि उन्होंने 200 साल पुरानी एक गणितीय समस्या को हल किया था। वे यह कैसे कर सके? भार्गव का कहना है कि वे इस उद्यम को संस्कृत की उस पुरानी पाण्डुलिपि को पढ़कर पूरा कर सके, जिसे उनके दादा पुरुषोत्तम लाल भार्गव ने संरक्षित किया हुआ था, जो राजस्थान विश्वविद्यालय के संस्कृत विभाग के अध्यक्ष थे। उनके पुस्तकालय के भण्डार में उनको सातवीं सदी के भारतीय गणितज्ञ ब्रह्मगुप्त की कृति मिली। और उन्होंने पाया कि ब्रह्मगुप्त के इस काम का उपयोग करते हुए वे उस समस्या का हल खोज सकते हैं, जो पिछली दो सदियों से अनसुलझी पड़ी हुई थी। वास्तव में, जब दो सम्पूर्ण वर्गों के कुल योग के रूप में प्राप्त दो संख्याओं का आपस में गुणा किया जाता है, तो दो सम्पूर्ण वर्गों का कुल योग हासिल होता है। इस सिद्धान्त का सामान्यीकरण उनको ब्रह्मगुप्त की उस कृति में प्राप्त हुआ और उसने उस व्यापक कम्पोजीशन लॉ को हल करने में उनकी मदद की, जिसे 1801 में जर्मनी के कार्ल फ्रैड्रिक गॉस ने प्रस्तुत किया था।

अपने शोध के दौरान इस तरह के उदाहरणों से टकराना मेरे लिए बहुत आकर्षक था, जहाँ मिथक और इतिहास व्यावहारिक परिस्थितियों से मिलते हैं। क्योंकि सामान्यतः मुझे यही सुनने मिलता था कि किस तरह ज़्यादातर प्राचीन भारतीय ज्ञान पुराना पड़ चुका है और आज कोई ख़ास मूल्य नहीं रखता। और इसलिए मैंने अपने लिए प्राचीन भारतीय ज्ञान के बारे में कुछ धारणाओं को तोड़ने और समझने का फ़ैसला किया। अपने शोध के सिलसिले में और आगे जाने पर मैंने पाया कि ब्रह्मगुप्त अब तक के एक महानतम गणितज्ञ थे। जिन्होंने भारत में ऋणात्मक संख्याओं (नैगेटिव नम्बर्स) की अवधारणा को प्रस्तुत किया और उनकी क्रियाविधि के सारे नियमों को स्पष्ट किया। *ब्रह्मस्फुटसिद्धान्त* और *खण्डखाद्यक* उनके दो प्रभावशाली ग्रन्थ हैं। इस पाठ और सिद्धान्त तक भार्गव की पहुँच मुमकिन हो सकी, इसकी एकमात्र वजह यह थी कि उनके दादा को संस्कृत भाषा और उसके पाठों का ज्ञान था।

इस बीच, जब मैं इतिहास की छानबीन में लगा हुआ था, तभी भारत में संस्कृत सप्ताह मनाने को लेकर एक विवाद खड़ा हो गया। और सरस्वती नदी, जिसका मार्ग

अरसे पहले सूखकर लुप्त हो चुका है, के बारे में एक सरकारी खोज एक कड़वी टीका-टिप्पणी का कारण बन गई थी। बावजूद इसके कि इसका नेतृत्व इसरो कर रहा था और इस नदी को 1855 में एक फ़्रांसीसी भूगोलविद् लुई विवें दे सॉं माख़्तिन द्वारा फिर से ढूँढ़ निकाला गया था। संस्कृत पर जारी बहस ने मुझे उत्प्रेरित किया कि मैं यह देखूँ कि प्राचीन भारत के धार्मिक और सामाजिक ग्रन्थों की इस भाषा के बारे में दूसरे लोगों का क्या कहना है। मुझे यह जानकर आश्चर्य हुआ कि संस्कृत भाषा के बहुत से विशेषज्ञ, यहाँ तक कि हिन्दू धर्म के विशेषज्ञ भी, पश्चिम में थे, ख़ास तौर से अमेरिका में। चूँकि ज़्यादातर धार्मिक दस्तावेज़, ख़ास तौर से हिन्दू पद्धति से ताल्लुक रखने वाले अंतहीन दस्तावेज़, आन्तरिक रूप से व्याख्या के लिए खुले हुए हैं। इसलिए निष्कर्ष काफ़ी कुछ इस बात पर निर्भर करते हैं कि इन व्याख्याओं के लिए किस तरह के चश्मे इस्तेमाल किए जाते हैं।

मैंने अनुभव किया कि बावजूद इसके कि पश्चिम के विशेषज्ञों में ज़बरदस्त विद्वत्ता है, तब भी वे भारतीय धर्म और दर्शन की व्याख्या के लिए पश्चिमी मुहावरों, विचारधाराओं और सिद्धान्तों का उपयोग करते हैं। जो उनको त्रुटिपूर्ण कैफ़ियतों की ओर ले जाते हैं। और चूँकि भारत ने धार्मिक आस्था के आचरण का तजुर्बा रखने वाले बहुत थोड़े से विशेषज्ञों को उत्पन्न किया। इसलिए इनमें से कुछ ग़लत त्रुटिपूर्ण धारणाएँ तेज़ी से 'सत्य' बनने की ओर उन्मुख होती गईं, सिर्फ़ पश्चिम के लोगों के लिए नहीं बल्कि हर किसी के लिए। जिस चीज़ को बहस का मुद्दा बन सकना चाहिए था वह एक झटके से एकालाप में बदल गई। कम से कम हिन्दुस्तान में, संस्कृत और प्राचीन ज्ञान-पद्धतियों पर औपनिवेशिक तिरस्कार की मोटी परत चढ़ती गई, जिसको हटाने के लिए उत्तर औपनिवेशिक इतिहास को कई वर्षों तक जूझना पड़ा। यह विडम्बना है कि मैंने पाया कि कुछ शुरुआती प्राच्यविद्याविद (ओरिएंटलिस्ट) इस परम्परा के अन्तिम चैम्पियनों में से थे। बंगाल के पुनर्जागरण के पहले के एक महान प्राच्यविद्याविद विलियम जोन्स ने लिखा कि संस्कृत उन्हें 'ग्रीक से कहीं ज़्यादा सम्पूर्ण, लैटिन से कहीं ज़्यादा प्रचुर और दोनों के मुक़ाबले कहीं ज़्यादा उत्कृष्ट रूप से परिष्कृत लगी।' एक अन्य अध्यवसायी प्राच्यविद्याविद हैनरी कोलब्रुक ने पाया कि ब्रह्मगुप्त और छठवीं सदी के खगोलविद् आर्यभट्ट बीजगणित और अंकगणित के अग्रदूतों में से थे। आर्यभट्ट के काम की तुलना यूनानी डायोफ़ैंटस से करते हुए कोलब्रुक ने यहाँ तक निष्कर्ष निकाला कि भारतीयों का बीजगणित ग्रीकों के बीजगणित के मुक़ाबले कहीं ज़्यादा असाधारण था। मैंने यह सवाल उठाना शुरू किया, क्या हम अपने ज्ञान को तभी स्वीकार करते हैं, जब वह हम तक पश्चिम के द्वारा ब्रांडेड होकर, व्याख्यायित होकर और स्पष्ट तौर पर लेबल लगाकर पहुँचता है? जैसे कि योग की हमारी समझ! क्या यह एक बार फिर से हिन्दुस्तानियों का गुलामी का भाव है। यह मज़ाक़ कि हम अपनी किसी भी चीज़ या कृत्य को तब तक पर्याप्त

ठीक नहीं मानते जब तक कि उस पर पश्चिम की मुहर नहीं लग जाती? मुझे लगा कि हमें अपनी औपनिवेशिक मानसिकता से छुटकारा मिलने की शुरुआत तभी हो सकती है। जब हम यह मानना शुरू करेंगे कि हमारा इतिहास वह हो सकता था, जो दूसरों ने नहीं लिखा है।

जब मैंने अपने चारों ओर देखा और वह सब पढ़ा जो हिन्दुस्तान के बारे में और अक्सर हिन्दू धर्म के बारे में लिखा गया है, तो मुझे वह सही भाषा ढूँढ़ने के लिए काफ़ी जूझना पड़ा, जिसमें मैं अपनी भावनाओं का बयान कर सकता। तभी मुझे अफ़्रीकी लेखक बिन्यावंगा वैनैना का लिखा 'हाउ टु राइट अबाउट अफ़्रीका' शीर्षक से एक अद्भुत और पिष्टोक्तियों को तहस-नहस कर देने वाला निबन्ध हाथ लगा। वैनैना का यह निबन्ध जहाँ अफ़्रीका पर पश्चिमी दृष्टिकोण का आलोचनात्मक परीक्षण करता है। वहीं, वह केन्या के एक समलैंगिक लेखक के रूप में उनकी अपनी उस पहचान के प्रश्न से भी टकराता है, जिसके तहत वे अपनी मामूली शुरुआत से ऊपर उठकर एक प्रतिष्ठित लेखक बने। और अमेरिका के बार्ड कॉलेज में चिनुआ अचेबे सेंटर फ़ॉर अफ़्रीकन लिटरेचर ऐंड लैंग्युएजेज़ के डायरेक्टर बने। यह निबन्ध अफ़्रीका के बारे में वर्जनाओं और पाखण्डों की ओर इस तरह की साहसिक पंक्तियों में संकेत करता है, 'बयान करिए, विस्तार से, नंगे स्तनों का... या विकृत गुप्तांगों का, या बढ़े हुए गुप्तांगों का। या किसी भी तरह के गुप्तांग। और शव। या, और बेहतर होगा, नंगे शव... याद रखिए, आपके द्वारा पेश की गई कोई भी ऐसी कृति जिसमें लोग गन्दे और दयनीय दिखते हों, उसे "वास्तविक अफ़्रीका" कहा जाएगा।' यह निबन्ध कठोर व्यंग्य से भरी पदावली में उस दोषपूर्ण भाषा का चित्रण करता है जो विशेष रूप से पश्चिम द्वारा अफ़्रीका के किसी भी विवरण को घेरने और उसका विद्रूपीकरण करने के लिए प्रयोग में लाई जाती है। और उसको उसके पाखण्ड का सामना करने को विवश कर देता है। यह निबन्ध पश्चिम द्वारा प्रयुक्त भाषा का प्रयोग उन गहरे पैठे पूर्वाग्रहों के चित्रण के लिए करता है, जिनका सामना अफ़्रीका आज भी कर रहा है।

2007 में जब वैनैना ने यंग ग्लोबल लीडर का पुरस्कार लेने से इनकार कर दिया (वह पुरस्कार जो संसार के भविष्य को आकार देने में योगदान की सामर्थ्य रखने वाले लोगों को दिया जाता है) तो यह बात स्पष्ट हो गई थी कि वे महज़ तीसरी दुनिया के रूप में एक और प्रतिभाशाली लेखक होने नहीं जा रहे हैं। पुरस्कार के लिए नामांकन करने वाले अधिकारियों को दिए गए अपने जवाब में उन्होंने जो ख़त लिखा उसमें पुरस्कार समारोह में शामिल होने के लालच को स्वीकार किया गया था, लेकिन इस बात को उन्होंने उस बात के सन्दर्भ में गौण महत्त्व दिया जो वे कहना चाहते थे।

उन्होंने लिखा, 'समस्या ये है कि मैं एक लेखक हूँ। और हालाँकि बहुत से लेखकों की तरह मैं भी प्रसिद्धि, ऐश्वर्य और विश्वसनीयता की कल्पना करते हुए रात में बिस्तर पर सोने जाता हूँ। लेकिन मेरे व्यवसाय में कहीं ज़्यादा महत्त्वपूर्ण चीज़ अपने आपको पूरे वक़्त खुला, स्वाधीन और सृजनात्मक बनाए रखना है... यह मेरे लिए बहुत बड़ा छल होगा, अगर मैं इस तुच्छ बात को स्वीकार करता हूँ कि मैं संसार के मामलों पर महत्त्वपूर्ण ढंग से प्रभाव डालने जा रहा हूँ।' उनका निबन्ध पढ़ना मेरे लिए अलौकिक बोध का क्षण था। मुझे मेरी वाणी के लिए एक गुरु मिल गया था। इसलिए मैंने *'हाउ टु राइट अबाउट अफ़्रीका'* की स्तुति में एक *'हाउ टु राइट अबाउट हिन्दूज़ विद अ लेफ़्ट हैंड'* शीर्षक से एक निबन्ध लिखा। इस छोटे-से निबन्ध ने मुझे वह कहने का स्वर और जोश प्रदान किया जो मैं इस पुस्तक में कहना चाहता था। इसने मुझे बताया कि मुझे क्या छोड़ना चाहिए और क्या बचाए रखना चाहिए। इसने मुझे अपने मुद्दे पर, उस रूप में जिसमें मैं उसको देखता था, तेज़ी से एकाग्र होने की सीख दी।

मैंने जो लिखा था वह यह था-

'Hindu शब्द हमेशा इस तरह लिखो जैसे तुम वास्तव में Hindoo (पैरोडी का संकेत देने के लिए इस्तेमाल किए जाने वाले औपनिवेशिक हिज्जे) लिखना चाहते हो। "सन्ध्या बेला," "आत्मा," "पाखण्डपूर्ण," "बुर्ज़ुआ," "पारम्परिक," "प्राच्यविद्याविद्" जैसे शब्द स्वाभाविक ही मददगार होंगे। उपशीर्षकों में "प्राचीन," "बहुवचन," "सभ्यता," "वैकल्पिक," "सैक्स" जैसे शब्द शामिल किए जा सकते हैं। इनमें आख़िरी शब्द सर्वाधिक महत्त्व का है। बिना इसके तुम्हारी पुस्तक (लेख, निबन्ध) और हिन्दू धर्म अभिशप्त हैं। उसकी आत्मा कभी खोजी नहीं जा सकेगी।

इससे भी बदतर ये कि तुम्हारी पुस्तक (लेख, निबन्ध) के बारे में कभी ट्वीट नहीं किया जाएगा।

तुम्हारी पुस्तक (लेख, निबन्ध) में एक तसवीर होनी चाहिए। इसका रंग नारंगी होना चाहिए। इसे हमेशा "भगवा" कहो। बिना भगवा के तुम्हारी पुस्तक (लेख, निबन्ध) की बिक्री बहुत मुश्किल होगी। जो, जैसा कि हम जानते हैं, अच्छी स्थिति नहीं है।

ख़ास तौर से तब जबकि आप बिकने वाले हों।

अपने लेखन के साथ तुम जिन तसवीरों का इस्तेमाल करो वे दयालु, सन्तुलित, ख़ुशनुमा ढंग से ईश्वर-भीरु लोगों की नहीं हो सकतीं। उन लोगों के बाल जटाजूट होने चाहिए। छाती में बालों के गुच्छे हों। हाथ में अगर त्रिशूल हो तो वाक़ई मददगार होगा। वे बहुत सारे कपड़े नहीं पहन सकते। यह चीज़ योद्धा साधु की छवि बिगाड़

देती है, बहुत ज़्यादा विद्रोह करने वाला साधु एक सशक्त औज़ार है। इसे हल्के-फुल्के ढंग से मत लो। या तुम व्याकरण के लिहाज़ से ग़लत बैनर लिए किसी चश्माधारी, चिड़चिड़े बूढ़े को ले सकते हो। जो गुस्सा दिख रहा हो।

इन लोगों को अपनी तसवीर के फ़्रेम के दायीं तरफ़ खड़ा करो। इससे पता चलेगा कि तुम कितनी बार दक्षिणपन्थ के बारे में लिखोगे। अगर वे मददगार हों तो हल्का-सा दायीं तरफ़ को झुक सकते हैं। त्रिशूल का अच्छी तरह इस्तेमाल करते हुए। या ग़लत हिज्जे वाला बैनर।

अपने मज़मून में हिन्दू धर्म की व्यापकता का लगातार हवाला दो। बहु-अनेक का इस्तेमाल करो (ये ईश्वरवादी, यहाँ तक कि चटपटा हो सकता है), हर दूसरे वाक्य में विषमताओं को रखो, लेकिन तत्त्वतः हिन्दुओं को केन्द्र से हल्के-से खिसके हुए समग्र की तरह बरतो। तुम एकाश्म शब्द का इस्तेमाल करोगे। इसका मतलब होगा एक एक-रूप सत्ता। हिन्दू धर्म को तुम्हें इसी तरह बरतना चाहिए। भले ही तुम ऐसा कभी कहो नहीं।

हिन्दुत्व को हमेशा एक "जीवन-शैली" कहो। यह "खुल जा सिमसिम" कहने जैसा है। "जीवन-शैली" साड़ी की तरह है। यह पापों की बहुलता को छिपाता है। इसकी तहों के नीचे तमाम लालच-भरे अतिरेक और रंगरेलियाँ साफ़ ढंग से छिप जाती हैं। एक बार तुमने "जीवन-शैली" कहा और तुम कुछ भी कहने के लिए आज़ाद हो।

यह कहते हुए लिखने की शुरुआत करो कि तुम सारे देवी-देवताओं से प्रेम करते हो। हिन्दुओं के बहुत-से देवी-देवता हैं। इसलिए लिखने के लिए बहुत-सी पुस्तकें (लेख, निबन्ध) हैं। लेकिन तुमने कहीं भी सपेरों या हाथियों का ज़िक्र नहीं किया है। इसलिए तुम्हारी कृति वैचित्र्य की खोज के बारे में नहीं है। ये पाण्डित्य है। ओह! सॉरी, तुमने हाथी के सिर वाले देवता का उल्लेख किया है। आपने कहा है कि उसकी सूँड लिंग है। या उसका लिंग सूँड है। आप पूरी तरह निश्चित तौर पर नहीं कह सकते, लेकिन वहाँ कुछ ऊटपटाँग है। आख़िरकार यह एक जीवन-शैली है।

तेज़ी से सैक्स की ओर जाओ। बहुत ज़्यादा मनन-चिन्तन और आध्यात्मिकता उबाऊ हो जाती है। या योग की तरह की बातें। और इसके लिए आपको कोई क्यों पढ़ेगा? बिक्रम ने यह बेहतर ढंग से किया है। जॉर्ज ने, जानते हो! क्लूनी! वह, और मैडोना! और लेडी गागा!, वे सब इसकी बात करते हैं। हर पीढ़ी के लिए एक यजमान।

जब तुम सैक्स और हिन्दुओं के बारे में लिखो तो नागा साधुओं का हवाला ज़रूर दो। ये वाक़ई कारगर होता है, क्योंकि नागा साधु... नंगे होते हैं। इसलिए तुम "नंगे," "चिपके हुए," "भभूत," "लिंग" जैसे शब्दों का कई बार इस्तेमाल कर सकते हो। ख़ास तौर से "नंगे" शब्द का। बहुत से हिन्दुओं ने अपनी ज़िन्दगी में कभी

किसी नंगे भिक्षु को नहीं देखा होता है। सिवा मुमकिन है कि तसवीरों के, लेकिन ये मुख्य मुद्दा क़तई नहीं है। आप उन लोगों के बारे में, उन हिन्दुओं के बारे में नहीं लिख सकते। क्योंकि...अगर तुम कहते हो कि उन्होंने नंगे साधु नहीं देखे हैं, तो ज़ाहिर है तुम "नंगा" शब्द नहीं लिख सकते। या "लिंग।" ख़ास तौर से हिन्दू कोई नंगा नहीं, कोई लिंग नहीं, नहीं इससे काम नहीं चलेगा। केंसिंग्टन से लेकर केंटुकी तक हर कोई जानता है कि हिन्दू हमेशा कामसूत्र-रत होते हैं।

हिन्दू यही करते हैं। वे कामसूत्र करते हैं। जिसके लिए आपको नग्नता ज़रूरी है, और सबसे ज़्यादा लिंग।

वर्जित...विषय, चुपचाप प्रार्थना करते हिन्दू। फ़लसफ़ा लिखते हुए हिन्दू। या धर्मशास्त्र लिखते हुए। अपना रोज़मर्रा जीवन जीते हुए हिन्दू या स्त्रियों को न पीटते हुए, स्त्रियों के साथ बलात्कार न करते हुए, लिंग-प्रदर्शन, स्तन-प्रदर्शन, या योनि-प्रदर्शन न करते हुए हिन्दू।

याद रखो कि हिन्दुओं के लिए खड़े आकार की सारी चीज़ें लिंग हैं। अति-आत्मविश्वासी हुए बग़ैर हिन्दू-धरती पर कोई चीज़ नहीं टिक सकती। दरअसल, ये वो पंक्ति है जिसका तुम इस्तेमाल कर सकते हो। न्यू यॉर्क में पुस्तक पाठ के दौरान ये ग्रेट हिट होगी। और हाँ! सारे खुलाव, सारे छेद, योनि हैं। तुम्हें हमेशा यह लिखना चाहिए कि हिन्दुओं का हर रोज़ का सबसे बड़ा, सबसे अपरिहार्य उद्यम इन दो चीज़ों को एक-दूसरे से मिलाना रहा है। कौन-सी दो चीज़ें? लिंग और योनि। अच्छे पाठक को भ्रमित मत करो।

तुम्हारी पुस्तक का सबसे बड़ा नुक़्ता यह होना चाहिए कि हिन्दुत्व में कोई नियम नहीं होते। तुम्हें पुस्तक की शुरुआत में हिन्दुत्व के प्रति ज़बरदस्त प्रेम का दावा करना चाहिए। इसकी शुरुआत तुम्हारी अपनी माँ के बारे में बात करने से हो सकती है जो तुम्हें हिन्दुस्तान के रंग दिखा रही है। तुम्हारी माँ के छींट के सस्ते दुपट्टे से लेकर प्रिय हिन्दू ग्रन्थों तक एक बहुत छोटी-सी दूरी है, जिसे तुम्हारी पुस्तक आसानी से पार कर सकती है।

हिन्दुस्तान के रंगों का पूरे विस्तार के साथ वर्णन करो। रंग मिट्टी के (जिस पर हिन्दू नंगे हैं), रंग पेड़ों के (जो खड़े हैं, लिंग की तरह), रंग आकाश का (नीला, वैसा जैसा औरतें कभी-कभी रत्यानन्द के बाद महसूस करती हैं), रंग त्योहारों के (मासिक धर्म के ख़ून की तरह लाल)। कहो कि तुम इन सारे रंगों से प्रेम करते हो। ख़ास तौर से जब उनमें नंगे लोग हों। और ये सारे रंग हिन्दुओं के लिए सम्भोग के रंग हैं।

हमेशा सूक्ष्म ढंग से इस ओर इशारा करो कि बावजूद इसके कि तुमने सारे हिन्दू ग्रन्थ पढ़े हैं और उनमें निपुणता हासिल कर ली है, तब भी ऐसी दरअसल कोई चीज़ नहीं है जिसे हिन्दुत्व कहा जा सकता हो। ये तुम्हारी पुस्तक का सबसे बड़ा

अटल रहस्योद्‌घाटन होना चाहिए। अगर कोई तुम्हारी ग़लतियों को पकड़कर तुम्हें अदालत में घसीट ले जाता है तो उस स्थिति के लिए यह एक बड़ी तैयारी भी है।

तुम जितना ज़्यादा यह बात लिख सको कि तुम हिन्दुत्व के खुलेपन को बहुत पसन्द करते हो, उतना ही यह तुम्हारे लिए अच्छा होगा। क्योंकि अगर कोई चीज़ है ही नहीं, अगर कोई नियम, कोई तथ्य, कोई वास्तविकताएँ और कोई पाठ ही नहीं हैं, अगर कोई हिन्दुत्व ही नहीं है, तो तुम जो चाहो लिख सकते हो। और तुम जो भी लिखोगे, वह तुम्हारा पाण्डित्य साबित करेगी।

इसलिए तुम इस अनस्तित्वपन में हिन्दुओं के बारे में उन तीन प्राणवान सच्चाइयों नंगा, योनि और लिंग में चतुराईपूर्वक हर चीज़ को बदल सकते हो।

कभी किसी हिन्दू देवी-देवता के बारे में कुछ भी अच्छा न कहने की कोशिश करो (बशर्ते कि तुम उनके लिंग या योनि के बारे में या दोनों के बारे में कुछ न कह रहे होओ)। ये बहुत दक्षिणपन्थी होगा। लेकिन यह हमेशा कहो कि हिन्दू कथाओं के सारे खलनायक वास्तव में अच्छे लोग थे। सिर्फ़ उनको ग़लत समझा गया है या उनकी ग़लत व्याख्याएँ की गई हैं। जिस तरह नेशनल रायफ़ल एसोसिएशन की या तालिबान की की गई हैं। खलनायकों के लिंग या योनि की चर्चा कभी मत करो। उनके नंगे रूप का वर्णन कभी मत करो। लेकिन नायकों को हमेशा कामोन्मादी होना चाहिए। उनको वासना-लोलुप और बलात्कारी होना चाहिए। सिर्फ़ देवता बलात्कार करते हैं, राक्षस नहीं करते। ये एक और बड़ी खोज होगी जो तुमने अपने अध्ययन के दौरान की होगी।

अपनी पुस्तक की समीक्षा हमेशा मार्क्सवादियों से कराओ। समीक्षक जितना ही अपने मार्क्सवादी रुझान की घोषणा करें, उतना ही अच्छा है। इससे आपकी पुस्तक की विश्वसनीयता बढ़ेगी। किसी हिन्दू भक्त से अपनी पुस्तक की समीक्षा कभी मत कराओ। ये बहुत दक्षिणपन्थी होगा।

आपकी पुस्तक का आवरण ऐसा होना चाहिए, जिसमें बहुत से देवी-देवता और लोग नग्न रूप में प्रदर्शित हों या वे अपनी योनियाँ या लिंग प्रदर्शित कर रहे हों या अपनी योनि या लिंग का इस्तेमाल कर रहे हों। ऐसा आवरण किसी भी हालत में न हो जिसमें कोई व्यक्ति ध्यान करते हुए दर्शाया गया हो। क्योंकि हर कोई जानता है कि ध्यान की खोज अमेरिका में हुई थी। और फिर बाक़ी दुनिया में उसका निर्यात हुआ था। एक वैश्विक सुपर ब्रांड के रूप में।

अपनी पुस्तक का समापन हमेशा हिन्दुत्व के बारे महात्मा गाँधी की किसी बात से करो। इसके बाद जल्दी से गाँधी के सैक्स जीवन के बारे में कुछ कहो और जो वाक्य बनाओ उसमें 'नंगी नौजवान लड़कियाँ' शब्दों का इस्तेमाल करो। क्योंकि तुम हिन्दुत्व से प्रेम करते हो। और उसके खुलेपन से। क्योंकि तुम चिन्ता करते हो।

2

हिन्दू कौन है?

हिन्दू होने का क्या अर्थ है? कोई कहेगा कि हिन्दू वह है जो हिन्दू करता है। और हिन्दू क्या करता है? ये सवाल सबसे ज़्यादा महत्त्व का है, क्योंकि बहुत सारे हिन्दुओं के लिए उनकी धार्मिक आस्था का मतलब उन रीति-रिवाजों और अनुष्ठानों का पालन करना है जो उनको कई पीढ़ियों से ज्ञात रहे हैं। इसीलिए हिन्दुत्व को लगातार एक 'जीवन-शैली' की संज्ञा दी जाती रही है। मेरा ऐसा मानना है कि 'जीवन-शैली' नामक इस पद में हिन्दुत्व की गहराई को पकड़ने की सामर्थ्य का अभाव है। इस पद का प्रयोग बोलचाल की भाषा में इस क़दर हुआ है कि इसने अपना सारा अर्थ खो दिया है। लेकिन इस बात से इनकार नहीं किया जा सकता कि इसमें रोज़मर्रा के कृत्यों का सारांश आ जाता है। वे बहुत से छोटे-छोटे कृत्य और अनुष्ठान जो अन्तहीन आस्थावान लोगों के लिए इसके अर्थ की रचना करते हैं। इसका एक भौगोलिक पक्ष भी है। हिन्दू क्या करता है? हिन्दू सिन्धु नदी के 'दूसरी तरफ़' रहता है। कहा जाता है कि हिन्दुत्व को इसका नाम इसी से मिला है। समझा जाता है कि फ़ारस के लोग, जो सिन्धु नदी को अपने साम्राज्य की सीमा मानते थे, इस नदी के नाम में निहित 'स' का उच्चारण नहीं कर पाते थे। इसलिए उन्होंने 'स' की जगह अपनी ज़बान के लिए उपयुक्त बैठने वाले 'ह' को रख दिया। इस तरह जो भी लोग सिन्धु नदी के दक्षिण में रहते थे वे हिन्दू कहलाने लगे। नदी का उत्तरी हिस्सा पर्वतीय भूभाग था जो अफ़गानिस्तान होते हुए मध्य एशिया की ओर जाने वाला थलीय मार्ग था। वह रास्ता जिसकी मार्फ़त हिन्दुस्तान के इतिहास के मध्ययुग के दौरान इस्लामी दुनिया के अन्तहीन आक्रमण हुए, जिनमें समरकन्द के ज़हीर-उद्-दीन मुहम्मद बाबर का आक्रमण शामिल है। जिसके दो पूर्वज थे तैमूर लंग और चंगेज़ खान, तुर्क और मंगोल। बाबर ने मुग़ल साम्राज्य की शुरुआत की। लेकिन क्या हिन्दुओं के रूप में हमारी पहचान इतनी सरल हो सकती है? क्या भाषा और भूगोल हमारे होने की वजहें हैं? यह कोई छोटा-मोटा सवाल नहीं है। क्योंकि अपनी तथ्यात्मकता के आधार पर यह ऐतिहासिक घटना हिन्दुत्व की मातृभूमि में इसकी पहचान की जड़ों तक पहुँचती है। यह उस प्रश्न के मर्म पर आघात करती है जो 1947 की हमारी आज़ादी के समय से ही पूछा जा रहा है, अगर पाकिस्तान मुसलमानों का देश है, जिसकी स्थापना ख़ास तौर से इसी रूप में हुई थी, तो इसके

बरक्स क्या हिन्दुस्तान निश्चय ही हिन्दुओं का देश है? जब हम यह सवाल हिन्दुस्तान के संविधान से पूछते हैं तो इसका जवाब 'ना' में मिलता है। यह संविधान एक ऐसे धर्मनिरपेक्ष राज्य की कल्पना करता है, जिसमें हर व्यक्ति और समुदाय के लिए जगह है। लेकिन आज़ादी के कोई सत्तर साल बाद यह सवाल और भी अनिवार्य होता गया है, क्योंकि यह सवाल हिन्दुस्तान की आन्तरिक और विदेशी राजनीति में हिन्दुत्व और भारतीय राज्य के रिश्ते के सन्दर्भ में बार-बार पूछा गया है, कि यह रिश्ता किस तरह विकसित हुआ है और आज उसकी क्या स्थिति है।

इस तरह, जहाँ तक मुझे याद पड़ता है, हिन्दुस्तान में इस समूचे मसले को लेकर निरन्तर बहस बनी रही है कि यह विराट, बहुसांस्कृतिक, बहुलतापरक राष्ट्र हिन्दुओं का देश है या नहीं है। एक पवित्र मातृभूमि, इसके देवी-देवताओं के निवास और इसकी चेतना के आवास का विचार हिन्दुत्व के विचार के सन्दर्भ में इतना बुनियादी है कि इस बहस की अनुगूँज न सिर्फ़ सामाजिक-राजनैतिक बल्कि हरदम आत्मीय रूप से निजी स्तर पर भी सुनाई देती है।

किसी भी तरह की और हर तरह की राजनैतिक निष्ठाओं से जुड़े पॉलेमिसिस्टों द्वारा इस 'हिन्दुओं का देश' नामक पद का उपयोग और दुरुपयोग वे तमाम तरह के वक्तव्य देने के लिए किया जाता रहा है, जो कभी-कभी नितान्त हास्यास्पद होते हैं। जो कि हिन्दुस्तान के प्रबुद्ध और अनूठे इतिहास के लिए शर्मनाक हैं। यह वह सवाल है, जिस पर उग्र बहस होती रही है। जिसमें अक्सर हर पक्ष अपनी कार्यसूची के साथ शामिल होता रहा है । और तब भी यह समझना महत्त्वपूर्ण है कि एक आम हिन्दू की समझ से और इस जिज्ञासा के विमर्शात्मक विश्लेषण की दृष्टि से, इसका जवाब कठिन नहीं है। असाध्य रूप से जटिल नहीं है। इसका जवाब हिन्दुत्व के आचरण में निहित है और इसे अनेक ऐतिहासिक विशेषज्ञों द्वारा साबित किया गया है।

तब सामूहिक पहचान के सन्दर्भ में पूछे जाने लायक़ सवाल यह है, वह क्या चीज़ है जो किसी राष्ट्र की सामूहिक स्मृति को परिभाषित करती है? वह स्मृति राष्ट्रीय चेतना में किस तरह आकार लेती है? वे कौन-सी विशेषताएँ हैं जो स्मृति में इसकी सीमाओं और इसकी पहचान को निर्धारित करती हैं? क्या ये सच नहीं है कि एक राष्ट्र, यथार्थ में, प्रथमतः और मुख्यतः एक अवचेतन निर्मिति होता है? आप इस राष्ट्र के अस्तित्व में होने के पहले की कल्पना करिए। इसके अस्तित्व में होने की कल्पना करिए। औपनिवेशिक आख्यान के मुताबिक़, उसके पहले तक कोई 'भारत' नहीं है। जब तक कि अँग्रेज़ों ने उस एक राजनैतिक शासन के अधीन इस महाद्वीप के ज़्यादातर हिस्सों को समेकित नहीं किया था। जैसा राजनैतिक शासन इस क्षेत्र में कभी नहीं रहा था। जेम्स मिल की तीन खण्डों में लिखित *हिस्ट्री ऑफ़ ब्रिटिश इंडिया* की कमोबेश यही थीम है। राजनैतिक सिद्धान्तकार, इतिहासकार और *ऑन लिबर्टी* के लेखक जॉन स्टुअर्ट मिल के पिता जेम्स मिल का तर्क सारांश

में यही है कि जब तक हिन्दुस्तान पर औपनिवेशिक शासन की मार्फ़त अँग्रेज़ी पुनर्जागरण की रोशनी नहीं पड़ी थी, तब तक हिन्दुस्तान एक प्रतिगामी अँधेरा सुराख़ ही था। जेम्स मिल ने लिखा था कि 'एक पर्याप्त योग्य आदमी हिन्दुस्तान के बारे में जितना ज्ञान वहाँ अपनी आँखों और कानों का इस्तेमाल करते हुए लम्बे जीवन के दौरान हासिल कर सकता है उससे ज़्यादा ज्ञान वह इंग्लैंड की अपनी कोठरी में बन्द रहकर हासिल कर सकता है।' और ऐसा तर्क देते हुए उसने सम्भवतः किसी देश का इतिहास लिखने के महान उपक्रम को शुरू करने से पहले उस देश की यात्रा करने और उसके लोगों से मिलने की ज़रूरत को ख़ारिज़ कर दिया था। राजनैतिक मुद्दा यहाँ एकदम सीधा-सादा है। एक प्रकार से, स्वयं हिन्दुस्तान का आविष्कार उसके औपनिवेशिक मालिकों द्वारा किया गया था। और इसलिए इंग्लैंड में लिखी गई पुस्तकों से हिन्दुस्तान को बेहतर ढंग से समझा जा सकता है। तर्क ये था कि हिन्दुस्तान में कोई क्या सीखेगा। बेहतर है कि उनसे सीखा जाए जिन्होंने हिन्दुस्तान का आविष्कार किया, यानी उसके विजेता औपनिवेशिक शासकों से।

कुछ बेहद कठोर शब्दों का इस्तेमाल जेम्स मिल ने हिन्दुओं और हिन्दू संस्कृति के लिए किया था, जिसे उसने दमन और कठोर उबाऊ मेहनत से भरे बेहद अप्रिय स्थल के रूप में चित्रित किया था। वह लिखता है, '...हिन्दू के चमकीले बाहरी रूप के बाहर छल और विश्वासघात की सामान्य प्रवृत्ति मौजूद होती है... वास्तव में हिन्दू हिजड़े की तरह एक गुलाम की विशेषताओं में आगे होता है... पाखण्डी, कपटी, झूठा, इस क़दर कि इन मामलों में वह एक असभ्य समाज के आम पैमानों के भी पार चला जाता है।' मिल ने कहा कि 'कायर, संवेदनाशून्य' हिन्दू 'भौतिक अर्थ में भी अपनी शख़्सियतों में और घरों में गन्दा होता है।' हिन्दुस्तान के बारे में लिखी गई सर्वाधिक प्रभावशाली औपनिवेशिक पुस्तकों में से एक *हिस्ट्री ऑफ़ ब्रिटिश इंडिया* को बाद में प्राचीन भारत के विशेषज्ञ अध्येता थॉमस ट्राउटमान ने 'ब्रितानी भारतभीति (ब्रिटिश इंडोफ़ोबिया) का अकेला सर्वाधिक महत्त्वपूर्ण स्रोत' कहा था। यह एक पुराना तर्क है कि हिन्दुस्तान एक औपनिवेशिक निर्मिति है और एक सभ्यता के रूप में उसकी कोई अधिस्थिति नहीं है। औपनिवेशिक शासन के पहले राष्ट्रों की बॉडी पॉलिटी के एक सदस्य के रूप में तो और भी कम। दरअसल यह एक औपनिवेशिक तर्क है। यह तर्क यह कहता है, और ठीक ही कहता है कि जहाँ तक भौगोलिक सीमाओं का सवाल था, हिन्दुस्तान में अँग्रेज़ी राज आने के पहले तक यहाँ उस अर्थ में कोई राष्ट्र-राज्य नहीं था, जिस अर्थ में हम इस आधुनिक अवधारणा को समझते हैं। ये एक तथ्य है। लेकिन क्या किसी देश की सुनिश्चित सीमाओं के अभाव का यह मतलब है कि उस देश में धर्म से बँधी हुई (bound) किसी संस्कृति का कोई बोध नहीं था (bound शब्द का इस्तेमाल यहाँ इसके लैटिन मूल के अर्थ ligare या 'बाँधना' में किया गया है)? बेशक ऐसा बोध था। सदियों से रहा है।

और इसी में इस अपेक्षाकृत सतही बहस की बारीकी निहित है। कम से कम मैं ऐसा सोचता हूँ। किसी भी ऐसे व्यक्ति के लिए जो इस पर थोड़ा-सा विचार करता है। एक एकीकृत, बहुलताधर्मी, मिश्रित भारत नामक सांस्कृतिक मातृभूमि का विचार लगभग 3,000 सालों से मौजूद है, हालाँकि ये इससे पुराना भी हो सकता है। उस समय के आसपास का जब वेदान्त साहित्य का पहला बुनियादी ग्रन्थ *ऋग्वेद* रचा और संयोजित किया गया था। स्मृति का हिस्सा बनाया गया था। अवधारणात्मक तौर पर, हम इस आध्यात्मिक निकाय 'भारत' को किस तरह समझते हैं। और यह उस आधुनिक हिन्दुस्तान से किस तरह अलग है जिसे हम जानते हैं? क्या वह कहीं से भिन्न है? नहीं, वास्तव में ऐसा नहीं है। उस सामूहिक स्मृति के विचार पर फिर ध्यान केन्द्रित करते हुए, जो कि ऐतिहासिक लेखन, मौखिक परम्परा और मिथकों पर आधारित है, हम इस नतीजे पर पहुँचते हैं कि इस भूदृश्य की कल्पना उससे कहीं बहुत ज़्यादा पुरानी है, जितने की तरफ़ आज नक़्शे संकेत करते हैं। भारत नामक भूमि की कल्पना को नक़्शों में किए गए रेखांकनों से बहुत पहले पवित्र ग्रन्थों और रोज़मर्रा अनुष्ठानों में संकल्पित कर लिया गया था। इस तरह के विचार (मोटिफ़) को इस महाद्वीप की विचारधारात्मक शुरुआतों और परवर्ती समकालीन प्रक्षेपपथ में दिलचस्पी रखने वाले विद्वानों की अनेक आलोचनात्मक कृतियों में जाँचा-परखा गया है। हार्वर्ड में धर्मशास्त्र की प्रोफ़ेसर डायना ऐक दक्षतापूर्वक लिखी गई अपनी किताब *इंडिया : अ सेक्रेड जिओग्रफ़ी* में लिखती हैं, 'भारत संस्कृतियों के सम्पिण्डन के लिए उस तरह एक सुविधाजनक नाम भर नहीं है, जैसे यूरोप अपने इतिहास के लिए रहा है या आधुनिक समय में इंडोनेशिया बन गया है। न ही भारत कभी राष्ट्र-राज्य जैसी किसी राजनैतिक सत्ता का नाम रहा है। कम से कम 1947 तक, जब वह एक स्वाधीन हिन्दुस्तान का वास्तविक नाम बना था। और तब भी इस विविधता-भरे कल्पित भूदृश्य में और उसके माध्यम से व्याख्यायित एकता के अहसास पर ग़ौर करना आकर्षक है... संयुक्तता के उस अहसास पर जो अति महत्त्वपूर्ण राजनैतिक अभिव्यक्ति या राजनैतिक मूर्तन की ज़रूरत के बग़ैर अनेक सदियों तक फलता-फूलता रहा लगता है।' यहाँ डायना ऐक बताती हैं कि किस तरह भारत उन सीमाओं की व्यापक परिभाषाओं से युक्त एक दार्शनिक निर्मिति रहा है जो पारम्परिक नक़्शानवीसी (नक़्शा बनाने के सूक्ष्म विज्ञान) द्वारा निर्धारित 1947 पूर्व के भारत के विस्तार को दोहराती हैं।

इसी दृष्टिकोण का समर्थन करते हुए टी.एन. मदन 'हिन्दूइज़्म : एन इंट्रोडक्टरी एस्से' में लिखते हैं, 'जब प्राचीन ब्राह्मण ग्रन्थ *विष्णु पुराण* (तीसरी सदी ई.) हिन्दुस्तानियों को उस भारत-भूमि की सन्तान के रूप में चित्रित करता है, जिसे तब भौगोलिक तौर पर महासागर के उत्तर से लेकर बर्फ़ से ढँके पहाड़ों के दक्षिण तक फैले देश के रूप में चित्रित किया गया है, तो यह बात याद रखनी चाहिए कि

पारम्परिक विश्वदृष्टि में महासागर और पर्वत इनके अधिष्ठाता देवताओं से युक्त पवित्र स्थल हैं। दरअसल वे अपने आप में पवित्र स्थल हैं।' यह भौगोलिक निर्मिति, इतिहासकारों के प्रिय गुरु सिमोन शामा से शब्द लेकर कहें तो, 'पुरालेख के आधार (आर्काइव ऑफ़ फ़ीट)' के रूप में परिभाषित की गई है। जिसे कई सहस्राब्दियों तक श्लोकों, प्रार्थनाओं, मिथकों, अनुश्रुतियों और तीर्थयात्रियों द्वारा की गई यात्राओं में बलपूर्वक दोहराया गया है। एक कल्पित भूदृश्य का यह विचार सिमोन शामा के यहाँ भी है, जो अपनी प्रभावशाली कृति *लैंडस्केप ऐंड मेमोरी* में इस भौगोलिक अध्यात्म विद्या के ब्यौरे देते हैं। उदाहरण के लिए, हिन्दू तीर्थ (तीर्थयात्रा मानचित्र) द्वारा दिमाग़ में और ज़मीन पर मापे गए और स्थापित किए गए भूगोल तथा विशाल वृक्षों के ईसा के समकालीन होने के दृष्टिकोणों में समानता है। मुद्दा यहाँ सीधे-सीधे यह है, अध्यात्म विद्या की कहानियाँ कभी-कभी इतिहास से उतनी दूर नहीं होतीं, जितनी कि हम कल्पना कर लेते हैं। आख़िरकार इज़रायल और फ़िलिस्तीन के बीच की लड़ाई भूगोल पर अध्यात्म विद्या की अनिवार्य पकड़ के सिवा और क्या है, जिसमें आस्था की अनुश्रुतियों को ज़मीनी स्तर पर जीवन्त और विवादास्पद बना दिया गया है? 1920 में इतिहासकार राधा कुमुद मुखर्जी ने उस वक़्त ऐसी ही कल्पित सीमाओं के बारे में बात की थी जब उन्होंने वेदों के नदी सूक्तों का उल्लेख किया था। मुखर्जी लिखते हैं, 'जैसे ही भक्त अपने मन में अपने देश की सीमाओं को परिभाषित करने वाली इन नदियों का एक के बाद एक स्मरण करता है, वैसे ही उसका दिमाग़ स्वाभाविक ढंग से अपनी मातृभूमि के समूचे इलाक़े को लाँघता है। और एक दृश्यमान इकाई और रूप की तरह उसकी समग्रता को समझता है।' मुखर्जी कहते हैं कि *ऋग्वेद* के नदी सूक्त 'भारतीय एकत्व की, उसके वैसे ही रूप में, पहली राष्ट्रीय अवधारणा हैं।' जैसा कि इतिहासकार ए.के. मजूमदार ने लक्ष्य किया है, भूगोल के ज्ञान का यह सन्दर्भ अलेक्ज़ेंडर कनिंघम की *द एन्शन्ट जिओग्रफ़ी ऑफ़ इंडिया* में भी आता है। भारतीय पुरातत्व सर्वेक्षण के संस्थापक कनिंघम स्पष्ट करते हैं कि किस तरह प्राचीन हिन्दू अपने देश के अनुमानित रूपाकार के बारे में जानते थे। किस तरह समूचे देश के स्थलों के बीच की दूरियाँ ज्ञात थीं। और क्रोसेंकाओं या मील के पत्थरों से मापी जाती थीं। मुद्दा यहाँ ये है कि भूगोल के उस माप और विस्तार की समझ हमेशा से थी जो किसी राष्ट्र को गढ़ती है। हर स्तर पर, चाहे मिथक की मार्फ़त हो या इतिहास की मार्फ़त या दूरी मापने के लोकप्रिय पैमाने की मार्फ़त, राष्ट्र का भूगोल लोक-कल्पना में गहरे और प्रतिध्वनित ढंग से सन्निहित था।

निश्चय ही, इस धारणा के पक्ष में और भी पारम्परिक तर्क हैं कि एक निर्णायक नक़्शे के पहले ऐसी किसी चीज़ का अस्तित्व नहीं था जिसे भारत के नाम से जाना जाता है। इस विचार सारणी के मुताबिक़, जब तक हिन्दुस्तान की सीमाओं का ठीक ठीक औपनिवेशिक (और फिर विभाजन के साथ उत्तर औपनिवेशिक) हदबन्दी नहीं

की गई थी, तब तक हिन्दुस्तान नामक कोई सत्ता नहीं थी। इसमें मुद्दे की बात क्या है? मुद्दा ये है कि अगर हिन्दुस्तान जैसी चीज़ थी ही नहीं, तब फिर इसके पास कोई सुसंगत सभ्यता संबंधी मूल्य कैसे हो सकता है? लेकिन जैसा कि डायना ऐक स्पष्ट करती हैं, यह दृष्टिकोण हिन्दुस्तान को देखने का बुनियादी तौर पर ग़लत ढंग है, क्योंकि मिथकों और भूगोल ने इस देश की संस्कृति और इतिहास में बहुत क़रीबी रिश्तों में साझा किया है। उदाहरण के लिए *रामायण* और *महाभारत* जैसे महाकाव्य और *पुराण* न केवल ऐसी घटनाओं का बल्कि ऐसे स्थलों का अक्सर विस्तार से वर्णन करते हैं जो इस भूभाग में वास्तव में रहे थे। डायना ऐक कहती हैं, 'हिन्दुओं के मिथकीय ग्रन्थों में न सिर्फ़ देश के भूगोल की बहुत प्रमुखता से व्याख्या की गई है बल्कि इसके विपरीत इन ग्रन्थों में हिन्दू मिथक भारत के भौगोलिक स्थलों में निरन्तर स्थित रहे हैं।' वे आगे कहती हैं, 'तार्किक ढंग से देखें तो कोई भी ऐसी बड़ी संस्कृति नहीं है जो इतनी ज़्यादा सदियों तक और इतने विविध क्षेत्रों के आर-पार बुनियादी तौर पर एक स्थानपरक या स्थलमूलक विश्वदृष्टि को क़ायम रख सकी हो। ये इस कल्पित भूभाग के चार कोनों में फैले *चार धाम* हैं, जिन्होंने हज़ारों तीर्थयात्रियों की अन्तहीन पदयात्राओं के माध्यम से भारत के हिन्दू भूदृश्य को आकार दिया है और रचा है। इन तीर्थयात्रियों ने ही अपने पैरों के माध्यम से भारतीय राष्ट्रीयता के पहले देशज विचार का पुराभिलेखन किया है। ये तीर्थयात्रियों की पदयात्राएँ ही हैं जिन्होंने एक मातृभूमि के स्वप्न की जड़ों को रोपा है। यहाँ एक छोटा किन्तु महत्त्वपूर्ण बिन्दु है जो ध्यान देने लायक़ है, जिसे राजनैतिक बहस में प्रायः नज़रअन्दाज़ कर दिया जाता है। जिसे हम आज भारत के नाम से जानते हैं उसकी भूमि के इतिहास के सबसे बड़े हिस्से में उस चीज़ के फ़लसफ़े अन्तर्भूत हैं, जिसे हम आज हिन्दुत्व कहकर पुकारते हैं। उस अर्थ में, वे प्राचीन फ़लसफ़े हमारी सभ्यता की नींव के पत्थर हैं। और इससे भी ज़्यादा, यही वह बुनियाद है जिसने अपने भीतर अनेक संस्कृतियों के समावेश की गुंजाइश दी जिसकी वजह से यह राजनैतिक सत्ता, यह भारत नाम का राष्ट्र-राज्य, आज एक धर्मनिरपेक्ष लोकतन्त्र है। ये दो स्वतन्त्र विचार हैं जिनका एक दूसरे के विरोध में होना आवश्यक नहीं है। दोनों सदियों तक सहअस्तित्व में रह सकते हैं, रहे हैं।

यह सहअस्तित्व किसी भी आचारवान हिन्दू के लिए आश्चर्य की बात नहीं है (या ऐसे हिन्दू के लिए भी जो आचारवान नहीं है क्योंकि नास्तिकता इस आस्था के भीतर समान रूप से वैध धार्मिक और दार्शनिक दृष्टिकोण है)। यह बात हम हमेशा से जानते रहे हैं। दरअसल, ये सिद्धान्त महज़ हिन्दुओं तक सीमित नहीं हैं, जैसा कि डायना ऐक कहती हैं, यह इसी पवित्र भूगोल में मुमकिन है। जहाँ मुसलमानों ने सन्तों के लिए समर्पित अनेक दरगाहों का निर्माण किया, इस हद तक कि यह चीज़ एकेश्वरवादी इस्लाम के अरबी विचार तक से मेल नहीं खाती। यही स्थिति

ईसाइयों, सिखों, जैनों, बौद्धों (आख़िरकार भारत बुद्ध का जन्म-स्थल रहा है) और यहाँ तक कि उन पारसियों की रही है, जिन पर जब फ़ारस में ज़ुल्म ढाए गए तो उन्हें भारत में पनाह मिली। एक बहुलतावादी राष्ट्रीयता की नींव को परिभाषित करने वाली पवित्र भूगोल की हिन्दू कल्पना ने नई धार्मिक आस्थाओं को, जैसा कि प्रथम प्रधान मन्त्री जवाहरलाल नेहरू ने कहा था, इस पाण्डुलिपि (पैलिम्पसेस्ट) में अपनी इबारतें शामिल करने की और उनको कालान्तर में समाविष्ट हो जाने की गुंजाइश दी। ख़ुद स्वामी विवेकानन्द ने यह अन्तर किया था, 'यूरोप में राष्ट्रीय एकता से राजनैतिक विचार, एशिया में राष्ट्रीय एकता से धार्मिक आदर्श, इस देश की समूची लम्बाई और चौड़ाई में एक धर्म की मान्यता होनी ज़रूरी है। एक धर्म से मेरा क्या अभिप्राय है? एक धर्म उस अर्थ में नहीं जो ईसाइयों, मुसलमानों या बौद्धों के लिए होता है। हम जानते हैं कि हमारे धर्म के कुछ निश्चित सामान्य आधार हैं। ऐसे आधार जिनमें सारे पन्थ साझा करते हैं, भले ही उनके निष्कर्ष कितने ही विविध हों, भले ही उनके दावे कितने ही अलग-अलग हों।' विवेकानन्द आगे यह भी कहते हैं कि सब के बीच कुछ निश्चित समानताएँ हैं और 'हमारा यह धर्म एक अद्‌भुत वैविध्य को, सोच-विचार की अन्तहीन स्वतन्त्रता को स्वीकार करता है और अपनी ज़िन्दगियाँ जीने की छूट देता है।'

उपर्युक्त उद्धरण में विवेकानन्द जिस चीज़ का वर्णन करते हैं वह बहुलताधर्मी हिन्दू कल्पना है, जिसने अपनी सभ्यता को 3,000 से 4,000 सालों के दौरान थामे रखा है। जिस कालखण्ड में वैदिक ग्रन्थ संयोजित किए गए थे, इस्लामी युग (800 साल) और अँग्रेज़ी राज (200 साल) के आने के पहले। जैसा कि आर.सी. मजूमदार ने *द हिस्ट्री ऐंड कल्चर ऑफ़ द इंडियन पीपल* की भूमिका में स्पष्ट किया है, ये इस्लाम-पूर्व का हिन्दुस्तान था, जिसने उस समन्वयात्मक मिश्र संस्कृति की दार्शनिक आधार-शिला रखी जिसे हिन्दुस्तान खड़ा कर सका। इसलिए एक सहिष्णु भूगोल की सर्वश्रेष्ठ हिन्दू कल्पना को श्रेय देना न तो ग़लत है और किसी भी तरह से, किसी भी रूप में पक्षपाती है।

इसके अतिरिक्त, यही वह चीज़ है जिसे भारतीय पुरातत्त्ववेत्ता और कैम्ब्रिज में पुरातत्त्व विभाग के प्रोफ़ेसर डी.के. चक्रवर्ती ने अपने अद्‌भुत निबन्ध 'कल्चरल यूनिटी ऑफ़ इंडिया' में बताया है, जहाँ वे हिन्दुस्तान के भूगोल की मार्फ़त प्राचीन सांस्कृतिक एकता को व्यवस्थित करेने के क्रम में वस्तुओं और भूमार्गों के अस्तित्व की खोज का इस्तेमाल करते हैं। अपनी बात को साबित करने के लिए चक्रवर्ती 1922 में लिख रहे अँग्रेज़ भूगोलवैज्ञानिक एच.जे. मैकिंडर को उद्धृत करते हैं :

> 'समूचे इतिहास के दौरान जो एक स्पष्ट एकत्व हिन्दुस्तान के पास रहा है वह भौगोलिक है। शायद दक्षिण अफ़्रीका को छोड़कर, दुनिया के किसी भी

दूसरे हिस्से में इतने बड़े पैमाने के भौतिक लक्षण नहीं हैं। तब भी कहीं अन्यत्र इतने सरल ढंग से एक क्षेत्र में पिरोए हुए नहीं हैं।'

लेकिन इस पूरी चर्चा में एक गिड़गिड़ाता हुआ सवाल मौजूद है। अगर प्राचीन वेदान्ती, यानी स्वयं आर्य, बाहरी व्यक्ति रहे हों, तब आप क्या कहेंगे? अगर वे हमारी कल्पना के ऋषि या तपस्वी होने की बजाय घुड़सवार लुटेरे रहे हों जिन्होंने पहले की सभ्यता सिन्धु घाटी की सभ्यता को नष्ट कर दिया हो और उसकी जगह अपने ग्रन्थ, अपने मन्त्र और प्रार्थनाएँ ले आए हों, तब आप क्या कहेंगे? तब आप क्या कहेंगे अगर ये वेदान्ती, ये आर्य 'मूल निवासी' न रहे हों?

आर्य लोग वास्तव में आक्रान्ता थे या नहीं थे। यह हिन्दुस्तान में सबसे पुरानी धर्मशास्त्रीय, ऐतिहासिक और राजनैतिक बहस रही है। क्यों? क्योंकि लम्बे अरसे तक दोनों पक्षों के तर्क आर्यों की 'मूल' भौगोलिक अवस्थिति पर निर्भर रहे हैं। तर्क यूँ है, अगर आर्य मूल निवासी थे, तो उनके फ़लसफ़े भारतीय सभ्यता के फ़लसफ़े के मूल में होंगे। अगर वे समरकन्द से आए बाबर और फिर अँग्रेज़ों की तरह के आक्रान्ता थे, जिन्होंने हिन्दुस्तान पर हमले कर स्थानीय राजों-रजवाड़ों को पराजित कर अपने साम्राज्य स्थापित किए, तो भारतीय सभ्यता के इतिहास की जड़ें समय के धुँधलके में खोई हुई हैं और कोई भी बात प्रामाणिक नहीं है। यह बहस अक्सर अपने उग्र रूप में अन्तहीन ढंग से चलती रही है।

इतिहासकारों और वाद-विवाद में निपुण लोगों से इतर साधारण हिन्दू आर्यों के मूल पर केन्द्रित इस बहस को किस तरह लेते हैं? हमें, यानी आप पाठकों और मुझ लेखक को इस बहस को किस तरह लेना चाहिए? ज़्यादातर इतिहासकार भारत में आर्यों के प्रवेश को रक्तरंजित आक्रमण की तरह नहीं देखते और वे आर्यन माइग्रेशन थ्योरी (या एएमटी जिसने इसके पहले की आर्यन इन्वेज़न थ्योरी, या एआईटी की जगह ली) का तर्क देते हैं। वे इसे आक्रमण के रूप में कम और निरन्तर समावेशपरक गतिविधि के रूप ज़्यादा देखते हैं, जिसके मुताबिक़ आर्यों ने अनेक मार्गों और जीनों का संकरण किया।

अब हम कुछ आँकड़ों की ओर ध्यान देते हैं। 2011 में *अमेरिकन जर्नल ऑफ़ ह्यूमन जेनेटिक्स* ने अन्तरराष्ट्रीय वैज्ञानिकों के एक दल द्वारा किए गए तीन वर्ष लम्बे शोध के नतीजों को प्रकाशित किया था। इन वैज्ञानिकों ने साबित किया था कि हिन्दुस्तानियों की पिछले 60,000 सालों से एक ही तरह की जैनेटिक निर्मिति रही है। इस रिपोर्ट के प्रकाशन के समय इस दल के एक अग्रणी वैज्ञानिक ज्ञानेश्वर चौबे ने कहा कि समूची आर्यन इन्वेज़न थ्योरी (आर्यों के आक्रमण का सिद्धान्त) 'लो रिजोल्यूशन जेनेटिक मार्कर्स पर आधारित थी। इस बार हमने अध्ययन के लिए ऑटोसोम्स का इस्तेमाल किया, जिसका मतलब था सभी 23 महत्त्वपूर्ण क्रोमोज़ोम

का इस्तेमाल। हमने साबित किया कि समूचे भारत के लोगों के जैनेटिक लक्षण और उद्‌गम एक समान हैं। सारे भारतीयों की डीएनए संरचना एक जैसी है। पिछले 60,000 सालों में भारतीय मुख्यधारा में किसी विजातीय जीन या डीएनए का प्रवेश नहीं हुआ।'

इस दल के एक अन्य सदस्य आण्विक जीव वैज्ञानिक, हैदराबाद के सेंटर फ़ॉर सेलुलर ऐंड मॉलेक्युलर बायोलॉजी के भूतपूर्व अध्यक्ष तथा हिन्दुस्तान के अग्रणी जैनेटिसिस्ट लालजी सिंह ने इस रिपोर्ट में कहा, 'आर्य-द्रविड़ वर्गीकरण ग़लत सूचनाएँ देने की मुहिम के सिवा और कुछ नहीं है।'

फिर इससे भी ज़्यादा कुछ है। 2006 में *द अमेरिकन जर्नल ऑफ़ ह्यूमन जैनेटिक्स* में प्रकाशित एक दस्तावेज़ को देखने से पता चलता है कि जैसा कि लेखक संजीव सान्याल कहते हैं, 'हिन्दुस्तान की आबादी का मिश्रण लम्बे अरसे से स्थिर रहा है और यह कि पिछले 10,000 सालों में मध्य एशियाई जीन्स में कोई बड़ा अन्तःक्षेपण नहीं हुआ है। मुद्दा यहाँ ये है कि वैज्ञानिक शोध लगातार यह दर्शा रहे हैं कि जिस आर्य-द्रविड़ विभाजन के आधार पर हिन्दुस्तान में इतना ज़्यादा राजनैतिक टकराव खड़ा हुआ है, वह उससे बहुत कम निश्चयात्मक हो सकता है जितना कि पहले माना गया था।'

पुरातत्त्व के कैम्ब्रिज प्रोफ़ेसर डी.के. चक्रवर्ती अलंकारिक ढंग से पूछते हैं कि 'अगर हड़प्पा के धार्मिक विश्वासों को परवर्ती हिन्दुत्व के चश्मे से न देखा जाए तो फिर उसे किस चश्मे से देखा जाना चाहिए?' वे स्पष्ट करते हैं कि 'हिन्दू धर्म की हैसियत को इस उपमहाद्वीपीय सन्दर्भ में महज़ एक और "अप्रवासी" धर्म में गिरा देने की ढेरों कोशिशों का लम्बा इतिहास और विभिन्न आधुनिक अभिव्यक्तियाँ रही हैं। जिनमें से एक, हिन्दुत्व को एक एकल धर्म होने के विशेषाधिकार से वंचित करना और भारत के बहुसंख्यकों के धर्म की उसकी वर्तमान स्थिति का श्रेय लोगों को उनकी *शैव, वैष्णव* और असंख्य सम्बद्धताओं के मुताबिक़ वर्गीकृत न करने के अँग्रेज़ जनगणना ऑपरेटरों के फ़ैसलों को देना शामिल है। हिन्दू अपने धर्म को सनातन धर्म कहना पसन्द करते हैं। इस पद का प्रयोग छठवीं सदी के एक संस्कृत अभिलेख में मिलता है।'

अब, वैज्ञानिक आँकड़ों और पुरातात्त्विक तर्कों से परे इसका सामना करने का अनुभवपरक तरीक़ा क्या हो सकता है?

अगर हम सिन्धु घाटी सभ्यता और आर्य ग्रन्थों (तर्क की ख़ातिर उनको इस रूप में वर्गीकृत करते हुए) दोनों को एक ओर अभियान्त्रिकी और नगर नियोजन की और दूसरी ओर दार्शनिक, नैतिक उत्तराधिकार की अपनी सामूहिक बुनियादी विरासत के रूप में अंगीकार करें तो? आप पूछेंगे कि ऐसा करना क्यों अक़्लमन्दी है? अक़्लमन्दी यह महज़ इसलिए है क्योंकि दोनों ही हमारे ऐतिहासिक आधार के लिए

ऐसा ख़ज़ाना उपलब्ध कराते हैं जिससे इनकार नहीं किया जा सकता, और उनको किसी विचारात्मक दुतरफ़ा गोलीबारी में रखना लगभग भयानक रूप से हास्यास्पद है। सिन्धु घाटी सभ्यता क्या चीज़ लाती है? नगर निर्माण का उल्लेखनीय रूप से सूक्ष्म कौशल, अतिक्रमणों से मुक्त चौड़ी सड़कें, सावधानी के साथ अकल्पित सार्वजनिक और निजी स्थल और जल-संसाधनों का दीर्घकालिक प्रबन्धन जिसमें वर्षा के पानी का एकत्रीकरण और सफ़ाई व्यवस्था जैसी चीज़ें शामिल हैं। ऐसी चीज़ें जिनको हासिल करने में आधुनिक भारत नाकामयाब रहा और आज पानी को लेकर लड़ाइयों का सामना कर रहा है। और ऐसी मुख्य ख़बरें सुनने मिलती हैं जो बताती हैं कि हमारे देश में मोबाइल फ़ोन शौचालयों से ज़्यादा तेज़ी से बढ़ रहे हैं। सिन्धु घाटी सभ्यता, जैसा कि फ़्रांसीसी मूल के भारतविद् मिशेल डैनिनो ने लिखा है, एक ऐसा समाज था 'जो युद्धों और मनुष्यकृत विनाशों से मुक्त था'...और 'महिमामण्डित कुलीन, सैन्य संरचना से विहीन था।' डैनिनो ने बताया है कि प्रख्यात सिन्धु घाटी सभ्यता की कुछ मुहरें योगासन मुद्राओं (ख़ास तौर से मूलबन्धासन) को और यौगिक ध्यान की मुद्रा में बैठी कुछ राजसी आकृतियों को दर्शाती हैं। डैनिनो की दलील है कि यह सब आध्यात्मिकता और लौकिकता के दुर्लभ गुँथाव को दर्शाती है।

इस चर्चा के दूसरे सिरे पर हम उन आर्य प्रभावों को दर्ज़ करते हैं, जिन्होंने अखण्डनीय रूप से हमारे ज्ञान-ग्रन्थों को जन्म दिया। ये लिखित या वाचिक फ़लसफ़े हज़ारों सालों से भारतीय मानस के अनूठेपन को रूपायित करते रहे हैं। जैसा कि सान्याल कहते हैं, 'जटिल रूप से पश्चाग्र ढंग से जुड़ी कड़ियों की वास्तविकता भाषिक परतों का इस्तेमाल करते हुए इतिहास को समझना बहुत मुश्किल बना देती है। इससे यह बात समझ में आ सकती है कि भाषिकता पर आधारित पारम्परिक काल-रेखाएँ (टाइमलाइन्स) क्यों उन काल-रेखाओं से छोटी थीं, जिनकी ओर आज जैनेटिक्स और टेक्नोलॉजी द्वारा संकेत किया जा रहा है...भाषिक और सांस्कृतिक आदान-प्रदान के लिए जीत या बड़े पैमाने का देश परिवर्तन (माइग्रेशन) आवश्यक नहीं है।'

हमारे भूमण्डलीकृत संसार में पिछले कुछ समय से दबी ज़ुबान से इस तरह के दावे करना एक फ़ैशन बन गया था कि सांस्कृतिक अनूठापन पुराने चाल की और कट्टरपन्थी चीज़ है। वह दौर सौभाग्य से बीत चुका है। अब हम भूमण्डलीकरण को, हम सबको एक ही ब्रांड के वाहनों में बदलते, पहचानों का समतलीकरण करने वाले स्टीमरोलर की तरह नहीं, बल्कि अन्तहीन परिचयों की तरह देखने लगे हैं। अब हम उसे इस बात की समझ और अन्तर्दृष्टि के रूप में देखने लगे हैं कि मानव वास्तविकता किस क़दर अन्तहीन ढंग से वैविध्यपूर्ण है। विविधता को सँभालने की यह समझ हिन्दू ग्रन्थों में बार-बार दोहराई गई है। यह आत्म के इसके विचार की रीढ़ है और इस चीज़ की भी कि यह आत्म किस तरह विश्व के साथ अन्तर्क्रिया करता है। एक ऐसी दुनिया में जहाँ मध्य-पूर्व, यूरोप और दुनिया के दूसरे हिस्सों से

स्थानान्तरण बहुत तेज़ी से बढ़ रहा है। विविधता में एकता के विचार को मजबूत बनाने का आज से ज़्यादा उपयुक्त क्षण कभी नहीं रहा। भूमण्डलीकरण की शुरुआत संस्कृतियों के आर-पार व्याप्त हमारी समानताओं का आनन्द मनाने के साथ हुई थी, लेकिन अब हम अपनी भिन्नताओं का जश्न मानते हुए इस यात्रा में आगे बढ़ रहे हैं। समावेशन का प्रश्न उत्तरोत्तर हमारे चारों ओर गहरा और विस्तृत हो रहा है। अब किसी के लिए एक ही तरह के कपड़े पहनना, एक ही तरह का खाना खाना, एक ही तरह की फ़िल्में या बाल गेम्स देखना पर्याप्त नहीं रह गया है। अब हम समझने लगे हैं कि बाहरी एकरूपता हमें एक नहीं बना देती। इसलिए, अब जर्मनी के संविधान तक को इसलिए अरबी में अनूदित कर दिया गया है, ताकि इससे जर्मनी के उन सैकड़ों और हज़ारों नए नागरिकों को इसे समझने में मदद मिल सके जो मध्य पूर्व से आए शरणार्थी हैं। अब हम यह भी समझने लगे हैं कि भूमण्डलीकरण की और एकत्व की हमारी खोज को और गहराई में जाना ज़रूरी है। पूर्वाग्रहों की उन वास्तविक परतों का उतारा जाना ज़रूरी है जिनको मैकडोनाल्ड या डिज़्नी जैसे भी छिपा नहीं सकते।

यहाँ तक कि यात्रा के चरम पण्डित पिको अय्यर तक स्थिर होने की कला का उपदेश करते हैं। स्थिरता की खोज की दार्शनिक और शुष्क वजहें हैं। यह स्वार्थपरायण और उदात्त दोनों पर गहरा असर डालती हैं। स्टेनफ़ोर्ड का हाल ही का अनुसन्धान बताता है कि एक साथ बहुत सारे काम करने की प्रवृत्ति (मल्टीटास्किंग), जिसे उत्तर-सहस्राब्दि की बहुमूल्य दक्षता की तरह देखा गया है, दरअसल हमारे मस्तिष्कों को क्षति पहुँचा रही है। और हमें उसने अजीब हड़बड़ी की हालत में छोड़ दिया है, क्योंकि हम किसी भी एक गतिविधि पर पूरा ध्यान केन्द्रित करने की स्थिति में नहीं रह गए हैं। इस मनोयोग के बिना हम अक्सर अपने लक्ष्यों तक नहीं पहुँच पाते और हमारी महत्त्वाकांक्षाएँ अतृप्त रह जाती हैं। जो और भी ज़्यादा मल्टीटास्किंग की ओर और फिर और ज़्यादा दिमाग़ी क्षति की ओर ले जाती है। स्थिरता की यह खोज अपने 'केन्द्रों' को खो देने के हमारे उस तीखे अहसास से भी जन्म लेती है, जिसे हममें से बहुत से लोग उस वक़्त महसूस करते हैं, जब हम कामयाबी तक पहुँचने की कोशिश में एक साथ कई काम करते हैं। 'फ्लेक्ज़ीवर्क' यानी सुविधानुसार मनचाहे ढंग से काम करना, से युक्त दिनचर्या की इस दुनिया में हम वास्तविक डाउनटाइम, वह समय जिसमें हम कुछ नहीं कर रहे होते हैं, को हासिल कर सकने की स्थिति में रह गए तक नहीं लगते। यह स्थिरता हमारी पकड़ से बाहर क्यों है? आन्तरिक शान्ति की यह तलाश एक ऐसे समाज के भीतर से ही उभर सकती है, जिसमें आन्तरिक एकत्व की अवधारणा का स्वीकार है।

जब हम हर कहीं पहुँच चुके हैं और सब कुछ देख चुके हैं, जो कि आज इंटरनेट की दुनिया में पहले के किसी भी समय के मुक़ाबले बहुत आसान हो चुका

है। तब आपके मानस का अनूठापन ही बचा रह जाता है। यही हमारी सभ्यता की प्रज्ञा है। और अगर हमारी सभ्यता संबंधी प्रज्ञा का कोई एक केन्द्रीय विचार है, तो वह इस समझ में है कि वैश्विक प्रज्ञा के बोध के मर्म में मानवों के बीच का आन्तरिक एकत्व ही है। किसी अजनबी का भय उस सूरत में कमतर हो जाता है जब यह बोध मौजूद होता है कि आपमें और 'अन्य' में कोई भेद नहीं है। हमारे इतिहास का वैदिक युग हमें हमारी सभ्यता संबंधी प्रज्ञा की आत्मा प्रदान करता है। यह प्रज्ञा सिर्फ़ उस पेचीदा गणित के बारे में नहीं है जिसे हमारे पूर्वजों ने विकसित किया था, न ही वह इन पूर्वजों के चिकित्सकीय कौशल मात्र में है। वह महज़ कपड़ों की महीन बुनावट में या दस्तकारी की हमारी दक्षता में नहीं है। न ही वह हमारी खगोलविद्या तक या महासागरों और पृथ्वी के हमारे ज्ञान तक सीमित है। हमारी सभ्यता संबंधी प्रज्ञा इसलिए महत्त्वपूर्ण है, क्योंकि यह सबसे पहले हमें स्वयं को, मानस के अन्तरतम कोनों को और स्वयं विश्व का सार प्रस्तुत करने के उसके ढंग को समझने में मदद करती है। इसकी जो शिक्षाएँ अखिल विश्व को पूरी तरह समझने और परिणामतः उसे अंगीकार करने के लिए स्वयं को विस्तार से जानने के मूल्य के बारे में बताती हैं। उन शिक्षाओं की ज़रूरत एक बार फिर हमारे हर दिन के मुख्य समाचारों में और हमारी रोज़मर्रा चिन्ताओं में गूँजती प्रतीत होती है।

अखिल ब्रह्माण्ड और आकाशगंगाओं और उनमें समाहित समस्त जीवन के बारे में जानने का हिन्दू विचार इसी के साथ-साथ प्रत्येक मनुष्य के भीतर निहित जीवन को समझने का भी विचार है। इस विचार में कोई चीज़ ऐसी है जो अबूझ रूप से बुद्धिमत्तापूर्ण और अगाध रूप से विशाल है। ग्रीक दार्शनिक सुकरात अपने इस वक्तव्य के लिए प्रसिद्ध है जिसे उसके शिष्य प्लेटो ने दर्ज़ किया है, 'मैं जानता हूँ कि मैं कुछ नहीं जानता।' अगर चुनौती देने का अवसर मिलता तो सुकरात से हिन्दू प्रश्न यह होता, जब तक तुम पहले दिव्य ज्ञान हासिल नहीं कर लेते तब तक तुम यह भी कैसे जान सकते हो कि तुम कुछ भी नहीं जानते? या, इसे और भी सरल ढंग से रखा जाए तो, ईश्वर को समझे बिना मनुष्य खुद को कैसे समझ सकता है?

उपर्युक्त वक्तव्य एक ख़ास हिन्दू कथन है। यह विचार की दिव्यता मनुष्य के आत्म के सिवा और कुछ नहीं है। रमण महर्षि वैदिक शिक्षा की ओर संकेत करते हुए कहा करते थे 'यह सब कुछ ब्रह्म है।' महर्षि ने समझाया था कि वैदिक गुरु यह नहीं सिखाते थे कि जगत मिथ्या है। अगर यह सही है तो फिर 'यह सब कुछ ब्रह्म है' का क्या अर्थ हुआ? 'उनका केवल यही आशय था कि जगत जगत के रूप में मिथ्या है लेकिन आत्मा के रूप में, अन्तरतम चैतन्य के रूप में, वह सत्य है। अगर तुम जगत को आत्मा से बाहर देखते हो तो वह सत्य नहीं है।' ये हिन्दुओं का एक सबसे पहेलीनुमा दावा है। जगत जगत के रूप में मिथ्या, जो कि वह स्पष्ट

तौर पर है, जबकि हमारे स्वयं के रूप में सत्य कैसे हो सकता है? क्या यह संसार की वास्तविकता ही नहीं है, जिससे हमें हर रोज़ बरतना होता है? क्या जब हम अपने भीतर गहरे डूब जाते हैं, तब हम जगत से बाहर नहीं निकल जाते? मैंने इस अवधारणा को रोज़मर्रा ढंग से, गाँधी के ढंग से समझने की कोशिश की। जिस ब्रह्माण्ड को हम देखते हैं, वह वास्तव में वह है जो हम अन्दर से हैं। जब हम आनन्दित होते हैं, तो संसार आनन्दमय लगता है और जब हम अवसाद में होते हैं, तो यही संसार उदास लगने लगता है। अन्दर और बाहर की दुनियां एक दूसरे को क्रिया और प्रतिक्रिया के वृत्त में प्रतिबिम्बित करती हैं। जहाँ हमारी अनुभूतियों से निर्धारित हमारी हर क्रिया या प्रतिक्रिया बाहरी दुनिया के हमारे अनुभव को बदल देती है। तब भ्रम क्या है? भ्रम हमारे मानस में आन्तरिक और बाह्य जगत का विभाजन है। यह भ्रम हमें एकत्व को देखने से वंचित करता है और उस सीमा-रेखा को अनुभव करने को विवश करता है जिसका वास्तव में कोई अस्तित्व नहीं है। जब यह भ्रम टूटता है, तभी हम वह हो पाते हैं जो होने का आग्रह गाँधी हमसे करते थे, वह परिवर्तन जो हम दुनिया में देखना चाहते हैं। जगत का एक भ्रम के रूप में, 'माया' के रूप में, विचार और आत्मा के भीतर और आत्मा के बाहर एक एकीकृत रूप में 'सत्य' का विचार एक हिन्दू द्वारा संसार को देखने के ढंग के सन्दर्भ में एक मौलिक विचार है। इस अवधारणा से कई सालों तक जूझने के बाद आज इसके बारे में मेरी अपनी एक सरल, निजी समझ बनी है। मैंने पाया है कि मेरी वास्तविकता का परिणाम इस पर निर्भर करता है कि उस पर मेरी प्रतिक्रिया क्या है। हर क़दम पर, हर दिन, सैकड़ों स्थितियों पर हमारी प्रतिक्रियाएँ उस क्षण के, उस दिन के, उस सप्ताह, यहाँ तक कि उस वर्ष के परिणाम को निर्धारित करती हैं। हम यहाँ तक कह सकते हैं कि लोगों के प्रति, विचारों के प्रति, हमारे दिमाग़ों बैठे राक्षसों के प्रति हमारी प्रतिक्रियाएँ ही उस चीज़ का निर्धारण करती हैं जिसे हम अपनी नियति कहते हैं। इस तर्क के सिलसिले में मैंने अनुभव किया कि आन्तरिक एकत्व के लिए, अपने भीतर और तमाम चीज़ों में आन्तरिक स्थिरता के लिए यह उद्यम हमारी प्रतिक्रियाओं को ठण्डा करने में वास्तव में हमारी मदद कर सकता है। अगर मैं सोचता हूँ कि तुम 'भी मैं' हो और हम एक ही हैं, तो मैं तुम पर गुस्सा कैसे हो सकता हूँ? इस तरह सवाल उठाते हुए मैंने अद्वैत के दर्शन को समझने के लिए प्रतिक्रियाओं की खिड़की का इस्तेमाल करने का प्रयत्न किया है। आपके पास कोई दूसरा आयाम या सिद्धान्त हो सकता है जिसके माध्यम से आप इस व्याख्या तक पहुँच सकते हैं। लेकिन अन्त में हम एक ही निष्कर्ष तक पहुँचने को विवश हैं, क्योंकि सत्य एक ही है।

जैसा कि आध्यात्मिक गुरु सद्गुरु जग्गी वासुदेव ने कहा है, विश्व की बुनियादी बनावट सुसंगत है। अगर आप एटम को जानते हैं तो आप ब्रह्माण्ड को जानते हैं। यह सिर्फ़ जटिलता के स्तरों पर निर्भर करता है।

अपने आप को सच्चे अर्थों में जानना विश्व को जानना है। मुझे हमेशा से लगता रहा है कि यह एक साथ एक बहुत ही समर्थ बनाने वाला और डराने वाला विचार है। मुझे लगता है कि हिन्दू के पास एक ही चीज़ का सहारा है-प्रज्ञा, वह जो अन्दर है। आयरिश महिला मार्ग्रेट एलिज़ाबेथ नोबेल, जो बाद में एक हिन्दू साध्वी बन गई थीं और जिन्होंने विवेकानन्द की शिष्या बन कर सिस्टर निवेदिता नाम अपना लिया था, ने लिखा है कि 'भारतीय सभ्यता ने अपने बच्चों को एकदम शुरुआत से ही विचारों को चरितार्थ करने के सर्वश्रेष्ठ कार्य में दीक्षित किया है।' ऐसे में यह आश्चर्य की बात नहीं कि, जैसा कि लेखक और मीडिया स्टडीज़ की अध्यापक वेम्सी जुलूरी हमें याद दिलाती हैं, हिन्दुओं का एक सबसे प्राचीन और सर्वाधिक पूज्य गायत्री मन्त्र, जिसे शायद कोई 3000 सालों से या शायद और भी लम्बे समय से हर सुबह अनवरत गाया जाता रहा है, आत्मबोध के लिए, तेजस्विता के लिए, ज्ञान के निरन्तर प्रबुद्ध करने वाली प्रज्ञा के लिए एक प्रार्थना है। सम्भवतः एक सबसे प्राचीन और सर्वाधिक विश्वसनीय अनुनय, कल्पना करिए, प्रज्ञा के लिए थी। भौतिक अनुग्रह के लिए नहीं, सान्त्वना के लिए नहीं, विधाता के लिए नहीं, बल्कि प्रज्ञा के लिए। जुलूरी लिखती हैं, 'हिन्दुत्व किसी भी चीज़ से अधिक प्रज्ञा के लिए है।' ज़रा कल्पना कीजिए!

3

क्या चीज़ है जो आपको हिन्दू बनाती है?

वह क्या चीज़ है जो आपको हिन्दू बनाती है? इसके बारे में सोचिए। आप कैसे जानते हैं कि आप हिन्दू हैं? आप हर दिन या किसी भी दिन, ऐसा क्या करते हैं, जो अन्तिम रूप से यह साबित करता हो कि आप हिन्दू हैं? मैंने अपनी आरम्भिक ज़िन्दगी के दो विशाल हिस्से इस पर सोचने में बिताए हैं।

सबसे पहले, जैसा कि मैंने इस पुस्तक में पहले भी संक्षेप में उल्लेख किया है, ईसाई मिशनरी स्कूल के अपने जीवन के कई वर्षों के दौरान जब मुझसे कहा जा रहा था कि मैं एक पापी हूँ। इसके बाद, उन ढाई सालों के दौरान जो मैंने जामिया मिलिया इस्लामिया के मास कम्युनिकेशन रिसर्च सेंटर में स्नातकोत्तर विद्यार्थी के रूप में बिताए। इन वर्षों ने मेरे भीतर ईसाइयत और इस्लाम को लेकर और इनके प्रति हिन्दू प्रतिक्रिया को लेकर गहरी उत्सुकता जगाई।

ईसाइयत, इस्लाम और भारत में उनकी अशान्त और आकर्षक यात्रा के अपने अध्ययन के दौरान मैं कैथेड्रल के अनुनादी और शान्तिदायक मौन और इस्लामी भक्ति कविता से गहरे प्रभावित रहा। मैं दुनिया भर के गिरजाघरों और कैथेड्रलों की उपासनाओं में शामिल हुआ हूँ, बल्कि मैंने वहाँ प्रार्थनाएँ की हैं। यहाँ तक कि आज भी मेरा एक सबसे प्रिय काम छोटे यूरोपीय नगरों के साफ़-सुथरे (और शान्त) कैथेड्रलों में समय बिताना है। लन्दन के सेंट मार्टिन-इन-द-फ़ील्ड्स में दोपहर के शास्त्रीय संगीत के प्रसिद्ध मुफ़्त कार्यक्रमों को सुनते हुए मेरे मन में यह ख़याल आता रहा है कि हमारे ज़्यादातर मन्दिरों में हिन्दुस्तानी या कर्नाटक संगीत की सभाएँ आयोजित क्यों नहीं होतीं। अपने गम्भीर क्षणों में सूफ़ी रहस्यवादी कविता ने मुझे काफ़ी राहत पहुँचाई है।

समय के लम्बे अन्तराल के दौरान मैंने धर्मनिष्ठ मुसलमानों और ईसाइयों से उनके धर्म के बारे में चर्चाएँ करते हुए सालों गुज़ारे हैं। उन लोगों से जो आस्था रखते थे और मानते थे कि वे आस्थावान लोग हैं। इन सारी चर्चाओं के दौरान एक सारभूत विचार मन में आया। प्रायः धर्मनिष्ठ मुसलमान या ईसाई इस बारे में कहीं ज़्यादा निश्चित होता है कि वह क्या चीज़ है जो 'मुसलमान होने' या 'ईसाई होने' की उसकी पहचान को गढ़ती है। हिन्दू होने का विचार कहीं ज़्यादा अव्यवस्थित बल्कि गूढ़ था। इसका विस्तार व्यापक है, इसका फलक उस हर चीज़ को छूता है जिसमें

नदी तटों पर रहते नागा साधुओं से लेकर देवी-देवताओं के छल-कपटों वाले उन टेलिविज़न सीरियलों की लत के शिकार लोग तक शामिल हैं, जहाँ शायद अपरिहार्य रूप से देवी-देवताओं की गालों की हड्डियाँ ज़्यादातर उठी हुई होती हैं।

लेकिन अगर इनमें कोई चीज़ सामान्य है तो वह क्या है? क्या हिन्दू को परिभाषित करने वाली आस्था(ओं) की कोई बुनियाद थी? सामान्य आधार क्या था? मैंने हिन्दुस्तान की, बल्कि हिन्दुत्व की, विविधता के बारे में अनवरत बकवास सुनी थी। लेकिन इसकी आत्मा की एकता के बारे क्या कहना है? वह क्या चीज़ है जिसने हिन्दुत्व को हज़ारों सालों तक अखण्ड रखा। उसे हज़ारों साल तक एक जीवित सभ्यता का धारक बनाए रखा, जबकि मिस्र, यूनानी और रोमन जैसी तमाम दूसरी सभ्यताएँ नेस्तनाबूत हो गईं। वह क्या चीज़ है जिसने इस विविधता को बाँधे रखा। वह क्या चीज़ है, जो इस अन्तहीन अनुकूलन को मथता रहा, जिसने इसकी पहचान को जीवन्त बनाए रखा, भले ही विजेता कोई भी रहा हो?

आर.सी. मजूमदार लिखते हैं कि 'हिन्दुस्तान और दूसरे मुल्कों के बीच मुख्य भेद... हिन्दुस्तान के इतिहास और सभ्यता की निरन्तरता में निहित है... मोहनजोदड़ो में पाए गए चित्र उन देवी-देवताओं के हैं जिनको हिन्दुस्तान में अभी भी पूजा जाता है और हिन्दू...आज भी उन वैदिक मन्त्रों को दोहराते हैं जिनका उच्चारण सिन्धु नदी के तट पर कोई चार हज़ार साल पहले किया गया था।'

जैसा कि बंगाल के एक महानतम लेखक बंकिमचन्द्र चटर्जी ने लिखा है 'दूसरे लोगों के लिए धर्म महज़ जीवन का एक हिस्सा है। ऐसी चीज़ें हैं जो धार्मिक होती हैं और ऐसी चीज़ें हैं जो अयाजकीय और धर्मनिरपेक्ष होती हैं। हिन्दू के लिए ईश्वर के साथ उसका सम्बन्ध और मनुष्य के साथ उसका सम्बन्ध, उसका आध्यात्मिक जीवन और उसका सांसारिक जीवन इस तरह भेदपरक नहीं हो सकते। उसके जीवन के ये दोनों हिस्से एक सुगठित और सामंजस्यपूर्ण समग्र की रचना करते हैं, जिनको घटकों में अलग करना उसके समूचे तानेबाने को तोड़ देना है।'

लेकिन यह निरन्तरता क्यों है? क्या है वह ज्ञान जो हिन्दुओं को हज़ारों सालों से बाँधे हुए है? वह क्या प्रासंगिकता हो सकती है, जो यह एक सदी से दूसरी सदी तक क़ायम रख सका?

इस आस्था की अपनी छोटी-सी यात्रा में मैंने पाया कि इसका जवाब ये है कि हिन्दुत्व इसलिए बना रहता है, क्योंकि ये लोगों को मुक्त करता है। इसका क्या अर्थ है? हम सर्वथा बुनियादी अर्थ पर विचार करें। इस्लाम तथा ईसाइयत और हिन्दुत्व के बीच बुनियादी फ़र्क़ सत्य की प्रकृति को समझने और व्याख्यायित करने की इनकी भिन्न दृष्टियों में है।

सारे धर्म सत्य से या मानव अस्तित्व के ध्येय से ताल्लुक रखते हैं। मनुष्य के जीवन का क्या अर्थ है? यह क्या हासिल करता है? इस सबका क्या उद्देश्य है?

ये कहाँ ले जाता है? और हम इसे बेहतर कैसे बना सकते हैं? क्या तत्त्वतः ये वे सवाल नहीं हैं जिनके जवाब हर धर्म या हर आस्था तलाशती है?

इस्लाम और ईसाइयत की नजर में इसका जवाब बेहतर इंसान बनना है। आप बेहतर कैसे बनते हैं? इल्हाम का अनुसरण करते हुए। यह इल्हाम कहाँ से आता है? ये उसके पास से आता है जिसके सामने यह उद्घाटित हुआ होता है। और यह इल्हाम, इसकी सीखें, इसके उपदेश किस चीज़ में निहित होते हैं? शब्दों में। वे शब्द कहाँ हैं? एक पुस्तक में।

हिन्दू धर्म में स्वयं से बाहर पाया जा सकने योग्य कोई सत्य नहीं है। *माण्डूक्य उपनिषद* कहता है, 'यह अखिल विश्व ब्रह्म है। समस्त सत्ताओं की आत्मा ब्रह्म है।' *ईशा उपनिषद* कहता है, 'जो समस्त सत्ताओं में आत्मा को और आत्मा में समस्त सत्ताओं को देखता है, इसके बाद उसे कोई मनस्ताप नहीं रह जाता।' सत्य माया के पीछे छिपा है, माया जो 'भौतिक जगत द्वारा उगला गया ब्रह्माण्डीय अज्ञान' है।

दार्शनिक केनन मलिक ने स्पष्ट किया है, 'मोक्ष या प्रबोधन की ओर पहला क़दम इस पहचान में है कि जगत और उसके विषय माया हैं, भौतिक वस्तुओं का क्षरण अपरिहार्य है, कौशल और प्रतिभाएँ क्षीण हो जाती हैं और कोई भी सम्बन्ध चिरस्थायी नहीं होता।'

सत्य को जानने का पहला क़दम इस बात को स्वीकार करना है कि यह बाहर नहीं है, क्योंकि बाहर जो कुछ भी है वह भ्रम है। लेकिन यह सिर्फ़ पहला क़दम है। इससे कहीं ज़्यादा महत्त्वपूर्ण दूसरा क़दम उस चीज़ का बोध है जो अन्दर है। मलिक लिखते हैं कि 'उपनिषद बतलाते हैं कि हम आत्मा होकर ही आत्मा को जानते हैं, और हम आत्मा तभी हो पाते हैं, जब यह पहचान लेते हैं कि एक बुनियादी स्तर पर आत्मा और जगत एक ही हैं।'

जर्मनी के नोबेल पुरस्कार विजेता अणु-भौतिकीविद् इर्विन श्रोडिंगर ने उनको प्रसिद्धि दिलाने वाली अपनी पुस्तक *वाट इज़ लाइफ़?* के उपसंहार में लिखा है, 'चेतना का अनुभव कभी बहुवचनात्मकता में नहीं बल्कि एकवचनात्मकता में होता है... चेतना वह एकवचन है जिसका बहुवचन अज्ञात है।'

श्रोडिंगर आज उस वैचारिक प्रयोग के लिए जाने जाते हैं जो श्रोडिंग'र्स कैट के नाम से प्रसिद्ध है। इस प्रयोग में होता यह है कि एक बिल्ली को रेडियोएक्टिव तत्त्व से युक्त ज़हर के एक फ़्लास्क के साथ एक चैम्बर में छोड़ दिया जाता है। जैसे ही उस तत्त्व का क्षरण होता है, फ़्लास्क टूट जाता है और बिल्ली मर जाती है, लेकिन जब तक उसे देखा नहीं जाता तब तक किसी को यह कैसे पता चल सकता है कि बिल्ली मर गई है या जीवित है? इसलिए जब तक उसे देखा नहीं जाता तब तक बिल्ली को मृत और जीवित दोनों कहा जा सकता है। इस प्रयोग की सबसे आम व्याख्या यह है कि जैसे ही पर्यवेक्षण घटित होता है वैसे ही कोई भी व्यवस्था

अवस्थाओं का सुपरपोजीशन (बिल्ली मृत भी है और जीवित भी) होना बन्द कर देती है और एक या दूसरी अवस्था बन जाती है। ये पर्यवेक्षण का कर्म है, जो अन्तिम अवस्था को परिभाषित करता है और दोनों अवस्थाएँ अप्राप्य रूप से जुड़ी हुई हैं।

क्वांटम फ़िजिक्स यही करती है कि वह इस विचार-पद्धति से अलग हो जाती है कि एक बुनियादी स्तर पर विश्व की वास्तविकता वह है जिसे अमेरिकी सैद्धान्तिक भौतिकीविद् डेविड बोम 'मूल अंशों' (एलिमेंटरी पार्ट्स) की संज्ञा देते हैं, जो विभिन्न जटिलताओं में हर चीज़ की रचना करते हैं और इन मूल अंशों का स्वतन्त्र रूप से विश्लेषण किया जा सकता है।

लेकिन क्वांटम भौतिकी बताती है कि वास्तविकता बुनियादी स्तर पर ही एक अटूट समग्रता है, एक ऐसी अन्तर्सम्बन्धता, जहाँ विश्लेषण की प्रक्रिया से गुज़रते हुई वस्तुएँ पर्यवेक्षक की स्थिति के साथ बदलती जाती हैं। और यही वह अन्तर्सम्बन्धित वास्तविकता है जो सर्वाधिक बुनियादी सत्य है। यही कारण है कि श्रोडिंगर ने लिखा कि जो चीज़ हमें बहुलता प्रतीत होती है वह एक ही चीज़ के, एक ही सत्य के 'विभिन्न पक्षों की महज़ एक शृंखला है।' 'ऐन्द्रिय धोखा' या जिसे हिन्दू लोग माया कहते है, वह हमें अनेक-पन का एक भ्रम देती है, जबकि वास्तविकता एक ही होती है।

'ब्लैक होल' पद के आविष्कारक सैद्धान्तिक भौतिकीविद् जॉन ह्वीलर ने इसे और भी विस्तार दिया है। संक्षेप में उन्होंने कहा है कि क्वांटम मैकेनिक्स 'पर्यवेक्षक' (ऑब्ज़र्वर) नामक पुराने वैज्ञानिक पद को ख़त्म कर उस नए पद को लेकर आई जिसे पूरब के रहस्यवादी हमेशा से सत्य मानते रहे थे और यह नया पद है 'हिस्सेदार' (पार्टिसिपेटर)। 'क्वांटम सिद्धान्त में इससे ज़्यादा महत्त्वपूर्ण कुछ भी नहीं है कि उसने पर्यवेक्षक के सुरक्षित अलग-थलग होने के साथ संसार के "एक ओर स्थित होने" की अवधारणा को नष्ट कर दिया। एक इलेक्ट्रॉन जितनी सूक्ष्म वस्तु को देखने के लिए भी उसे अन्दर पहुँचना अनिवार्य है। उसे अपना चुना हुआ मापक उपकरण स्थापित करना अनिवार्य है। यह फ़ैसला उस पर है कि वह स्थिति को मापे या गति को। इसके अतिरिक्त माप इलेक्ट्रॉन की स्थिति को बदल देता है। विश्व उसके बाद कभी भी वैसा ही नहीं रह जाएगा। (इसलिए) एक विचित्र अर्थ में विश्व एक हिस्सेदार विश्व बन जाता है।'

आत्मा या आत्मा का सत्त्व, जैसे ब्रह्म में, या विश्व के सत्व में मिल जाता है और इसे समझने के लिए प्रबोधन आवश्यक है। फ़्रिट्ज़ोफ़ काप्रा ने कहा है कि 'मनुष्य के अन्तस में ब्रह्म के प्रकटन को आत्मा के नाम से जाना जाता है।'

इस अत्यन्त बिकने वाली पुस्तक *द ताओ ऑफ़ फ़िजिक्स* में, जो बताती है कि पूरब की आस्थाएँ और दर्शन क्यों विज्ञान के निकटतम हैं, फ़्रिट्ज़ोफ़ काप्रा ने इस विचार का आसवन किया है जिसे वे 'समस्त वस्तुओं का एकत्व' कहते हैं। काप्रा ने लिखा है कि 'पूर्वी विश्वदृष्टि की सबसे महत्त्वपूर्ण विशेषता - हम चाहें तो कह सकते

हैं कि उसका सार-समस्त वस्तुओं और घटनाओं के एकत्व और उनके पारस्परिक अन्तर्सम्बन्ध की जागरूकता है, संसार की समस्त संघटनाओं का एक बुनियादी अद्वैत के आविर्भाव के रूप में अनुभव।'

'समस्त वस्तुओं को इस ब्रह्माण्डीय समग्र के अन्तर्निर्भर और अभिन्न हिस्सों के रूप में देखा गया है, एक ही परम वास्तविकता की विभिन्न अभिव्यक्तियों के रूप में।'

या जैसा कि *मुण्डकोपनिषद* कहता है, 'ब्रह्मैवेदम्-अमृतम्' ('यह समस्त आविर्भूत जगत अमर अनश्वर ब्रह्म है।')

काप्रा जो कहना चाहते हैं, वह यह है कि प्राचीन हिन्दू ग्रन्थ हमेशा सहज ढंग से इस बात को समझते थे कि जिसे आधुनिक आण्विक भौतिकी अन्तर्सम्बन्धित ब्रह्माण्डीय संघटना के रूप में चित्रित करती है, वह रहस्यवादी अनुभव के बहुत निकट है।

जैसा कि क्वांटम मैकेनिक्स के एक अग्रदूत हाइज़ेनबर्ग अनसर्टेनिटी प्रिंसिपल के आविष्कारक और 1932 के भौतिकी के नोबेल पुरस्कार विजेता वर्नर हाइज़ेनबर्ग कहते हैं कि 'प्राकृतिक विज्ञान महज़ प्रकृति का वर्णन और व्याख्या नहीं करता, वह प्रकृति और हमारे बीच की अन्योन्यक्रिया का हिस्सा है।'

अब तक यह सब बहुत अस्पष्ट है।

एक आचारपरक हिन्दू के रूप में इसका मेरे लिए क्या अर्थ है? इसका अर्थ है मैं एक साथ अविश्वसनीय रूप से मुक्त और अतियथार्थवादी ढंग से चकित महसूस करता हूँ और लगातार महसूस करता रहा हूँ। जब आप उन अनुष्ठानों की परतें उघाड़ते हैं, जो रोज़मर्रा हिन्दू आचारों के उदाहरण देती हैं, आपको कम से कम मुझे समझ में आता है कि इनमें से कोई भी अनुष्ठान एक अन्तिम, अपरिवर्तनीय मार्ग की तरह नियत नहीं है। ये सब रूपाकार बदलती अनुभवपरक प्रक्रियाएँ हैं जिनमें अन्तिम गन्तव्य एक ही है, सिर्फ़ मेरे लिए ही नहीं बल्कि हर एक व्यक्ति के लिए (क्योंकि जीवन का सार समान है), लेकिन यात्राएँ अन्तहीन रूप से विविध हो सकती हैं।

माइकेल डैनिनो ने लिखा है कि 'हिन्दुओं के लिए सत्य असमाप्य है। रहस्योद्घाटनों का अन्त नहीं हो सकता। कोई एकमात्र बच्चा नहीं, कोई अन्तिम पैगम्बर नहीं। किसी भारतीय गुरु ने कभी नहीं कहा कि उसका सन्देश अन्तिम है और उसके परे कुछ नहीं हो सकता। हर कोई नई शिक्षा की शुरुआत करने के लिए, संसार को एक नया सन्देश देने के लिए और चिन्तन का एक नया सम्प्रदाय स्थापित करने के लिए स्वतन्त्र है।'

ऐसी स्वतन्त्रता क्यों है? क्योंकि हिन्दू धर्म सिखाता है कि मार्ग या कार्य-प्रणाली कोई भी हो, अन्ततः सत्य के सारे खोजी एक ही गन्तव्य पर पहुँचेंगे। यही कारण है कि हिन्दुओं को दूसरी धार्मिक आस्थाएँ उतनी ही वैध लगती हैं, हिन्दू धर्म कहता है कि चाहे ईसा हों या मूसा या मोहम्मद, गन्तव्य आख़िरकार सबका एक ही है।

आध्यात्मिक गुरु रामकृष्ण परमहंस के बारे में एक सुन्दर क़िस्सा है जो मुझे बचपन में मेरे माता-पिता ने सुनाया था। परमहंस से पूछा गया, ईश्वर तो निश्चय ही निराकार है, तब फिर आप मिट्टी की मूर्तियों की पूजा को कैसे उचित ठहरा सकते हैं?

परमहंस ने जवाब दिया, 'आप मानते हैं कि ईश्वर निराकार है, ये एकदम ठीक है। लेकिन पल भर के लिए भी कभी ऐसा मत सोचिए कि यही एकमात्र सच है और बाक़ी सब झूठ है। याद रखिए कि साकार ईश्वर भी उतना ही सत्य है जितना निराकार ईश्वर है। लेकिन अपनी मान्यता पर अडिग रहिए।'

लेकिन सवाल पूछने वाला अटल था। उसने कहा, 'लेकिन जो लोग मिट्टी की मूर्ति को पूजते हैं, उनको समझाया जाना चाहिए कि वह ईश्वर नहीं है और उसको पूजते हुए उनको अपनी दृष्टि ईश्वर पर रखनी चाहिए न कि मिट्टी की मूर्ति पर। व्यक्ति को मिट्टी की पूजा नहीं करनी चाहिए।'

परमहंस ने जवाब दिया, 'ये तुम कलकत्ता के लोगों की एक प्रिय आदत है, भाषण देना और दूसरों को रोशनी दिखाना। कोई भी कभी यह सोचना बन्द नहीं करता कि वह खुद कैसे रोशनी दे। आप दूसरों को शिक्षा देने वाले होते कौन हैं। ईश्वर ने ये सारे रूप इसलिए रचे हैं ताकि वे अलग-अलग लोगों को ज्ञान की अलग-अलग अवस्थाओं में उनके माफ़िक बैठ सकें।' मेरे स्कूल के उपदेशक जिन मूर्तियों पर इतना ज़्यादा ध्यान देते थे कि वे विशुद्ध चैतन्य को खोजने के महज़ आकस्मिक मार्ग थे।

इस यात्रा में परमहंस वही कह रहे हैं, जो उस अग्रणी मनोवैज्ञानिक कार्ल युंग ने कहा था, जो रामकृष्ण मिशन और परमहंस की शिक्षाओं से बेहद प्रभावित था। उसने कहा था, '...व्यक्ति कभी भी अपने अस्तित्व का और अपनी स्वयं की आध्यात्मिक और नैतिक स्वायत्तता का औचित्य कहीं भी हासिल नहीं कर सकेगा, सिवा उस एक अलौकिक सिद्धान्त के जो बाह्य उपादानों के अत्यधिक तीव्र प्रभाव को सापेक्षीकृत करने में सक्षम है। जो व्यक्ति ईश्वर का सहारा लिए हुए नहीं है, वह अपने साधनों से संसार के भौतिक और नैतिक प्रलोभनों को कोई प्रतिरोध नहीं दे सकता।'

इस बिन्दु पर, यह सोचना आसान है कि युंग का कहना ग़लत है। एक ऐसी दुनिया में जो हमेशा इस बात को लेकर लड़ती रही है और अभी भी लड़ती है कि किसका ईश्वर बेहतर है, उसे ज़्यादा धर्म की नहीं बल्कि कम धर्म की ज़रूरत है।

लेकिन मुद्दा ठीक यही है। ईश्वर के बोध की युंग की समझ प्रतिस्पर्धात्मकता से मुक्त, अनैकान्तिक और किसी भी तरह की धमकी से मुक्त है। उसे न किसी धर्मान्तरित की तलाश है न किसी राज्य की। ये पूरी तरह से आत्माविष्कार की आन्तरिक यात्रा है। युंग ने लिखा है, 'उसे (मनुष्य को) आन्तरिक अतिक्रमी अनुभव की ज़रूरत है, वही उसे समूह के अन्यथा अपरिहार्य विनाश से बचा सकता है।'

इस पवित्र आन्तरिक यात्रा की निर्मलता की रक्षा के लिए ही युंग उस तानाशाह राज्य के ख़िलाफ़ बोलते हैं जिसके बारे में उनका तर्क है कि '...व्यक्ति के साथ-साथ यह उसकी धार्मिक शक्तियों को भी निगल लेता है। राज्य ने ईश्वर की जगह ले ली है। इसीलिए इस कोण से देखने पर समाजवादी तानाशाही धार्मिक हैं और राज्य की गुलामी पूजा का एक रूप है। लेकिन धार्मिक कार्यव्यापार को इस तरह विस्थापित और अवमूल्यित नहीं किया जा सकता, ऐसा करना उन गुप्त सन्देहों को जन्म देता है जिनको तत्काल कुचल दिया जाता है ताकि समूहपरक मानसिकता की प्रभावी प्रवृत्तियों के साथ टकराव को टाला जा सके। परिणाम, इस तरह के मामलों में हमेशा की तरह, उस कट्टरपन के तौर पर अतिक्षतिपूर्ति के रूप में सामने आता है जिसका इस्तेमाल बाद में विरोध की न्यूनतम फड़फड़ाहट को नेस्तनाबूत करने के हथियार के रूप में किया जाता है।'

युंग आन्तरिक और बाह्य आध्यात्मिक यात्रा के बीच के भेद को समझने के लिए आलोचनात्मक पठन की ओर बढ़ते हैं। वे बहुत तीव्र ढंग से तानाशाह राज्यों (उनके अपने समय में पूर्वी यूरोपीय देशों की अतियों) के शासन का और कठमुल्ले धर्म का विरोध करते हैं। उनका फ़ोकस आन्तरिक सत्य की मनुष्य की खोज पर है जिसे पूर्वी धर्म हमेशा सच मानते रहे हैं।

युंग कहते हैं कि 'पूर्वी दर्शनों ने गुरुत्वाकर्षण के केन्द्र को अहंकार (ईगो) से हटाकर आत्मा पर, मनुष्य से हटाकर ईश्वर पर' स्थानान्तरित कर दिया।

रॉबर्तो कैलासो की *आर्डोर*, जो वैदिक युग की प्रज्ञा का पुनराख्यान है, में सूर्य के शिष्य याज्ञवल्क्य और समस्त यज्ञों के अधिपति और अत्यन्त विवेकशील राजा जनक के बीच का सर्वथा ज्ञानवर्धक संवाद है। जनक याज्ञवल्क्य से पूछते हैं : 'मृत्यु के बाद क्या होता है?'

याज्ञवल्क्य न तो स्वर्ग की बात करते हैं न नर्क की और न ही चिरस्थायी जीवन की, न पाप या मुक्ति की। वे कहते हैं कि मृत्यु के बाद हम 'अपने व्यक्तित्व का वह अंश बन जाते हैं जो हमारी ओर देख रहे अन्य व्यक्ति की आँखों में प्रतिबिम्बित होता है।'

ज़रा इस जवाब के भ्रामक रूप से सरल किन्तु भयानक मूल्य पर ग़ौर करें। हम अन्य की आँखों में एक प्रतिबिम्ब बन जाते हैं। क्यों? क्योंकि हम इन्द्रियाँ नहीं हैं। हम वह हैं जो इन्द्रियों और अहंकार को देखता है।

अगर आप इसके बारे में सोचें तो आप पाएँगे कि ये ठीक वही है जिसके बारे में आदि शंकराचार्य अपने प्रसिद्ध श्लोक 'चिदानन्द रूपाः शिवोऽहम् शिवोऽहम्' में गाते हैं :

मनोबुद्धियहंकार चित्तानि नाहम्
न च श्रोत्रजिह्वे न च घ्राणनेत्रे
न च व्योम भूमिर् न तेजो न वायुः
चिदानन्दरूपाः शिवोऽहम् शिवोऽहम्

इसका अनुवाद यूँ होगा : 'न मैं मन हूँ, न बुद्धि, न अहंकार, न चित्त के प्रतिबिम्ब। मैं पाँचों इन्द्रियाँ नहीं हूँ। मैं इसके परे हूँ। मैं न आकाश हूँ, न पृथ्वी हूँ, न अग्नि हूँ, न वायु हूँ (पंच तत्त्व)। मैं शाश्वत ज्ञान और आनन्द हूँ, शिव, प्रेम और विशुद्ध चैतन्य हूँ।'

या, जैसा कि विवेकानन्द ने कहा था, 'मानव-स्वभाव की महिमा को कभी मत भूलो! हम महानतम देवता हैं...ईसा और बुद्ध उस असीम महासागर की तरंगें हैं जो मैं हूँ।' 'मैं' यहाँ विवेकानन्द के लिए नहीं है, बल्कि उस सर्वसामान्य विशुद्ध चेतना के लिए है जो हर मनुष्य में व्याप्त है। मनुष्य अपने भीतर दिव्यता का उद्गम पा सकता है और इसलिए वह हर कहीं और हर वस्तु में है, क्योंकि दिव्यता हर कहीं है। यह धारणा वह गोंद है जो हिन्दू विश्वदृष्टि को चिपकाए रहती है। यह इस धार्मिक आस्था की आधारशिला और पंख दोनों है।

यहाँ कुछ इस तरह का विचार है जो अक्सर लगभग बेहद अज्ञेय रहा है। वह जो हम में है, वह विशुद्ध चैतन्य जो हमारी सारी इन्द्रियों को, भावनाओं और अहंकार को देखता है और जो इन सबके परे है, वही हम वास्तव में हैं। और वह विशुद्ध चैतन्य पृथ्वी की हर जीवित वस्तु में समान रूप से मौजूद है। ये वो विचार हैं जो आपको अपरिहार्य रूप से आपकी लीक पर रोक देता है। यह सारे विचारों का अन्त कर देने वाला विचार है, तत्त्वतः, हर जीवित वस्तु समान है।

न्यू यॉर्क स्थित द रोज़ सेंटर फ़ॉर अर्थ ऐंड स्पेस के द फ्रैड्रिक पी. रोज़ डायरेक्टर ऑफ़ द हैडन प्लैनेटोरियम, खगोल भौतिकीविद् नील डिग्रास ने इंटरनेट पर प्रसारित एक वीडियो में इसे विश्व के बारे में 'सर्वाधिक चौंका देने वाला तथ्य' कहा था।

> बहुत से लोग छोटा महसूस करते हैं, क्योंकि वे छोटे हैं और विश्व विराट है। लेकिन मैं बड़ा महसूस करता हूँ, क्योंकि मेरे अणु उन नक्षत्रों से आए हैं। जुड़ाव (कनेक्टिविटी) का एक स्तर है। यही वह चीज़ है जो आप वाक़ई ज़िन्दगी में चाहते हैं, आप जुड़ा हुआ महसूस करना चाहते हैं, आप प्रासंगिक महसूस करना चाहते हैं। आप महसूस करना चाहते कि आप अपने चारों ओर जारी गतिविधियों और घटनाओं में हिस्सेदार हैं। यही तो महज़ जीवित होने के नाते हम हैं।

महज़ जीवित होने के नाते, हर पल में, आप विश्व का हिस्सा भर नहीं हैं, आप स्वयं विश्व हैं।

उपनिषदों में दो छोटे-छोटे अद्भुत दृश्य हैं जो इस विचार को उजागर करते हैं। दोनों ही एक पिता और पुत्र के बीच के संक्षिप्त संवाद हैं। पहले दृश्य में पिता बेटे से बरगद का एक फल लाने को कहता है। संवाद इस तरह चलता है :

पिता : मेरे लिए एक फल लाओ।

पुत्र : ये रहा फल, पिताजी।

पिता : इसे तोड़ो।

पुत्र : मैंने तोड़ दिया। ये रहा।

पिता : तुम्हें क्या दिखता है?

पुत्र : बहुत छोटे-छोटे बीज दिखते हैं, पिताजी।

पिता : एक बीज को तोड़ो।

पुत्र : ये लीजिए; मैंने तोड़ दिया।

पिता : अब तुम्हें क्या दिखता है?

पुत्र : कुछ भी नहीं।

पिता : पुत्र, जो तुम नहीं देख पा रहे हो वही सत्व है, और उस सत्व में यह विशाल बरगद रहता है। इस सत्व में उस सबकी आत्मा है जो है। वही सत्य है। वही आत्मा है। और तुम भी वह आत्मा हो।

दूसरी कहानी में, पिता पुत्र से एक गिलास भर पानी में नमक डाल कर सुबह वह गिलास लाने को कहता है। सुबह जब पुत्र वैसा ही करता है, तो पिता उससे पानी से नमक को अलग कर लाने को कहता है। लेकिन पुत्र वैसा नहीं कर पाता क्योंकि नमक पानी में घुल चुका होता है। आगे का संवाद यूँ चलता है :

पिता : अब तुम इस पानी के ऊपरी हिस्से को चखो। इसका स्वाद कैसा है?

पुत्र : नमकीन।

पिता : अब गिलास के बीच के पानी को चखो।

पुत्र : यह भी नमकीन है।

पिता : अब तलछट में बचे पानी को चखो। इसका स्वाद कैसा है?

पुत्र : ये भी नमकीन है।

पिता : तुम उस एक वास्तविकता को नहीं समझते तो तुम्हारी काया में है, मेरे पुत्र, लेकिन वह वहाँ है। सब कुछ वही एक वास्तविकता, वही एक सार है। सब कुछ आत्मा है। और तुम उस वास्तविकता के अलावा, उस आत्मा के अलावा कुछ भी नहीं हो।

लेकिन इस सबका आपकी और मेरी ज़िन्दगी में क्या मायने है? कम से कम मेरे लिए यह विचार अनन्त रूप से मुक्तिदायी रहा है। इसकी वजह यह है।

पल भर को उस चीज़ के बारे में सोचिए जो आपके लिए सबसे ज़्यादा मूल्यवान है। हो सकता है वह कोई गेंद या ग्रामोफ़ोन हो? कोई क़लम, कोई घड़ी, कोई सींक की डलिया या कूदने के लिए इस्तेमाल की जाने वाली रस्सी हो। ये सारी वस्तुएँ आपके द्वारा ईश्वर मानकर पूजी जा सकती हैं। क्योंकि जब तक आपका विश्वास मजबूत और लचीला है, तब तक कोई भी वस्तु अलौकिक सत्ता के प्रतिनिधि रूपों जितनी वैध हो सकती है। ऐसी कोई भी वस्तु नहीं है जिसे अगर गहरे प्रेम और श्रद्धा के साथ बरता जाए तो उसे परम पिता परमेश्वर के एक पूज्य रूप की तरह न देखा जा सकता हो।

ऐसा कोई रूपाकार, कोई रंग नहीं है, जिसके प्रति अगर भक्त में श्रद्धा का भाव है तो उसे कुपात्र समझा जा सकता हो। ध्यान दें कि मुख्य बात यहाँ प्रतिनिधि वस्तु की नहीं बल्कि भक्त की श्रद्धा है। ये भक्त की श्रद्धा, बल्कि ध्यानपरक भावना है न कि स्वयं वह वस्तु, जो पवित्र की पवित्रता को गढ़ती है। जैसा कि एलेन वाट्स ने लिखा था, 'अगर आप मुझसे ईश्वर दिखाने को कहें, तो मैं सूर्य की ओर, या किसी वृक्ष, या किसी कीड़े की ओर इंगित करूँगा। लेकिन अगर आप कहते हैं, "आपका मतलब है, सूर्य और वह वृक्ष और वह कीड़ा और दूसरी तमाम चीज़ें ईश्वर हैं?" तो मुझे कहना होगा कि आप असल बात को क़तई नहीं समझे।'

दुर्गा पूजा के दौरान एक महत्त्वपूर्ण अनुष्ठान प्राण-प्रतिष्ठा का, यानी देवी माँ की मूर्ति में *प्राण फूँकने* की प्रार्थना का होता है। बचपन में जब पुजारी देवी की प्राण-प्रतिष्ठा के लिए मन्त्र पढ़ते हुए और मूर्ति के नेत्रों को रँगते हुए प्रेमपूर्वक प्रार्थना करता था, तो यह गतिविधि मुझे बहुत आकर्षित करती थी। जो मैं देखा करता था, उस चीज़ को समझने में मुझे वर्षों, बल्कि दशकों लग गए।

पीछे हटकर सोचिए। प्राण-प्रतिष्ठा के इस एक कृत्य में, मनुष्य ईश्वर को प्राणवान बनाने के लिए दिव्यता को आत्मसात करता है। क्या विश्व की एकीकृत आन्तरिक दिव्यता का इससे ज़्यादा सशक्त और प्रभावशाली प्रतीक और दूसरा कोई हो सकता है? मनुष्य अपनी भक्ति के चरम क्षणों में प्रार्थना के उस मुक़ाम पर पहुँच जाता है जहाँ वह मूर्ति में प्राण फूँकने में सक्षम हो जाता है। और मनुष्य ऐसा करने में इसलिए सक्षम हो पाता है क्योंकि मनुष्य और ईश्वर की विशुद्ध चेतना में कोई भेद नहीं है। मनुष्य और ईश्वर दोनों ही बुनियादी अद्वैत की अभिव्यक्तियाँ हैं।

इसीलिए हिन्दू धर्म में *देवता* और *असुर* हैं। ये भक्ति और अनिष्ट की, शुभ और अशुभ की अभिव्यक्तियाँ हैं। हिन्दू धर्म कहता है कि मनुष्य में दिव्यता की शृंखला में उच्चतर से निम्नतर स्तर तक जाने की सम्भावना मौजूद होती है। मनुष्य नर से नारायण तक की यात्रा कर सकता है या वह निम्नतर प्रवृत्तियों की ओर

भी मुड़ सकता है। यहाँ तक कि असुर भी अपने आप में 'पापी' नहीं हैं, वे महज़ दिव्यता की कमतर विकसित अभिव्यक्तियाँ हैं। उदाहरण के लिए रावण भी महज़ एक 'राक्षस' नहीं है, जैसा कि बहुत से पश्चिमी लेखक उसके बारे में कहते हैं, बल्कि वह वैदिक ग्रन्थों का अध्येता है, अपार ज्ञानी और उपासना तथा तपस्या के अद्भुत साहसिक कृत्य करने में सक्षम। अनुश्रुतियों के मुताबिक़, ये रावण ही है जिसमें स्वर्ग तक जाने वाली सीढ़ियाँ खड़ी करने की सामर्थ्य थी, लेकिन वह अपनी सनकों और निम्नतर प्रवृत्तियों से विचलित होकर इन सीढ़ियों को पूरा करने में विफल रहा। इसीलिए अवतार अभिव्यक्तियाँ भर हैं, दिव्यता के विभिन्न रूप हैं। हिन्दू धर्म कहता है कि हम सब उसी दिव्यता की अभिव्यक्तियाँ हैं, लेकिन अवतार उस अभिव्यक्ति के सर्वोच्च और सर्वाधिक विकसित रूप हैं।

एक अर्थ में ईसाइयत और हिन्दुत्व एक ही चीज़ में विश्वास करते हैं, कि ऐसे पुरुष और स्त्रियाँ हैं जो मनुष्यता की नियति को परिभाषित करते हैं। और दिव्यता के साथ मनुष्य के आन्तरिक और बाह्य दोनों ही स्तरों पर गहनतर संयोग को सम्भव बनाते हैं। दोनों ही आस्थाएँ दिव्य अवतार में विश्वास करती हैं। दोनों के बीच फ़र्क़ यह है, ईसाइयत मानती है कि एक ही सच्चा अवतार है, 'एक ही उत्पन्न ईश्वर-पुत्र' है और वह ईसाइयत के इतिहास के भीतर या उससे बाहर किसी दूसरे अवतार को स्वीकार नहीं करती।

हिन्दुत्व या सनातन धर्म ईसा और बुद्ध दोनों को ही दिव्य अवतारों के रूप में स्वीकार करता है। जैसा कि कृष्ण *भगवद्गीता* में कहते हैं, *'सम्भवामि युगे युगे'* (मैं एक के बाद दूसरे युग में अवतार लेता हूँ)। हिन्दू पूछता है, क्यों, ईश्वर क्या एक से अधिक बार अवतार नहीं ले सकता? दरअसल, उन पैगम्बर मूसा और मोहम्मद तक के साथ कोई हिन्दू झगड़ा नहीं है, जो दिव्यता के क्रम में आगे पैदा होते हैं। इन सभी रूपों को मनुष्यता की शाश्वत सत्य की खोज के अंग के रूप में स्वीकार किया गया है। बहुत से रूपों के साथ कोई टकराव नहीं है, क्योंकि वेदान्त की मूलभूत शिक्षा यह है कि आत्मा न कभी जन्म लेती है न मरती है। यह केवल देह है, जो बदलती है, जन्म लेती है और मरती है। विवेकानन्द इसे पलटी जाती पुस्तक के रूप में चित्रित करते हैं। वे कहते हैं, यह पुस्तक है जो पलटती है, न कि वह मनुष्य जो उसे पलट रहा है।

जैसा कि कृष्ण अर्जुन से *गीता* में कहते हैं, *'महत्मानस्तु माम पार्थ दैविन प्रकृतिमाश्रिता:; भजन्त्यनन्यमनसो ज्ञात्वा भूतादिमव्ययम्।'* इसका अनुवाद यूँ होगा: 'हे पार्थ! दैवी प्रकृति के आश्रित महात्माजन मुझको सब भूतों का सनातन कारण और नाशरहित अक्षरस्वरूप जानकर अनन्य मन से युक्त होकर निरन्तर भजते हैं।'

यह विचार कि मनुष्य मिट्टी को ईश्वर बनाने के लिए उसमें दिव्यता को उद्बुद्ध कर सकता है और फिर उसको पूज सकता है। मेरी दृष्टि में, हम सबमें मौजूद

सम्भावना का सर्वाधिक उदात्त विचार है, यह विचार कि हममें से कोई भी घृणित नहीं है। हममें से किसी को भी बचाव या किसी बाहरी मदद की ज़रूरत नहीं है। जिसकी हमें तलाश है, वह सब जिसकी हमें कभी ज़रूरत होगी और ज़रूरत हो सकती है, वह सब हमारे भीतर मौजूद है।

हममें से कोई काफ़िर नहीं है। हममें से कोई विधर्मी नहीं है। हममें से कोई भी अनास्थावान नहीं है, क्योंकि आप ख़ुद के प्रति अनास्थावान कैसे हो सकते हैं? कोई छद्म देवता नहीं हैं, क्योंकि जो आपके भीतर मौजूद है, जिसकी आप पूजा करते हैं, वह आपके लिए छद्म कैसे हो सकता है? आप और मैं, हम ईश्वर की अभिव्यक्तियाँ हैं। हम ईश्वर हैं, हमें सिर्फ़ ये अभी पता नहीं है। इसीलिए ऋषि कहते हैं, *'तुम जानो या न जानो, मानो या न मानो, तुम ही राम।'*

तुम और मैं, हम पापी नहीं हैं। हम दिव्य हैं। हमें सिर्फ़ ये अभी पता नहीं है।

4

एक सच्चा ईश्वर कौन है?

पल भर को इसके बारे में सोचिए। धर्मशास्त्र के इतिहास में रक्तपात के बीच एक सवाल छाया रहा है - एक सच्चा ईश्वर कौन है?

एक सच्चे ईश्वर के बचाव के लिए (आप लक्ष्य करेंगे कि 'वह एक सच्चा ईश्वर' सामान्यतः पुरुष होता है), उसकी वाणी के प्रचार के लिए या विधर्मियों या नास्तिकों की सत्ताओं को नष्ट करने और एकमात्र मसीहा के शासन तथा प्रभुता की ख़ातिर जगहों, साम्राज्यों और राष्ट्रों का शुद्धिकरण करने के लिए, साम्राज्य उठते और गिरते रहे हैं। यहाँ तक कि आज भी, अन्तिम बड़े मसीहाओं की मृत्यु के हज़ारों साल बाद भी, सच्चे ईश्वर का प्रभुत्व क़ायम करने के लिए रक्तपात जारी है।

लेकिन अगर हमारी दुनिया में हिन्दू दृष्टिकोण को ठीक से समझा गया होता तो क्या होता? क्या होता अगर वेदान्त दर्शन की बुनियादी प्रतिज्ञा हमारी नैतिकी में प्रवाहित हुई होती? क्या होता अगर हिन्दू तर्क के मर्म को ठीक से समझा गया होता?

और वह मर्म क्या है?

हिन्दू बुनियादी तौर पर यह मानता है कि कोई एक सच्चा ईश्वर नहीं है। इसलिए कोई छद्म ईश्वर भी नहीं है। स्वाभाविक है कि अगर आपका कोई एक सच्चा ईश्वर नहीं है, तो कोई नास्तिक भी नहीं है। एक नास्तिक के होने के लिए इस बात का एक स्थिर, सुपरिभाषित विचार होना ज़रूरी है कि परमात्मा का अवतार कैसा दिखता है। उसकी अनुपस्थिति में किसी अधर्मी की ओर अँगुली उठाना बहुत मुश्किल है। ईश्वर के पैगम्बर की अन्तिमता और उसके शब्दों के अन्तिम सन्देश होने के बिना अधर्मी का कोई अपरिवर्तनीय विचार कैसे हो सकता है?

ये वे मुख्य सवाल हैं जिनके जवाब हिन्दू धर्म निश्चित ढंग से देता है। वह कहता है कि परमात्मा के प्रत्येक अवतार (बल्कि पैगम्बर) द्वारा किया गया दैवीय सत्य के अपने संस्करण का उपदेश समान रूप से प्रामाणिक है। एक अर्थ में, हिन्दुत्व का यह तर्क एकेश्वरवादी आस्थाओं के विपरीत है। वह कहता है कि प्रत्येक पैगम्बर (या मसीहा) को तब तक सच्चा माना जाना चाहिए जब तक कि वह झूठा साबित नहीं हो जाता।

जैसा कि प्रसिद्ध है, विवेकानन्द ने घोषणा की थी कि हिन्दू मार्ग में कोई पापी नहीं है। इस मामले में जैसे वे ईसाइयत से विपरीत रुख़ अपनाते हैं। हिन्दू धर्म में ऐसी कोई आत्मा नहीं होती जिसकी रक्षा करनी होती हो और ऐसा कोई मूल पाप नहीं है जो मनुष्य के जन्म के साथ जुड़ा हुआ हो।

यही कारण है कि विवेकानन्द ने 1893 में धर्म संसद में यह घोषणा की थी, किसी ईसाई को हिन्दू या बौद्ध होना ज़रूरी नहीं है, न ही किसी हिन्दू या बौद्ध का ईसाई बनना ज़रूरी है। लेकिन हर एक को दूसरे की भावना को अंगीकार करना चाहिए और तब भी अपनी वैयक्तिता को बचाए रखना चाहिए और उन्नति के अपने नियम के अनुसार उन्नति करनी चाहिए... धर्म संसद ने... इस बात को साबित कर दिया है... कि धर्मशीलता, शुचिता और कल्याण दुनिया के किसी भी गिरजाघर की अनन्य सम्पत्ति नहीं है...'

दरअसल, हिन्दू धर्म दूसरे अत्यन्त साहसिक चरम पर जाकर तर्क देता है। एक बार फिर विवेकानन्द को उद्धृत कर कहें, तो वह कहता है, 'हर आत्मा सम्भावित रूप से दिव्य है।' हमेशा की तरह, अब हमें पूछना चाहिए कि इसका क्या अर्थ है और हर आत्मा सम्भावित रूप से दिव्य है का यह बोध, मेरी (और आपकी) ज़िन्दगी को किस तरह बदलता है।

मैं सिर्फ़ इतना ही बता सकता हूँ कि मैंने इसे किस तरह समझा है और यह बोध मेरे लिए किस तरह कारगर रहा है। एकबारगी जैसे ही आप इस धारणा के बारे में सोचना शुरू करते हैं कि आप समेत प्रत्येक की आत्मा सम्भावित रूप से दिव्य है, वैसे ही होता यह है कि आप हल्के-से बेचैन होने लगते हैं। क्यों? क्योंकि यह आपसे आपकी बैसाखियाँ छीन लेती है। जब आपको लगता है कि वास्तव में आपके पास सिवा स्वयं आपके और किसी का सहारा नहीं है, ये आपके दिमाग़ के उन सबसे सुरक्षित बचावों और क़िलेबन्दियों को तोड़ देता है, जिनके तहत हम ईश्वर की धारणा के माध्यम से अपने को सामान्यतः सुरक्षित रखते हैं।

इस अनुनादी कथन को कि हर आत्मा सम्भावित रूप से दिव्य है, मैंने हमेशा कुछ-कुछ तैराकी सिखाने वाले उस अध्यापक की तरह देखा है। जो एक विश्वासी बच्चे को उस क्षण गहरे पानी में धकेल देता है, जब वह बच्चा तैरने से बचने के लिए अध्यापक को कस कर पकड़ने की सबसे ज़्यादा कोशिश कर रहा होता है। अध्यापक जानता है कि बहुत हाथ फटकारे जाएँगे और बहुत-सा पानी निगला जाएगा, लेकिन अन्ततः विद्यार्थी को तैरना सीखना ही होगा। अध्यापक इतना भर सुनिश्चित करता है कि वह बच्चा डूबने न पाए, लेकिन इसके आगे वह अपने ऊपर ही निर्भर करता है।

अपनी प्रसिद्ध टेड (TED) वार्ता में शोधकर्ता ब्रेनी ब्राउन स्पष्ट करते हैं कि किस तरह 'courage' (साहस) शब्द की व्युत्पत्ति लैटिन शब्द 'cor' से हुई है जिसका

अर्थ होता हृदय। यह अपना दिल खोल सकने और वेध्य हो सकने की क़ाबिलियत और मनोवैज्ञानिक सामर्थ्य से व्युत्पन्न है।

हिन्दू दर्शन का मूल मेरे लिए ऐसा ही है। यह आपको अपने ऊपर निर्भर होने को बाध्य करता है और यह आपको एक निजी रास्ते पर धकेल देता है। यह स्पष्ट करते हुए कि जहाँ सत्य एक ही है, उस तक पहुँचने की हर यात्रा विशिष्ट होनी चाहिए। अपने भीतर की दिव्यता को खोजने का मार्ग अत्यन्त वेध्यता से भरा हुआ मार्ग है। इस मार्ग पर चलते हुए आपको अपनी गहनतम असुरक्षाओं को स्वीकार करना होगा और अपने सबसे भयावह दैत्यों का सामना करना होगा। जब तक आप अपनी सबसे ज़्यादा चुनौतीपूर्ण उद्विग्नताओं का सामना नहीं करते तब तक स्वाभाविक ही आप अपनी सहज दैवीय प्रकृति को उपलब्ध करने की उम्मीद नहीं कर सकते।

तब क्या होता है, जब आप यह समझना शुरू कर देते हैं कि जिसे आप जीवन के अलग-अलग पक्षों या अभिव्यक्तियों दूसरे लोगों, प्राणियों, वनस्पतियों और तमाम जीवित सत्ताओं के रूप में देख रहे होते हैं, उन सबके पीछे चेतना का एक ही, अटूट, समरूप एकत्व है?

यहाँ शायद महज़ सरलता की ख़ातिर विशुद्ध चेतना या चेतना की जगह 'आत्मा' शब्द का प्रयोग करना उपयोगी हो सकता है। क्या होगा यदि आप अपने आसपास के हर व्यक्ति को उसके बाहरी तौर पर प्रकट रूप में, उसकी दैहिक क़िस्म में, राष्ट्रीयता में, चमड़ी के रंग में, उसकी भाषा के भेद में और चरित्र के भेद में देखने की बजाय ठीक आपकी ही तरह की अन्य आत्माओं के रूप में देखना शुरू कर दें, क्योंकि ये विश्व-आत्मा के ही हिस्से हैं?

ज़रा इस पर विचार करिए कि रंग, वर्ग, सम्पत्ति, शिक्षा और यहाँ तक कि शारीरिक क्षमताओं के आधार पर हमने जो असंख्य विभाजन गढ़े हैं, वे क्या करते हैं। मैं समझता हूँ कि इसके महत्त्व को तत्काल समझ पाना असम्भव है। अनिश्चितकालीन ढंग से राजनैतिक औचित्य या विचारधारा के पार निकल जाने वाली बुनियादी सर्वनिष्ठता की यह समझ हमारे दिमाग़ के फलक को अनन्त रूप से खोल देती है और हमें उत्तरोत्तर जागरूकता के साथ किसी पहचान को सिलसिलेवार ढंग से पुनर्सृजित करने की गुंजाइश देती है।

ऐतिहासिक कलह की सदियों के साथ यह क्या करता है या क्या करने की इसमें सम्भावना है, ये लगभग समझ से परे है। उदाहरण के लिए अगर हर किसी ने यह स्वीकार कर लिया होता कि कोई एक सच्चा ईश्वर नहीं है तो धर्मयुद्ध कहाँ होते? अगर विधर्मी की अवधारणा मिट गई होती तो कितने लाखों लोगों की जानें बच सकती थीं, बच गई होतीं? क्या होता अगर हम सब इस पर सहमत होते कि

नास्तिक कोई नहीं है? क्या यह दुनिया के इतिहास का टकराव के समाधान का अकेला सबसे बड़ा कर्म न होता?

यहाँ मेरे दिमाग़ में हिन्दू तर्क की अनूठी स्थिति बनती है। हिन्दू विधर्मी या नास्तिक की अवधारणा को स्वीकार नहीं करता, क्योंकि वह यह नहीं मानता कि ईश्वर तक ले जाने वाला कोई एक मार्ग, एक पैगम्बर या एक पुस्तक है।

इस बिन्दु पर हमें एक और फ़र्क़ करना चाहिए जिसे भारतीय चिन्तक राजीव मल्होत्रा ने समझाया है। वे सहिष्णुता और पारस्परिक सम्मान के बीच फ़र्क़ करते हुए तर्क देते हैं, 'अन्तरधार्मिक चर्चाओं में दूसरे धर्मों के प्रति "सहिष्णुता" की पैरवी करना एक फ़ैशन बन गया है। लेकिन अगर किसी की डिनर की मेज़ पर हमारे प्रति "सहिष्णुता" बरती जा रही होगी तो यह हमें कृपा करने जैसी, बल्कि निहायत अपमानजनक बात लगेगी। कोई भी दम्पति इस बात को पसन्द नहीं करेगा अगर उससे कहा जाएगा कि घर पर उसकी उपस्थिति को "सहा" जा रहा है। कोई भी स्वाभिमानी व्यक्ति अपने सहकर्मियों की महज़ सहिष्णुता को स्वीकार नहीं करेगा। सहिष्णु हम उनके प्रति होते हैं जिनको हम अपने से कमतर समझते हैं। धार्मिक मण्डलियों में सहिष्णुता बहुत से बहुत वह चीज़ है जो धर्मात्मा व्यक्ति उन लोगों के प्रति बरतते हैं जिनको वे अधार्मिक, मूर्तिपूजक या काफ़िर समझते हैं। अब समय आ गया है, जब हम सहिष्णुता से छुटकारा पाकर उसकी जगह "पारस्परिक सम्मान" को रखें।'

हिन्दू धर्म एक ऐसी दुनिया की वकालत करता है जिसमें पारस्परिक सम्मान हो, जिसमें कोई भी यह न सोचे कि उसका मार्ग 'दूसरों के' मार्ग से महान है। इसका यह भी अर्थ है कि हिन्दू इस बात को समझता है (या कम से उसे ऐसा समझना चाहिए) कि सच्ची शान्ति हासिल करने के लिए यह पारस्परिक सम्मान एक प्रस्थान-बिन्दु होना चाहिए। महज़ सहिष्णुता ज़ख़्म पर चिपकी पट्टी की तरह है। एक तात्कालिक युद्ध विराम, जो अक्सर और हिंसक ढंग से टूट जाता है। हिन्दू इस बात को पहचानता है कि सहिष्णुता चुपके से 'अन्य' के दैत्यीकरण की गुंजाइश देती है। सहिष्णुता से आप दूसरे को, बहुत से बहुत, गुंजाइश भर देते हैं, उसे एकीकृत शायद ही करते हैं। हिन्दू दृष्टिकोण भिन्न है और उसका लक्ष्य अधिकतम एकीकरण करना है।

क्या होगा अगर आपको, लगभग किसी साइंस फ़िक्शन फ़िल्म की तरह यह बात समझ में आ जाए कि एक ही जीवनी-शक्ति है जो बिना कोई निशान छोड़े एक देह को त्याग कर दूसरी देह धारण कर लेती है। और उस वैश्विक जीवनी-शक्ति का योग फल सदा अपरिवर्तित बना रहता है?

जब आप इस बात को समझना शुरू कर देते हैं तब शायद ये होता है कि आप इस बात के प्रति सजग हो जाते हैं कि किस तरह रोज़मर्रा जीवन के आपके कृत्य, आपकी प्रतिक्रियाएँ, आपके स्वीकार या अस्वीकार आपके सामाजिक अनुकूलन

पर निर्भर करते हैं। ये सब पूर्वनियोजित अनैच्छिक क्रियाएँ हैं जो इस बात पर निर्भर करती हैं कि हमें क्या पढ़ाया गया है, हमने क्या देखा है और जो हमें लगता है कि हम जानते हैं वे दरअसल किसी दूसरे के विचार होते हैं, हमारे क़तई नहीं होते।

एक छोटे पैमाने पर, मुझे यही समझ में आया कि हिन्दू विचार को पहचानने का पहला सोपान यह आत्म-सजगता है कि मैं ग़लत हो सकता हूँ। कि जो मैं सोच रहा हूँ या जिस ढंग से प्रतिक्रिया कर रहा हूँ, वह वास्तव में मेरी प्रतिक्रिया नहीं भी हो सकती है या मुमकिन है कि वह वही न हो जो वास्तव में मैं सोचता या महसूस करता हूँ। कि मैं उस तरह प्रतिक्रिया कर रहा हो सकता हूँ जिस तरह की प्रतिक्रिया की मुझसे उम्मीद की गई हो। अपने सर्वाधिक प्रिय सुखों से होकर, अपने उन दुखों से होकर जिनको मैं कभी पूरी तरह भुला नहीं सका, अपने अनुभवपरक अनुकूलन की अनेक परतों के परे जाना और अपने अहंकार को यथासम्भव एक तरफ़ रखकर अपनी अन्तरतम चेतना से प्रतिक्रिया करना सबसे मुश्किल काम है। लेकिन यह यात्रा इस बात की पहचान के साथ शुरू होती है कि सारे भेद इंसान के बनाए हुए हैं। इस यात्रा का पहला सोपान भेदों को पिघलाना है, अपने आप को इस ख़याल से मुक्त करके कि कोई ऐसा आस्तिक होता है जो किसी नास्तिक के मुक़ाबले बेहतर और अधिक प्रशंसा और जीवन का पात्र होता है।

एक अर्थ में, हिन्दू दार्शनिक दृष्टिकोण वाक़ई एकेश्वरवादी धर्मों के दार्शनिक दृष्टिकोण के विपरीत है। इस तुलना का उद्देश्य यह बताना नहीं है कि कोई चीज़ 'अन्य' से बेहतर है, बल्कि विश्वदृष्टि के वैविध्य को स्पष्ट करना है। इस या उस धार्मिक आस्था का अन्य धार्मिक आस्था से बेहतर होने का यह पूरा मसला हिन्दुओं के लिए घिनौना है और होना चाहिए, क्योंकि अगर तमाम वस्तुओं और सत्ताओं में एकत्व का नित्य सन्देश मौजूद है, तो फिर इसी के साथ-साथ श्रेष्ठ होने की कोई प्रतिस्पर्धा कैसे हो सकती है?

इसलिए यह सिर्फ़ मानव अस्तित्व को देखने का और इस बात को समझने का एक भिन्न नज़रिया भर है कि मनुष्य को ईश्वरत्व के एक बोध की अगर कोई ज़रूरत है तो वह क्यों है। ईसाइयत में समस्त मानव प्राणियों का प्रस्थान बिन्दु पाप है। आदम और हौवा के मूल पाप की वजह से हर मनुष्य को जन्मना एक पापी मान लिया गया है और उसकी मुक्ति ईसा मसीह के सन्देश को अंगीकार करने और उससे प्रेम करने में निहित है, उस मुक्तिदाता के सन्देश को जो मनुष्यता को उसके पाप से उबारता है।

इस्लाम मानता है कि मोहम्मद पैगम्बर की ज़बान से उच्चारित अल्लाह के शब्द के ख़िलाफ़ जाने वाली कोई भी बात पाप है।

ये दोनों आस्थाएँ एकदिशात्मक हैं। इनमें मनुष्य सर्वशक्तिमान (अलमाइटी) की असीम करुणा और प्रेम से रक्षित होता है। मनुष्य भटके हुए हैं और उनको मार्ग

दिखाया गया है। इसमें कोई सन्देह नहीं कि दोनों ही धर्मों में अनूठी शक्तियाँ हैं। ईसा का दया का सन्देश, मोहम्मद का परोपकार का सन्देश, लेकिन सामान्य बोध यही है कि मनुष्य उस सर्वशक्तिमान से अलग है जो उसका उद्धार करता है।

हिन्दू धर्म पाप के प्रश्न को इसके ठीक विपरीत सिरे से देखता है। यह मनुष्य की परिपूर्णता के विचार के साथ शुरुआत करता है। इस मान्यता के साथ शुरुआत करता है कि मनुष्य और ईश्वर में, मनुष्यत्व और दिव्यता में, दरअसल कोई फ़र्क़ नहीं है। और यह प्रश्न पूछता है कि मनुष्य और अधिक परिपूर्ण कैसे हो सकता है, कि कोई व्यक्ति नर से नारायण तक कैसे उठ सकता है, महज़ मनुष्यत्व से दिव्यता तक कैसे उठ सकता है। वह कहता है कि हर मनुष्य में अपनी दिव्यता को समझने की और इस बात को समझने की सम्भावना मौजूद है कि किस तरह वह उसको अखिल विश्व से एकात्म करती है, लेकिन सामान्यतः कोई भी व्यक्ति उसे कभी जान नहीं पाता। यह पाप के बोझ के नामोनिशान के बिना संवाद में प्रवेश करता है और फिर सदाचरण की सारी ज़िम्मेदारी मनुष्यों पर डाल देता है।

मेरे लिए हमेशा लगा है कि सनातन धर्म हमसे खड़े होकर ज़िम्मेदारी लेने को और हर चीज़ ईश्वर पर न छोड़ने को (या उसका दोष ईश्वर के मत्थे न मढ़ने को) कहता है। कर्म का चक्र अपनी पकड़ ढीली कर देना और पराजयवादी हो जाना नहीं है, बल्कि अपने कर्मों की ज़िम्मेदारी लेना है। इस बात को अनुभव करना है कि कर्म के चक्र में फँसे होने के बावजूद आप आदर्श कृत्यों के माध्यम से उस कर्म को बदल सकते हैं। आप अन्ततः स्वयं दिव्यता हैं। आपके जीवन को आकार देने वाले ढंग की ज़िम्मेदारी अन्ततः आपके अपने हाथों में है। आपकी हस्तरेखाओं में नहीं, बल्कि आपके कृत्यों में। आपके कर्म ही आपकी नियति को तय करेंगे और इस बात को भी कि आप अपनी दिव्यता के बोध के कितने निकट पहुँचते हैं।

वेदान्त को पढ़ते हुए मुझे हमेशा आयरिश कवि सीमस हीनी की ये पंक्तियाँ याद आती हैं :

> "द सोल एक्सीड्स इट्स सरकमस्टान्सेस।" यस।
> हिस्ट्री नॉट टु बी ग्रान्टेड द लास्ट वर्ड
> ऑर द फ़र्स्ट क्लेम... इन द एंड आई गैदर्ड
> फ़्रॉम द डिस्प्ले-केस पीट माइ स्टेइंग पावर्स,
> टोल्ड माइ वेब्ड रिस्ट्स टु बी लाइक सिल्वर बर्चेस,
> माइ ओल्ड अनकैलस्ड हैण्ड्स टु बी यंग स्वार्ड,
> द स्पेड कट स्किन टु हील, ऐंड गॉट रिसॉर्टेड
> बाय टेलिंग मायसेल्फ़ दिस।"

'आत्मा अपनी परिस्थितियों को लाँघ जाती है।' या वह अपनी परिस्थितियों को लाँघ सकती है, बशर्ते कि हम उसे निकटतम इन्द्रियों की अन्तहीन हाज़िरी से मुक्त रखें। हो सकता है ऊपर कोई ऐसा ईश्वर हो या न हो जो हमारी देखरेख करता हो और जिसकी ओर हम अपने अन्धकारमय क्षणों में मुड़ कर देख सकते हों, लेकिन जो चीज़ हमारे पास निश्चय ही, अटल रूप से है वह हम स्वयं हैं। हम ही हैं, जिनके पास यह अधिकार है कि हम इतिहास को अन्तिम शब्द या पहला दावा न मानें। हमारे कर्म, या आप चाहें तो कह लें हमारा इतिहास, तब तक हमारी नियति को व्यक्त नहीं करेगा जब तक हम ऐसी इच्छा न करें। अन्तिम राय उसकी नहीं होगी, क्योंकि हम ही उसे अपने जीवन की अभिव्यक्ति को नियन्त्रित करने की छूट दे सकते हैं, और यह आकर्षक है क्योंकि यह हमें किसी बाहरी मदद के चुनने की गुंजाइश देता है। हमारी मदद करने के लिए 'बाहर' कोई नहीं है। हम जितना चाहते हैं, जितना खोजते हैं और जितना शायद हम अपने कर्मों की मार्फ़त पाने के योग्य हैं, उस सब पर हमारा नियन्त्रण है।

इस पुस्तक को लिखना शुरू करने के लगभग तुरन्त बाद ही मैंने पहली बार हीनी की इन पंक्तियों को पढ़ा था। वे हमेशा से मेरे प्रिय कवि रहे हैं। ऐसे आदमी की सराहना आप कैसे नहीं करेंगे जो एक प्रखर राष्ट्रवादी था। जिसने अँग्रेज़ी कविता के संचयन में शामिल किए जाने के ख़िलाफ़ शिकायत तक की थी।

यह मेरे लिए भविष्यसूचक था कि मेरी मुलाक़ात हीनी से हुई और हमने 'ताक़तों (स्टेइंग पावर्स) को एक मील और आगे ले जाना चाहते हुए अपने इतिहास को बहाल करने के बारे में चर्चा की, एक और बड़ी छलांग, 'झिल्लीदार कलाई' (वेब्ड रिस्ट) को 'सिल्वर बर्चेज़ में बदलने के लिए। अपने भीतर के सर्वश्रेष्ठ को खोज निकालने की प्रक्रिया को चित्रित करने का इससे ज़्यादा काव्यात्मक ढंग और क्या हो सकता है?

हिन्दू धर्म, सनातन धर्म कहता है कि विश्व की एक नैतिक संहिता है। जिसका पालन करते हुए समूचा विश्व रहता और काम करता है। और यह मनुष्य पर है कि वह इससे सीखता, इसको सराहता और इसके प्रति ईमानदारी बरता है या नहीं। अन्ततः जन्म के साथ कोई पाप जुड़ा हुआ नहीं है। सिर्फ़ कर्म का विकल्प है, कर्म का अनुप्रयोग है। कर्मों और उनके फलों का सारा चक्र मनुष्य के हाथ में है। सनातन धर्म के विधान सिर्फ़ हिन्दुओं पर ही लागू नहीं होते बल्कि वे विश्व के प्रत्येक जीवित अंश के लिए हैं। हिन्दू धर्म कहता है कि विश्व स्वयं ही हमेशा सनातन धर्म या सन्तुलन की उस सामंजस्यपूर्ण संहिता के मुताबिक़ चलता रहा है जो हर चीज़ को कार्यरत रखती है और हमेशा रखेगी। उस यात्रा को तय करना मनुष्य के हाथ में है।

मैंने हमेशा महसूस किया कि सनातन धर्म का दर्शन निर्णय देने की ओर प्रवृत्त नहीं होता। यह इस पर सवाल नहीं उठाता कि आप अपनी यात्रा के लिए कौन-सी

प्रतिमा चुनें (या न चुनें)। यह पाप को परिभाषित नहीं करता, सिर्फ़ इतना संकेत करता है कि काल-चक्र के भीतर हर क्रिया की एक प्रतिक्रिया होती है और किसी भी तरह का कर्म उस कर्म के फलों को उत्पन्न करता है।

तब एक अर्थ में, हिन्दू दर्शन आपको इस बोध की ओर प्रवृत्त करता है कि आप अपनी रुचि के किसी भी तरीक़े या रूप के माध्यम से कोई भी या हरेक दार्शनिक और मानसिक गहराई हासिल कर सकते हैं। आपकी सफलता और आध्यात्मिक उत्थान अपने चुने हुए मार्ग के प्रति आपके समर्पण पर निर्भर करता है। ये न तो आपसे यह कहता है कि आप किस तरह का जीवन जिएँ या किस तरह उपासना करें, न ही यह कि आपके द्वारा चुना गया कोई भी मार्ग अनिवार्यतः अच्छा या बुरा होगा। ये सिर्फ़ इतना कहता है कि आप अपने कर्मों के प्रति आत्म-सजग और ज़िम्मेदार रहें। वह कहता है कि आपके कर्मों में ही आपकी मुक्ति निहित है।

विवेकानन्द कहते हैं, 'हम यह नहीं कहते कि हमारा मार्ग ही मुक्ति का एकमात्र मार्ग है। पूर्णता हर व्यक्ति द्वारा पाई जा सकती है, और प्रमाण क्या है? क्योंकि हम हर देश में अत्यन्त धर्मात्मा पुरुषों को देखते हैं। हर कहीं सत्पुरुषों और सन्नारियों को देखते हैं, चाहे उनका जन्म हमारे धर्म में हुआ हो या न हुआ हो। इसलिए यह नहीं माना जा सकता कि हमारा मार्ग ही मुक्ति का एकमात्र मार्ग है।'

हिन्दू धर्म की महानतम उपलब्धियों में से एक उपलब्धि इस बात की पहचान है कि हमारा मार्ग ही एकमात्र मार्ग नहीं है। इस धर्मशास्त्रीय अहंकार का अभाव हमारे जीवन में ईश्वर के स्थान से सम्बन्ध रखने वाले किसी भी आधुनिक चिन्तन की आधारशिला होनी चाहिए। विवेकानन्द कहते हैं, 'वेदान्त दर्शन "पूर्णतः निर्वैयक्तिक" है। यह स्वयं को एक आदमी के इर्दगिर्द विकसित नहीं करता। लेकिन जो दर्शन ऐसा करते हैं उनके ख़िलाफ़ यह कुछ नहीं कहता, वहाँ कोई लड़ाई नहीं, कोई शत्रुता नहीं।'

विवेकानन्द कहते हैं, 'हमारे पास पाप का कोई सिद्धान्त नहीं। हम इसे अज्ञान कहते हैं।'

यह फ़ैसला न देने वाला, भेदभाव न करने वाला दृष्टिकोण एक ऐसे युग में भी असम्भव रूप से महत्त्वपूर्ण है जब हम अपने बारे में हमेशा से कम आश्वस्त हैं। जब हम इस बारे में हमेशा के मुक़ाबले कम आश्वस्त हैं कि हमें प्रेम कहाँ से प्राप्त हो सकता है (अगर वह कहीं से प्राप्त हो भी सकता है तो) और हम सुखी कैसे हो सकते हैं।

ये हमारे समय के जलवायु परिवर्तन सम्बन्धी बाहरी प्रश्नों के विपरीत निर्णायक रूप से आन्तरिक प्रश्न हैं।

और हम क्या ये सवाल नहीं पूछ रहे हैं? तब भी जबकि हम सोचते हैं कि हम नहीं पूछ रहे हैं। तब भी जबकि हम सोचते हैं कि हम अन्यथा व्यस्त हैं। जब हम यह माने बैठे होते हैं कि इन सवालों से फ़र्क़ नहीं पड़ता या ये व्यावहारिक

प्रश्न नहीं हैं। कि ये सामान्य बुद्धिपरक (कॉमनसेंसिकल) प्रासंगिक प्रश्न नहीं हैं। प्रासंगिकता की खोज, हर संवाद और वार्तालाप को भुना लेने की ज़रूरत और हर भावना में निवेश करते हुए प्रतिफल का हिसाब लगाना, क्या ये हमें उन सवालों का ईमानदारी से जवाब देने से नहीं रोके हुए हैं जो हमारे अन्दर से उत्पन्न होते हैं?

क्या आपने कभी ध्यान दिया है कि 'बन्द करो सोचना' या 'बन्द करो सवाल पूछना' जैसे पदों की शुरुआत 'बन्द करो' शब्दों से होती है? हमने हमेशा सहज ढंग से इस बात को (भाषा तक में) समझा है कि अपनी रोज़मर्रा निष्ठुरता को तज देने पर ही हम उन जवाबों के क़रीब पहुँचने की उम्मीद कर सकते हैं जो हमें वह बनाते हैं जो हम हैं। अपनी ख़ामोशियों को अर्थहीन, पलायनवादी कृत्यों से भरने से अक्सर निहायत शाब्दिक अर्थ में रोकने की दशा में ही जवाब प्रकट होना शुरू होते हैं। ये वेदान्त की सीख है। यह खोज सार्वभौम है। इस खोज को पहचानने के लिए आपको सनातन धर्म में आस्था रखने की या ख़ुद को हिन्दू कहने की ज़रूरत नहीं है। आप और मैं पहले से ही जानते हैं कि कुछ है। जिस चीज़ को हम तलाश रहे हैं, उसे परिभाषित करने के लिए शायद हम कभी-कभी संघर्ष भी करते हैं और तब भी ख़ामोशी हमें धोखा दे जाती है।

ऐसे में बहुत आश्चर्य की बात नहीं है कि जब मैंने गूगल पर 'सर्च फ़ॉर सायलेंस' के लिए आख़िरी वाक्य लिखते हुए खोजा तो गूगल ने चालीस सेंकेंड से भी कम समय में कोई 80 लाख जवाब पेश कर दिए।

आर्य समाज के योगी संस्थापक दयानन्द सरस्वती ने मौन स्वत्व (सैल्फ़) के बारे में बात की थी। चेतना की उस अवस्था के बारे में जिसमें आप पाते हैं कि आप वे विचार (थॉट्स) नहीं हैं जो आपके मन में हैं। सरस्वती कहते हैं कि ऐसा इसलिए है, क्योंकि हम इस बात को नहीं समझते कि हम अपने विचारों से बँधे हुए हैं। जब हमारे विचार सुखद होते हैं तो हम सुखी होते हैं। जब वे खिन्न होते हैं तो हम उदास होते हैं। यही वजह है कि हम इस क़दर अनायास ढंग से क्रोधित हो उठते हैं और इतने जल्दी ईर्ष्या से भर उठते हैं। अगर दिमाग़ बेचैन होता है तो हम बेचैन हो जाते हैं। दिमाग़ हमेशा बदलता रहेगा। ये इसका स्वभाव है, सरस्वती कहते हैं। लेकिन हमारा लक्ष्य स्वयं को देखना है, विचारों से रहित होकर नहीं, बल्कि अपने विचारों के परे और उनके बावजूद। उनका कहना था कि ध्यान की उनकी परिभाषा यही है।

सरस्वती पूछते हैं, 'वह अपरिवर्तनीय "मैं" क्या है जिसे विचारों के बावजूद देखा जाना है? वह "मैं" मौन है। वह "मैं" सुख है। वह "मैं" पूर्णता है। वह "मैं" स्वतन्त्रता है। उसमें किसी चीज़ का अभाव नहीं है। वह हमेशा मुक्त है, मुक्त, मौन स्वत्व।'

अमेरिकी लेखक जॉर्ज प्रोश्निक, जिन्होंने एक आश्रम में आनन्द के पल बिताए थे, ने अपनी पुस्तक *इन पर्स्यूट ऑफ़ सायलेंस : लिसनिंग फ़ॉर मीनिंग इन अ वर्ल्ड*

ऑफ़ नॉइज़ में तत्काल 'मौन की स्मृति में मौन के एक पल' का आह्वान किया था। हमें पुनरान्वेषण करना होगा कि 'शान्ति क्यों विलक्षण है, अन्यथा शोर और छोड़े गए सिग्नल में कोई फ़र्क़ ही नहीं रह जाएगा।'

वर्षों तक हिन्दुत्व के आम लोकप्रिय संस्करण के साथ मेरा झगड़ा यही था कि इसमें किस क़दर मौन का अभाव है। मैं दिल्ली शहर में रहता हूँ, जहाँ मेरे पड़ोस में अपरिहार्यतः कोई न कोई *जागरण* का आयोजन करता है। शाम को आमतौर पर शेरावाली माँ की स्तुति में गाए जाने वाले बेहद बेसुरे गाने गूंजने लगते हैं। देवी-पूजा के दस दिवसीय बंगाली उत्सव दुर्गा पूजा की गम्भीर प्रातःकालीन आरती के अभ्यस्त मेरे लिए इस शोर से समझौता करना असम्भव रहा है, जो मेरे कानों के लिए हास्यास्पद लगता है। ख़ास तौर से इसलिए कि इन गानों की ज़्यादातर धुनें बॉलीवुड के उन लोकप्रिय गानों से उठाई गई होती हैं जिनके शब्द भर बदल दिए गए होते हैं। (जब मैं यह पुस्तक लिख रहा था तब हाल ही का जो एक गाना मुझे सुनने मिला वह यह था, *'कल रात माता का ईमेल आया है, माता ने मुझको फ़ेसबुक पे बुलाया है'*)। मैं समझ नहीं पाया था कि ये एक पैरोडी की पैरोडी थी। ये सब किंचित भ्रमित करने वाला था। ज़ाहिर है कि जागरण गायकों को किसी ने नहीं बताया होगा कि विश्व स्वास्थ्य संगठन लोगों को शिकार बनाते इस ध्वनि-प्रदूषण को लेकर, ख़ास तौर से हर कहीं इस्तेमाल किए जाते हाई-डेसीबल हैडफ़ोन्स की वजह से हो रहे ध्वनि-प्रदूषण को लेकर, इतना परेशान है कि उसने सलाह दी है कि लोग प्रतिदिन सिर्फ़ एक घण्टे संगीत सुना करें। विश्व स्वास्थ्य संगठन की इस घोषणा के तुरन्त बाद इंग्लैंड के एक संगीत समीक्षक ने गुस्सा ज़ाहिर करते हुए कहा कि प्रतिदिन एक घण्टे संगीत सुनना असम्भव है और यह कि वास्तविक समस्या यह नहीं कि आप कितने घण्टे संगीत सुनते हैं बल्कि यह है कि आप तेज़ आवाज़ में सुनते हैं। स्पष्ट है कि शान्ति हम में से किसी को भी आसानी से मिलने वाली नहीं।

हालाँकि वक़्त के साथ मुझे यह अनुभव हुआ कि हिन्दुत्व की सच्ची भावना के चलते मुझे जागरण गायकों को उनकी खोज में निहित आवेग की खातिर सुनना चाहिए, भले ही मुझे वह गाना कितना ही ऊबड़-खाबड़ और रूखा क्यों न लगता हो। लेकिन मैं अभी भी यह सोचता हूँ कि हिन्दू अक्सर शान्ति की ज़रूरत को, मौन की सीख को क्यों भूल जाते हैं। हमने वह शान्ति क्यों खो दी है जो उन ऋषियों, सन्तों और साधुओं का प्रतीक हुआ करती थी, जो सनातन धर्म के भण्डार हुआ करते थे? मौन की अपनी छोटी-सी, निजी तलाश के क्रम में मैंने टेलिविज़न देखना पूरी तरह से बन्द कर दिया, यहाँ तक कि मैंने अपने कमरे में लगा टेलिविज़न बेच दिया। और पाँच साल पहले टेलिविज़न की अपनी नौकरी छोड़ने के महीने भर के भीतर ही अपने माँ-बाप को घर के बाक़ी दो टेलिविज़न सैट किसी को दे देने के

लिए तैयार कर लिया। टेलिविज़न पर लगभग छह साल तक रिपोर्टर, इंटरव्यू शो होस्ट और न्यूज़ ऐंकर के रूप में काम कर चुकने के बाद जब मुझे दो मोबाइल फ़ोन रखने की मज़बूरी महसूस हुई (अगर एक की बैटरी अचानक ख़त्म हो गई तो क्या होगा?) जो अक्सर एक साथ बज उठते थे और जब जिस टीवी स्टेशन पर मैं काम करता था उसकी असाइनमेंट डेस्क से हर दूसरी सुबह फ़ोन आने पर मैं जाग उठता था, तो मुझे उस चीज़ से एक अवकाश लेने की ज़रूरत महसूस हुई जिसे *पिगमैलियन* के प्रोफ़ेसर 'मनुष्यता का अमानवीय शोर' की संज्ञा देते हैं।

अकेला मैं ही नहीं था जो कुछ शान्ति की ज़रूरत महसूस कर रहा था। मेरे आसपास के कई दोस्त हर कुछ महीनों में विपश्यना कोर्स के लिए एक बार में दस दिन की छुट्टियाँ ले रहे थे। जिस दौरान वे दिन में कम से कम दस घण्टे बिना कुछ पढ़े, बिना किसी से बात किए, बिना किसी मीडिया को देखे-सुने या अपने मोबाइल फ़ोनों का इस्तेमाल किए बिना, विपश्यना-स्थल पर ध्यान किया करते थे। 2014 में जब विपश्यना गुरु सत्य नारायण गोयनका की मृत्यु हुई थी तो यह अख़बारों की मुख्य ख़बर बनी थी।

इस वक़्त 2015 में भी जब मैं लिख रहा था, सचेतनता (माइंडफ़ुलनेस) दुनिया की सबसे बड़ी 'प्रवृत्ति' (ट्रेंड) है और स्वाभाविक ही अपने आप में एक उद्योग है, जिसके तहत सचेतनता सम्मेलन *(माइंडफ़ुलनेस कॉन्फ़्रेंसेज़)* आयोजित होते हैं। जिनमें एक डबलिन के गूगल कार्यालय में आयोजित हुआ था जिसका नाम था विज़्डम 2.0 और *माइंडफ़ुलनेस फ़ॉर इन्सोमेनियाक्स, अ माइंडफ़ुलनेस कलरिंग बुक* और ज़ाहिर है *एन ईडियट्स गाइड टु माइंडफ़ुलनेस* जैसी पुस्तकें प्रकाशित होती हैं। सचेतनता इतनी बड़ी चीज़ बन चुकी है कि उसके ख़िलाफ़ एक पलटवार तक की शुरुआत हो चुकी है। जिसके पीछे यह संकेत है कि सचेतनता एक सनक, एक कूल थिंग जैसे आई-फ़ोन है और उन लोगों के लिए पलायन का एक रास्ता है जो अपनी ज़िन्दगी के सवालों का वाक़ई सामना नहीं करना चाहते। हो सकता है यह सही हो या न हो, लेकिन इस बात से इनकार नहीं किया जा सकता कि हमारी कोई बहुत गहरी ज़रूरत है जो हमारे द्वारा जिए जा रहे जीवन से पूरी नहीं हो रही है या सन्तुष्ट नहीं हो रही है, भले ही हम दुनिया के किसी भी हिस्से में रह रहे हों। अगर यह खोज इतनी व्यापक और विविध न होती तो इसे 'रईसों की समस्याएँ' या '1 प्रतिशत लोगों के मसले' कह कर ख़ारिज़ किया जा सकता था। ये निश्चय ही सिर्फ़ 1 प्रतिशत तक सीमित नहीं है, न ही लाखों डॉलरों के सहराज्य में या विशाल विलासितापूर्ण नौका में रहने वाला हर कोई शान्ति की तलाश में लगा हुआ है। सारी दुनिया में उत्तरोत्तर लोगों को उस चीज़ का अहसास होने लगा है जिसे वेदान्त हमेशा से जानता रहा है। तमाम चीज़ों से ऊपर व्यक्ति को मौन-केन्द्रिकता के बोध की खोज करनी चाहिए और उसे हासिल करना चाहिए। इसके बिना कोलाहल आपको पागल

कर दे सकता है और अक्सर वाक़ई कर देता है। विश्व स्वास्थ्य संगठन का कहना है कि विषाद रोग (डिप्रेशन) एक 'वैश्विक संकट' है। अकेलापन हमारे समय की सर्वाधिक भयानक बीमारियों में से एक है। यह उतनी ही डरावनी स्वास्थ्य-समस्या है, जितनी एक दिन में पन्द्रह सिगरेटें पीना और 'मोटापे के मुक़ाबले दोगुनी घातक' है। सामाजिक अलगाव और अन्दरूनी ख़ालीपन का अहसास हमें मार रहा है। पहले किसी भी वक़्त के मुक़ाबले ज़्यादा लोग आज यह दावा करते हैं कि टीवी (या मोबाइल फ़ोन) उनका सबसे क़रीबी साथी है। अत्यन्त धनाढ्य लोग तक भयानक रूप से दुखी हैं। एक अध्ययन के मुताबिक़, औसतन 780 लाख डॉलर का मूल्य रखने वाले लोग उद्विग्नता, अकेलेपन और दिमाग़ी विपदाओं के शिकार हैं। औसतन सर्वेक्षण के दौरान जवाब देने वाले लोगों का कहना था कि सुखी होने के लिए उनको 25 प्रतिशत ज़्यादा पैसे की ज़रूरत है। यही वजह है कि यूनिवर्सिटी ऑफ़ वाशिंगटन में प्रोफ़सर डेविड लेवी ने 'डिज़िटल युग में हस्तलिपि को लाने' के लिए एक अभियान के तहत अध्यापन करते हुए सालों बिताए हैं। लेवी, जो 'इन्फ़ॉर्मेशन, सायलेंस, ऐंड सैंक्चुरी' और 'माइंडफ़ुल वर्क ऐंड टेक्नोलॉजी' नामक सभाएँ आयोजित करते हैं, का कहना है कि हमारी मल्टीटास्किंग ज़िन्दगियाँ 'अगर वह रोज़मर्रा ज़िन्दगी को जीने का एक प्रभावी ढंग बन जाता है तो वह समाज की एक ख़तरनाक प्रवृत्ति है। कुछ ख़ास वक़्तों के दौरान ध्यान के बँटने (स्पिट-फ़ोकस) में कोई बुराई नहीं है, लेकिन जब हम किसी भी चीज़ की तरफ़ अपना पूरा ध्यान नहीं दे रहे होते तो ये हमारी मनुष्यता और कार्यसाधकता को संकुचित कर देता है।'

सत्रहवीं सदी के फ़्रांसीसी दार्शनिक ब्लेज़ पास्कल ने कहा था कि 'ध्यान का भंग होना एकमात्र ऐसी चीज़ है जो हमें हमारी विपदाओं में सांत्वना प्रदान करता है, लेकिन ये अपने आप में हमारी सबसे बड़ी विपदा है।' यात्रा-संस्मरण लेखक पिको अय्यर, जो जैसा कि हमने पहले उल्लेख किया था, आज एक जगह शान्त बैठने के आनन्द का उपदेश करते हैं, इस ओर संकेत करते हैं कि ये पास्कल ही थे जिन्होंने यह शिक्षा दी थी कि 'मनुष्य की सारी समस्याओं की जड़ कमरे के अकेले एक कोने में शान्त बैठ सकने की उसकी अक्षमता में है।' अय्यर इस ओर भी ध्यान दिलाते हैं कि फ़्रांसीसी उत्पादों के मशहूर डिज़ाइनर फ़िलीप स्टार्क अख़बार नहीं पढ़ते, टेलिविज़न नहीं देखते और रोज़मर्रा के कोलाहल से यथासम्भव दूर एकान्त स्थल पर रहते हैं। स्टार्क ने कहा है कि यह चीज़ उनके काम में मौलिकता क़ायम रखने और उसे निरन्तर आधुनिक बनाए रखने में मदद करती है। स्टार्क के लिए अकेले होना अकेलापन नहीं है। तब ये शायद हमारे समय की सबसे बड़ी चुनौती है। हम कभी अकेले नहीं होते, क्या फ़ेसबुक हमें यही आश्वासन नहीं देती? लेकिन इसी के साथ-साथ हम पूरे समय निपट, मार्मिक ढंग से अकेले होते हैं। सोशल मीडिया ने FOMO (फ़ियर ऑफ़ मिसिंग आउट) सिंड्रोम या अनुपस्थित हो जाने के अनवरत

भय को जन्म दिया है। अब इसका एक और भाई-बन्धु उन्माद पैदा हो गया है - MOMO (मिस्ट्री ऑफ़ मिसिंग आउट) अनुपस्थित हो जाने का रहस्य। ये सम्भवतः वह उद्विग्नता है जो उस वक़्त पैदा होती है, जब कोई व्यक्ति अचानक सोशल मीडिया से ग़ायब हो जाता है और हमारे भीतर यह अहसास जगाता है कि वह कहीं अन्यत्र हमसे बेहतर समय गुज़ार रहा होगा। तत्काल समाधानों और प्रथमाक्षरी नामों (जैसे संयुक्त राष्ट्र के लिए संरा) की इस आक्रामक दुनिया में हमारे अनवरत अकेलेपन के प्रतिकार के लिए चार अक्षरों का एक नाम तक पैदा हो गया है - JOMO, यानी अनुपस्थित होने का आनन्द। जिसे वैश्विक 'अकेलेपन की महामारी' की संज्ञा दी गई है, उसका एक विपरीत दम्भ भी है जो इस आतंक-राज्य (डिस्टोपिया) को पूरा कर देता है।

अमेरिकी मनोवैज्ञानिक शेरी टर्कल का काम इस अकेलेपन से भरी अकेली यात्रा की 360 डिग्री को प्रतिबिम्बित करता है। 1996 में वे लाइफ़ ऑन द स्क्रीन : *आइडेंटिटी इन द एज ऑफ़ द इंटरनेट* की अग्रगामी लेखक के रूप में *वायर्ड* पत्रिका के आवरण पर प्रकट हुईं। उसी साल *टेड कॉन्फ्रेंस में इंटरनेट* की उस साहसिक और अभूतपूर्व टेक्नोलॉजी वाली उत्तेजक दुनिया के बारे में बोलीं, जो एक पीढ़ी पहले तक जादू से अलग नहीं लगती थी, के इस्तेमाल के सहारे लोगों की उनकी अपनी वास्तविकता में गहरे उतरने में मदद करने वाली है। 2012 में वे एक बिलकुल अलग सन्देश के साथ टेड कॉन्फ्रेंस में वापस लौटीं। 'कनेक्टेड, बट अलोन?' शीर्षक इस वार्ता में उन्होंने जो कुछ कहा, वह उन अनूठे चौराहों का सारांश पेश करने वाला है। जिन पर टेक्नोलॉजी ने और हमारी भावनाओं तथा हमारे मानस (और आत्मा) के सत्य के साथ बढ़ती हमारी दूरी ने हमें ला छोड़ा है। उन्होंने कहा कि टेक्नोलॉजी सिर्फ़ हमारे कृत्यों के स्वरूप को ही नहीं बल्कि 'हमारे होने के स्वरूप' को भी बदल देती है। उन्होंने कहा कि यह सिर्फ़ एक दूसरे के साथ ही नहीं बल्कि स्वयं अपने साथ भी रिश्ता बनाने के हमारे ढंग को बदल रही है। टर्कल कहती हैं कि वह अन्ततः नियन्त्रण करती है। अब हम लगातार मानव सम्बन्धों की *'विपुलता और अस्तव्यस्तता को साफ़ करने'* और अपने को उजागर करने के ढंग को नियन्त्रित करने में लगे रहते हैं। टर्कल कहती हैं कि कोई भी वार्तालाप वास्तविक समय में घटित होता है। लेकिन अब हम वास्तविक समय को पसन्द करते नहीं लगते। हम वास्तविक समय को नियन्त्रित नहीं कर सकते। हम अकेले हैं क्योंकि हमारा नियन्त्रण हमें उस एक चीज़ से वंचित करता है जो जीवन को उसका वास्तविक स्वरूप देती है - वेध्यता। यह वेध्य होना है। वेध्यता से वंचित होकर हमारी ज़िन्दगी बेसहारा हो जाती है, अपनी केन्द्रिकता से वंचित हो जाती है। उनकी वार्ता में एक नौजवान लड़का टर्कल से उत्साह से भरकर कहता है, 'एक दिन मैं सीखना चाहूँगा कि वार्तालाप कैसे करना चाहिए।' मनौवैज्ञानिक इस ओर ध्यान दिलाती है कि उस लड़के ने 'एक

दिन' कहा था, आज नहीं। अकेलेपन के मनोविश्लेषणात्मक अध्ययन की एक अग्रदूत फ़्रीडा फ़्रॉम-रीख़मान के शब्द हर दिन परेशान करते हैं। वे कहती हैं कि अकेलापन एक 'इस क़दर दर्दनाक और डरावना अनुभव है कि लोग उससे बचने के लिए सब कुछ करने को तैयार रहेंगे।' अपनी पुस्तक *प्रिंसिपल्स ऑफ़ इंटेंसिव साइकोथेरेपी,* जो 'अकेलेपन के अध्ययन' के क्षेत्र की बेहद महत्त्वपूर्ण और प्रभावशाली पुस्तक बन चुकी है, में यह डॉक्टर कहती है कि अकेलेपन का हर अध्ययन 'अकेलेपन की हमारी अपनी सम्भावना को छूता है।' उन्होंने लिखा है, 'हम उससे कतराते हैं और अपराधी महसूस करते हैं।'

अपने एक अत्यन्त प्रसिद्ध केस में फ़्रॉम-रीख़मान एक नवयुवती से बात करती हैं जो अपने अकेलेपन को लेकर लगभग पूरी तरह ख़ामोश हो चुकी थी। मरीज़ ने अपना हाथ उठाया जिसका अँगूठा भर तना हुआ था बाक़ी अँगुलियाँ मुड़ी हुई थीं। 'इतनी अकेली!' डॉक्टर ने कोमल स्वर में पूछा और मरीज़ के चेहरे के भाव और उसकी अँगुलियाँ धीरे-धीरे खुलने लगीं।

हम अपने परदों पर अपने अँगूठों से या एक अँगुली से धक्का देते हुए ख़ुद से और दुनिया से जो कहते प्रतीत होते हैं, वह यह है कि 'ये मैं हूँ, इतना अकेला हूँ मैं।' ये हमारी दुनिया की चिरस्थायी छवि है। ये उस दुनिया में है जो चरम धार्मिक ध्रुवीकरण के आतंकों में भी डूबी हुई है। एक ऐसी दुनिया जो आईएसआईएस के उत्थान से बहुत ज़्यादा घबराई हुई है, जैसा कि *द इण्डिपेंडेन्ट* के रॉबर्ट फ़िस्क ने दुष्टतापूर्ण हँसी के भाव से कहा है-

'(सुन्नी) सऊदी यमन पर बमबारी कर रहे हैं, क्योंकि उनको डर है कि शिया हौदिस (शिया) ईरानियों के लिए काम कर रहे हैं। सऊदी इराक़ और सीरिया में भी आईएसआईएस पर बमबारी कर रहा है। उसी तरह संयुक्त अरब अमीरात कर रहा है। सीरियाई सरकार सीरिया में अपने दुश्मनों पर बमबारी कर रही है और इराक़ी सरकार भी इराक़ में अपने दुश्मनों पर बमबारी कर रही है। अमेरिका, फ़्रांस, ब्रिटेन, डेनमार्क, हॉलैंड, ऑस्ट्रेलिया और विश्वास करें न करें कनाडा सीरिया में आईएसआईएस पर और इराक़ में आईएसआईएस पर बमबारी कर रहे हैं। आंशिक रूप से इराक़ी सरकार (जिसका मतलब है शिया सहायक सेना) की ओर से लेकिन सीरियाई सरकार की ओर से क़तई नहीं।' इस तरह से यह लेख जारी रहता है।

और इस तरह हमारी दुनिया का विरोधाभास यह है कि यह एक साथ अकेली भी है और पक्षपाती भी है, तब भी जबकि वह हमेशा के मुक़ाबले कहीं ज़्यादा आपस में जुड़ी हुई, आपस में गुँथी हुई है।

आज से पहले शायद कभी यह जानना इतना ज़रूरी नहीं रहा है कि हम वाक़ई कौन हैं और जो भी हम हैं वह हमारे आसपास के हर व्यक्ति से किस तरह

ताल्लुक रखता है। हम एक ऐसे सिद्धान्त की तलाश में हैं, जो हमारे मानस के अन्तरतम कोनों और समाज के उस जाल को आपस में जोड़ता हो जिसमें हम लगातार फँसे हुए हैं।

विज्ञान से उधार लेकर कहें तो, जिस तरह भौतिकी विश्व के सब कुछ के सिद्धान्त (थ्योरी ऑफ़ एवरीथिंग) को खोजने की कोशिश करती है, उसी तरह हम मस्तिष्क के सब कुछ के सिद्धान्त की तलाश में हैं। हम उस एक विचार को ढूँढ़ निकालना चाह रहे हैं जो हर चीज़ में हमारे भयों, सन्देहों, अनुभवों, आशंकाओं, ज़रूरतों, आकांक्षाओं और हरेक मानवीय अन्तर्क्रिया में अन्तर्व्याप्त हो। जैसा कि *मुण्डकोपनिषद* कहता है, 'वह क्या है जिसे जानने से विश्व की हर चीज़ जान ली जाती है?' हिन्दू दर्शन इसी का जवाब उपलब्ध कराने की कोशिश करता है।

हिन्दू धर्म का तर्क है कि इसका एक संगत जवाब पाने की दिशा में पहले क़दम की शुरुआत भेदभाव को ख़त्म करने से होनी चाहिए। वह कहता है कि ईश्वर की खोज दरअसल हमारी अपनी खोज है। हम जिस को खोज रहे होते हैं, वही हम हैं। इससे पता चलता है कि हमारा अकेलापन बुनियादी तौर पर हमारे ख़ुद तक से असम्बद्ध हो जाने से पैदा होता है और इसलिए ऐसा है कि हम अपने आसपास के लोगों से जुड़ पाने में नाकामयाब हो रहे हैं। शेरी टर्कल से शब्द लेकर कहें तो जब हम अर्थपूर्ण वार्तालापों में 'बेईमानी' करते हैं, तो हम 'लोगों से पूरी तरह छुटकारा' भी पाना चाह रहे होते हैं। और इस प्रक्रिया में हम अपने सबसे अनिवार्य हिस्से से भी छुटकारा पा रहे होते हैं। हिन्दू धर्म सिखाता है कि आप ही विश्व हैं, हम ही विश्व हैं। इसलिए अगर आप स्वयं से ही संवाद नहीं कर सकते तो विश्व के साथ संवाद करने की उम्मीद कैसे कर सकते हैं?

इसलिए अन्दरूनी और बाहरी अर्थपूर्ण संवाद की खोज की शुरुआत, ईश्वर की और हमारे सच्चे आत्म की खोज की शुरुआत, बाहरी भेदों को ढहाने से होनी चाहिए। दरअसल, ये खोज भेदों के परत दर परत उतारने का कर्म है। इनमें से पहला भेद, निश्चय ही उन लोगों के बीच का होगा जो एक ही चीज़ (जिसे अन्यथा ईश्वर के नाम से जाता है) की तलाश में लगे हुए हैं।

हिन्दू धर्म का विभेदक यह है कि यह जवाबों के साथ नहीं बल्कि सवालों के साथ यात्रा की शुरुआत करता है। इस प्रश्नाकुलता की जड़ें हिन्दू दर्शन की बुनियाद, यानी उस *ऋग्वेद* में है जो सबसे पहला प्राचीन ग्रन्थ है।

उदाहरण के लिए ज़रा *बाइबल* के जैनेसिस अध्याय की तुलना *ऋग्वेद* की सृष्टि सम्बन्धी ऋचाओं से करिए। दोनों ही इस बारे में बात करते हैं कि हमारी दुनिया की, मनुष्य की दुनिया की, सृष्टि कैसे हुई।

जैनेसिस कहता है :

आरम्भ में परमेश्वर ने आकाश और पृथ्वी की सृष्टि की। पृथ्वी बेडौल और सूनसान पड़ी थी, गहरे जल के ऊपर अँधेरा था और परमेश्वर की आत्मा जल के ऊपर मँडरा रही थी।

और परमेश्वर ने कहा, 'उजाला हो,' और उजाला हो गया। परमेश्वर ने देखा कि उजाला अच्छा है और उसने उजाले को अँधेरे से अलग कर दिया। उजाले को परमेश्वर ने 'दिन' कहा और अँधेरे को 'रात' कहा। फिर शाम हुई और सुबह हुई – इस प्रकार पहला दिन हुआ।

और परमेश्वर ने कहा, 'जल के बीच ऐसा अन्तर हो कि जल दो भाग हो जाए।' तब परमेश्वर ने अन्तर करके नीचे के जल को ऊपर के जल से अलग किया। और ऐसा ही हुआ। परमेश्वर ने उस अन्तर को 'आकाश' कहा। और शाम हुई फिर सुबह हुई – इस प्रकार दूसरा दिन हुआ।

और परमेश्वर ने कहा, 'आकाश के नीचे का जल एक स्थान में इकट्ठा हो जाए और सूखी भूमि प्रकट हो।' और ऐसा ही हुआ। परमेश्वर ने सूखी भूमि को 'पृथ्वी' कहा और जो जल इकट्ठा हुआ उसको उसने 'समुद्र' कहा। और परमेश्वर ने देखा कि वह अच्छा है।

फिर परमेश्वर ने कहा, 'पृथ्वी में वनस्पतियाँ उगें – हरी घास तथा बीज वाले छोटे-छोटे पेड़, और फलदायी वृक्ष भी जिनके बीज उन्हीं में एक-एक की जाति के अनुसार होते हैं।' और ऐसा ही हुआ। पृथ्वी ने वनस्पतियाँ उगाईं, हरी घास और छोटे-छोटे पेड़ जिनमें अपनी-अपनी जाति के अनुसार बीज होता है और फलदायी वृक्ष जिनके बीज एक-एक की जाति के अनुसार उन्हीं में होते हैं। और परमेश्वर ने देखा कि वह अच्छा है। और शाम हुई फिर सुबह हुई– इस प्रकार तीसरा दिन हुआ।

और परमेश्वर ने कहा, 'दिन को रात से अलग करने के लिए आकाश के अन्तर में ज्योतियाँ हों और वे चिह्नों और नियत समयों और दिनों और वर्षों के कारण बनें और वे ज्योतियाँ आकाश के अन्तर में पृथ्वी पर प्रकाश देने वाली भी ठहरें।' और ऐसा ही हुआ। तब परमेश्वर ने दो बड़ी ज्योतियाँ रचीं। उनमें से बड़ी ज्योति को दिन पर प्रभुता करने के लिए तथा छोटी ज्योति को रात पर प्रभुता करने के लिए रचा। उसने तारों की भी रचना की। परमेश्वर ने उनको आकाश के अन्तर में रखा ताकि वे पृथ्वी को प्रकाश दें तथा दिन और रात पर प्रभुता करें और उजाले को अँधेरे से अलग करें। और परमेश्वर ने देखा कि वह अच्छा है। और शाम हुई फिर सुबह हुई – इस प्रकार चौथा दिन हुआ।

और परमेश्वर ने कहा, 'जल जीवित प्राणियों से भर जाए और पक्षी पृथ्वी के ऊपर आकाश के अन्तर में उड़ें।' इस तरह परमेश्वर ने तरह-तरह के बड़े-बड़े जल-जन्तुओं की और उन सब जीवित प्राणियों की भी सृष्टि की जो चलते फिरते हैं जिनसे जल बहुत ही भर गया और एक-एक जाति के उड़ने वाले पक्षियों की भी सृष्टि की। और परमेश्वर ने देखा कि वह अच्छा है। और परेमश्वर ने यह कह के उनको आशीष दिया कि 'फलो-फूलो और समुद्र के जल में भर जाओ और पक्षी पृथ्वी पर बढ़ें।' और शाम हुई फिर सुबह हुई - इस प्रकार पाँचवाँ दिन हुआ।

और परमेश्वर ने कहा, 'पृथ्वी से एक-एक जाति के जीवित प्राणी उत्पन्न हों। जाति-जाति के अनुसार घरेलू पशु, रेंगने वाले जन्तु और वनैले पशु।' और ऐसा ही हुआ। इस तरह परमेश्वर ने तरह-तरह के वनैले पशुओं, घरेलू पशुओं और रेंगने वाले जन्तुओं को रचा। और परमेश्वर ने देखा कि वह अच्छा है।

फिर परमेश्वर ने कहा, 'हम मनुष्य को अपने स्वरूप के अनुसार अपनी समानता में बनाएँ, ताकि वे समुद्र की मछलियों और आकाश के पक्षियों, घरेलू पशुओं और सारी पृथ्वी पर और पृथ्वी पर रेंगने वाले सब जन्तुओं पर अधिकार रखें।'

इस तरह परमेश्वर ने मनुष्य को अपने स्वरूप के अनुसार उत्पन्न किया।

अपने ही स्वरूप के अनुसार परमेश्वर ने उसको रचा,
नर और नारी के रूप में उसने उनकी सृष्टि की।

परमेश्वर ने उनको आशीष दिया और उनसे कहा, 'फलो-फूलो और पृथ्वी में भर जाओ और उसको अपने वश में कर लो। समुद्र की मछलियों और आकाश के पक्षियों, पृथ्वी पर रेंगने वाले सब जन्तुओं पर शासन करो।'

फिर परमेश्वर ने उनसे कहा, 'सुनो, जितने बीज वाले छोटे-छोटे पेड़ सारी पृथ्वी पर हैं और जितने वृक्षों में बीज वाले फल होते हैं। वे सब मैंने तुमको दे दिए हैं। वे तुम्हारे भोजन के लिए हैं। और जितने पृथ्वी के पशु और आकाश के पक्षी और पृथ्वी पर रेंगने वाले जन्तु हैं, जिनमें प्राण है, उन सबके खाने के लिए मैंने हरे-भरे छोटे-छोटे पेड़ दिए हैं।' और वैसा ही हुआ।

परमेश्वर ने जो कुछ बनाया था उस सबको देखा और वह बहुत अच्छा था।

सृष्टि की रचना का *ऋग्वेद* का नासदीय सूक्त कहता है :

सृष्टि से पहले सत नहीं था असत भी नहीं,
अन्तरिक्ष भी नहीं था उसके परे आकाश भी नहीं था।
छिपा था क्या, कहाँ किसने ढँका था?
उस पल तो अगम अतल जल भी कहाँ था?

नहीं थी मृत्यु अमरता भी नहीं,
नहीं था दिन, रात भी नहीं,
हवा भी नहीं, साँस थी स्वयमेव फिर भी,
नहीं था कोई कुछ भी, परम तत्त्व से अलग या परे भी
कर्म बनकर बीज पहला जो उगा।

काम बनकर वो आरम्भ में प्रविष्ट हुआ,
कवियों, ज्ञानियों ने जाना,
असत और सत का निकट सम्बन्ध पहचाना
पहले सम्बन्ध में - हिरण्य
परम तत्त्व उस पर
ऊपर या नीचे? वह था बँटा हुआ
पुरुष और स्त्री बना हुआ।

ऊपर, नीचे सृष्टि यह बनी कैसे?
किससे आई है, कहाँ से?
क्या कोई जानता है, बता सकता है?

देवों को नहीं ज्ञान, वे आए सृजन में क्यों,
सृष्टि का कौन है कर्ता या है अकर्ता?
ऊँचे आकाश में रहता, सदा अदृश्य बना रहता
वही सचमुच में जानता या नहीं भी जानता।

इनको एक दूसरे के अगल-बग़ल रखकर पढ़ें और आप इनके लहजे और अभिप्राय के फ़र्क़ को समझे बग़ैर नहीं सकते। जैनेसिस के पास जवाब हैं। उसे निश्चित तौर पर पता है और कोई सन्देह नहीं है। उसमें अन्तिमता का एक बोध है। वह किसी तरह के सन्देहों को प्रश्रय नहीं देता। वह चुनौती से परे है। वह इस तरह का कोई अहसास नहीं जगाता कि इस मसले पर आगे भी कोई विचार हो सकता है, होना चाहिए। *नासदीय सूक्त* के पास उत्तरों से कहीं ज़्यादा प्रश्न हैं। यह भावी खोजों के लिए अन्तहीन गुंजाइश छोड़ता है। यहाँ तक कि वह उन प्रश्नों को देवताओं से भी

आगे रखता है ('देवताओं का जन्म इस जगत की सृष्टि के बाद हुआ था')। *नासदीय सूक्त* अन्वेक्षण की और खोज की ज़रूरत के बोध को उकसाता है। वह पाठक को उस पूर्वानुमान के साथ छोड़ देता है जिसे वही पूरा कर सकता है। जैनेसिस, एक अर्थ में, अन्त के बारे में है, जब मनुष्यता को यह पता चलता है सृष्टि की शुरुआत कब हुई थी। *नासदीय सूक्त* आरम्भ के बारे मे है, जब मनुष्यता सिर्फ़ इस बोध की पहली परत को उतारना शुरू कर रही है कि जगत की शुरुआत कैसे हुई थी।

तब सृष्टि के इन दो 'मिथकों' के बीच का मूलभूत अन्तर क्या है? अनिश्चय। एक अनिश्चय को अंगीकार करता है, उसे प्रकट करता है और दूसरा 'सत्य' को आकार देता है। दरअसल, धर्मशास्त्री और दार्शनिक एलन वाट्स अपनी बहुचर्चित पुस्तक *द विज़्डम ऑफ़ इन्सिक्योरिटी* में कहते हैं कि ईसा मसीह का सन्देश तक अनिश्चय को अंगीकार करने की बात करता है, लेकिन यह सन्देश युगों के अन्तराल में उतने सशक्त ढंग से प्रचारित नहीं हुआ। वाट्स लिखते हैं कि 'यह सिद्धान्त (अनिश्चय को अंगीकार करने का सिद्धान्त) ईसाइयों के लिए अज्ञात नहीं है, क्योंकि यह ईसा की समूची कथा और उनके उपदेशों में अन्तर्निहित था। एकदम शुरुआत से ही उनका जीवन अनिश्चय का पूर्ण स्वीकार और अंगीकार था।'

वेदान्त इस अ-प्रबुद्धता का जश्न मनाता है। यह स्वीकार हिन्दू जीवन-दृष्टि की बुनियाद में ही है कि ऐसे सत्य हैं जो आगे उजागर होंगे, कि सत्य भी एक प्रक्रिया है, अन्तिम समाधान नहीं है।

जैसा कि बहुत जल्द नाराज़ हो उठने वाले विद्वान नीरद सी. चौधरी ने लिखा है :

> हिन्दू धर्म इस मामले में ईसाइयत से बुनियादी तौर पर अलग है कि इसके अनुयायियों के लिए इस संसार का कोई विकल्प नहीं है, बल्कि प्राथमिक तौर पर इस दुनिया में अपने अस्तित्व को सहारा देने और उन्नत करने का एक साधन है।
>
> इसलिए हिन्दू समाज में हर सांसारिक गतिविधि धर्म के नियन्त्रण में है और हर धार्मिक चीज़ संसार में शामिल है।
>
> यही वजह है कि सेक्युलरिज़्म की यूरोपीय परिभाषा हिन्दू के लिए अप्रासंगिक है। ऐसा कोई एक चर्च नहीं जो राज्य से अलग हो। एक बार फिर चौधरी के शब्दों में,
>
> ज़रूरी है... धर्म और सांसारिक मसलों के बीच मिलावट की कैफ़ियत। यूरोपीय विचारों के आने के पहले कोई हिन्दू यह अनुभव नहीं करता था कि ये दो अलग चीज़ें हैं।

> यूरोपीयों ने... जीवन को टुकड़ों-टुकड़ों में बाँट दिया, क्योंकि उनका तरीक़ा विश्लेषणात्मक था, जबकि हिन्दू संश्लेषण को प्रधानता देता था।

संश्लेषण के इस गहरे अन्तर्गुम्फित, सम्पूर्णतावादी दृष्टिकोण के चलते ही वह नास्तिकतावाद भी हिन्दू दर्शन का हिस्सा है जो जीवन को पूरी तरह से भौतिकवादी दृष्टि से देखता है। हिन्दू दर्शन का चार्वाक सम्प्रदाय केवल भौतिक जगत को ही अंगीकार करता है और उसमें आनन्द लेता है। सारी आध्यात्मिकता का निषेध करता है और अस्तित्व के आधार के रूप में केवल उसे स्वीकार करता है जिसे तत्काल अनुभव किया जा सकता हो – जैसे कि तर्क, ईमानदारी और कर्म।

हिन्दू आध्यात्मिक मुलाक़ात का एक सर्वाधिक उद्धृत क्षण रामकृष्ण परमहंस और विवेकानन्द के बीच का उनका पहला संवाद है जिसे अक्सर एक लोककथा की तरह सुनाया जाता है।

नौजवान विवेकानन्द बड़े ही सन्देह के भाव के साथ परमहंस से पूछते हैं, 'क्या आपने ईश्वर को देखा है?'

परमहंस कहते हैं, 'हाँ, मैंने देखा है।'

नौजवान इस दृढ़तापूर्ण जवाब से हक्काबक्का रह जाता है।

'ईश्वर को आपने कहाँ देखा?' वह पूछता है।

'हर कहीं,' रहस्यवादी जवाब देता है। 'जिस तरह मैं तुम्हें देखता हूँ, उसी तरह उसे देखता हूँ।'

'क्या आप मुझे दिखा सकते हैं?' विवेकानन्द पूछते हैं।

'बिलकुल,' परमहंस कहते हैं, और इस सरल-सी पूछताछ के साथ उनकी यात्रा आरम्भ होती है। आज यह रामकृष्ण मिशन में शिक्षा का अनिवार्य हिस्सा है, उस आश्रम का अनिवार्य हिस्सा जिसकी स्थापना विवेकानन्द ने अपने गुरु के नाम पर की थी और जिसके पण्डित भिक्षु गणित के क्षेत्र में राष्ट्रीय पुरस्कार प्राप्त करने के लिए जाने जाते हैं। यात्रा की शुरुआत करने के लिए आपको प्रश्न पूछना चाहिए। 'ईश्वर को देखने' का कर्म हिन्दुओं के लिए प्राथमिक महत्त्व रखता है। जैसा कि डायना ऐक ने स्पष्ट किया है, हिन्दू मन्दिरों में पाश्चात्य अर्थ में पूजा करने नहीं जाते, बल्कि दर्शन करने जाते हैं –परमात्मा का दर्शन करने। डायना ऐक ने लिखा है, 'इसलिए, हिन्दुओं के लिए मूर्ति वह चीज़ नहीं है जहाँ आपकी दृष्टि रुक जाती हो, बल्कि वह वह लैंस हैं जिसके रास्ते आपकी दृष्टि दिशा पाती है।'

'एक दृष्टि से अनुभव यह है कि देवताओं की या ईश्वर के चेहरों की संख्या उससे कहीं ज़्यादा है जितने की हम गणना कर सकते हैं... दूसरी दृष्टि से, यह ज़ाहिर है वह एक ही है। यह तथ्य कि बहुत से देवता हो सकते हैं इन देवताओं

की शक्ति या महत्त्व को कम नहीं कर देता। तमाम महान देवताओं में से प्रत्येक उस लैंस की भूमिका निभा सकता है जिसके माध्यम से समग्र को स्पष्ट ढंग से देखा जा सकता है।'

वाराणसी के संस्कृत कॉलेज के प्रख्यात लायब्रेरियन और प्राचार्य रहे गोपीनाथ कविराज कहते हैं कि 'देखने' का कर्म या 'सर्वज्ञता की सामर्थ्य' प्रतिभा शब्द में प्रकट किया गया है, जो *महाभारत* में कई बार आता है। यह वह सामर्थ्य है जिसके माध्यम से व्यक्ति अखिल विश्व और उसकी सचाई को स्पष्ट रूप से देख सकता है। *भगवद् गीता* के 11वें अध्याय के आठवें श्लोक में कृष्ण अर्जुन में इस 'दृष्टि' को इन शब्दों के साथ उद्बुद्ध करते हैं :

न तु मां शक्यसे द्रष्टुम
अनेनैव स्वचक्षुषा।
दिव्यं ददामि ते चक्षुः
पश्य मे योगमैश्वरम्।।

परन्तु मुझको तू इन अपने प्राकृत नेत्रों द्वारा देखने में निस्सन्देह समर्थ
नहीं है, इसी से मैं तुझे दिव्य चक्षु देता हूँ,
उससे तू मेरी ईश्वरीय योग-शक्ति को देख।

तब अर्जुन कृष्ण की अमर देह में अखिल विश्व को देखने में समर्थ हुए। लेकिन उस दृश्य ने उनको क्या दिखाया? जैसा कि डायना ने समझा है, इसने उनको अनेक के एकत्व के दर्शन कराए,

तत्रैकस्थं जगत्कृत्स्नं प्रविभक्तमनेकधा।
अपश्यद्देवदेवस्य शरीरे पाण्डवस्तदा।।

पाण्डु पुत्र अर्जुन ने उस समय अनेक प्रकार से
विभक्त सम्पूर्ण जगत को देवों के देव कृष्ण के
उस शरीर में एक जगह स्थित देखा।

देखने का विचार मेरे लिए हमेशा बहुत अर्थवान रहा है। ख़ास तौर से मेरी छोटी-सी दुनिया में, परमहंस और विवेकानन्द के बीच की बातचीत को मेरे लिए हमेशा कुछ अर्थ रहा है। ये वो चीज़ थी जिसके बारे में मेरी माँ ने मुझे चौदह साल की उम्र में तब बताया था जब मैंने रामकृष्ण और विवेकानन्द के उपदेशों में दीक्षा ली थी। मेरी माँ ने इस भिक्षु संघ की चिन्तनशील, प्रश्नाकुल प्रवृत्ति के बारे में गर्व के भाव से ज़िक्र किया था। दीक्षा लेने का मतलब प्रतिदिन, सम्भव हो तो दिन में दो बार, एक

छोटे-से मन्त्र का उच्चारण करते हुए ध्यान करना होता है। लेकिन कुछ वर्षों तक इस मन्त्र का जाप करने के बाद मैंने किसी पूर्व निर्धारित इरादे के बिना इसका जाप बन्द कर दिया। क्यों कर दिया इस बारे में मैं कभी निश्चित नहीं रहा। मेरी माँ ने मुझे इस नियम का पालन करने के लिए मनाने की कोशिश की और कहा कि यह एक पवित्र मन्त्र है और इससे घबराने की ज़रूरत नहीं है, लेकिन मुझे लगता है कि मेरी माँ जानती थी कि यह भावना अन्दर से पैदा होनी चाहिए। और उस अन्दरूनी खिंचाव के बग़ैर वह अभ्यास अर्थहीन होगा।

जब तक मन्त्र-जाप खोज में योगदान नहीं करता तब तक वह भी अपने अर्थ से वंचित हो जाता है। मन्त्र अपने मस्तिष्क को असंख्य अन्यमनस्कताओं से मुक्त कर उसे एकाग्र करने, केन्द्रित करने की पद्धति के सिवा और कुछ भी नहीं है। मैंने बहुत से लोगों को देखा था, जिनमें मेरी माँ भी शामिल है, जो मन्त्रों का जाप करते थे और मन्दिरों में घण्टों बिताते थे। जब वे उस गतिविधि में मुब्तिला होते थे तो शान्तचित्त होते थे, लेकिन अपने रोज़मर्रा जीवन के असन्तुलन में लौटते ही वे अपनी वह शान्ति खो देते थे। मुझे लगा कि सत्य की या ईश्वर की खोज भी, एक फ़िक्स जैसी बन गई थी। एक बार समाधि टूटी, ध्यान पूरा हुआ, मन्त्र-जाप समाप्त हुआ, कि बाहरी जीवन बहुत जल्दी दिमाग़ पर सवार हो जाता था। कभी-कभी तो उच्च डेसिबल पर हो जाता था, क्योंकि आपने उससे एक छोटा-सा अवकाश लिया होता था।

लेकिन क्या शान्ति रोज़मर्रा में फ़िक्स हो सकती है? क्या ईश्वर का बोध एकान्त और अनुष्ठानों के इंजेक्शनों में आता-जाता है? ये बात किसी क़दर जँचती नहीं थी। निश्चय ही मार्ग ऐसा होना चाहिए जो हमें उत्तरोत्तर केन्द्रीय अस्तित्व की ओर ले जाता हो। लेकिन तब क्या जब मन्त्र स्वयं, मन्त्र-जाप की प्रक्रिया स्वयं ही अपने स्वभाव में पलायनवादी बन जाती हो?

जब मैंने इसके बारे में पढ़ा, तो मैंने पाया कि दार्शनिक जिद्दू कृष्णमूर्ति ने भी इस पर सवाल उठाया था :

> ध्यान क्या है? क्या ये संसार के शोर से पलायन है? ताकि हमें मानसिक मौन, मानसिक निस्तब्धता, मानसिक शान्ति मिल सके? और आप सजग होने और अपने विचारों को नियन्त्रित रखने के लिए व्यवस्थाओं का पद्धतियों का पालन करते हैं। आप पालथी मार कर बैठते हैं और कोई मन्त्र दोहराते हैं। मुझे बताया गया है कि 'मन्त्र' शब्द का निरुक्तपरक अर्थ होता है 'असम्भव का चिन्तन करना।' ये एक अर्थ है। और इसका अर्थ 'समस्त आत्मकेन्द्रित गतिविधियों को त्याग देना, एक ओर रख देना' भी है। ये मन्त्र शब्द का वास्तविक, मूल अर्थ है। लेकिन हम दोहराए जाते हैं,

> दोहराए जाते हैं, दोहराए जाते हैं और अपने स्वार्थ, अपने अहंकार जारी रखते हैं और इसलिए मन्त्र ने अपना अर्थ खो दिया है। तब ध्यान क्या है?

मैंने आंशिक रूप से अपनी दीक्षा के मन्त्र का जाप बन्द कर दिया, क्योंकि उस वक़्त मुझे लगा कि मैं जिस चीज़ की उम्मीद कर रहा हूँ। उसके बारे में मैं शायद कुछ भी नहीं जानता। तब फिर मन्त्र-जाप में मेरे विचार किस चीज़ पर केन्द्रित होंगे? मन्त्र तक पहुँचने की समूची प्रक्रिया, हर सुबह-शाम एक चक्र पूरा करने पर ध्यान करना और वह विचार जिसे मेरे कुछ सम्बन्धियों ने मेरे दिमाग़ में बिठा दिया था कि मन्त्र-जाप मेरे बोर्ड रिजल्ट में मदद करेगा। यह पूरी प्रक्रिया ही मुझे छिछली जान पड़ी। निश्चय ही अपनी किशोरावस्था में मैंने आध्यात्मिकता से सम्बन्धित जो कुछ सीमित पढ़ रखा था, उसके साथ मैंने तर्क किया कि ईश्वर की खोज का ध्येय हाईस्कूल के इम्तिहान जैसा तात्कालिक कुछ नहीं हो सकता। और यह ख़याल मुझे बहुत एकांगी लगा कि मैं जितना ज़्यादा मन्त्र-जाप करूँगा, उतना ही बेहतर मेरा परीक्षा परिणाम होगा। मुझे मालूम था कि मेरी गणित भयानक रूप से ख़राब क्यों थी। ये इसलिए था कि मुझे गणित के लिए कभी सही अध्यापक नहीं मिला था और इसलिए मैं कभी भी उसमें अपनी दिलचस्पी या रुझान नहीं पैदा कर सका था। साफ़ तौर पर मुझे गणित से नफ़रत थी और जब तक मैं गम्भीरतापूर्वक लगातार अभ्यास नहीं करता, तब तक इस बात की कोई सम्भावना नहीं थी कि अधिक अंक लाने में मन्त्र-जाप मेरी कोई मदद कर सकता।

एक और ख़याल भी था जो परेशान करता था, बल्कि दरअसल मुझे चिढ़ाता था। मेरे कुछ बुज़ुर्ग रिश्तेदारों ने मुझे डराने की कोशिश की थी कि मैं दीक्षा-मन्त्र का जाप जारी रखूँ। एक किशोरवय के बालक के रूप में भी जब कि मैंने अभी-अभी विवेकानन्द को पढ़ना शुरू किया था, यह बात मुझे आश्चर्यजनक मूर्खता प्रतीत होती थी। मैं सोचता कि ईश्वर, जो कि इतना विराट और सर्वव्यापी है, इतना बदमिज़ाज कैसे हो सकता है कि वह मेरे जैसे छोटे-से प्राणी से किन्हीं मन्त्रों को न पढ़ने की वजह से रूठ जाएगा? यह बात अर्थहीन लगती थी।

उसी समय संयोग से वह छोटा-सा विवरण मेरे हाथ लगा जिसमें विवेकानन्द वेदों के व्याकरण को लेकर अपने अनुभव के बारे में बात करते हैं। वे लिखते हैं, 'यह देखकर मुझे आश्चर्य हुआ कि वैदिक व्याकरण के श्रेष्ठतम हिस्से सिर्फ़ नियमों के अपवाद से निर्मित हैं... इसलिए आप देखते हैं कि किसी भी व्यक्ति के लिए कुछ भी लिखने की कितनी बड़ी स्वतन्त्रता है।' जब मैंने वह पढ़ा, मुझे लगा जिस संघ की स्थापना इतने सहज ढंग से विश्लेषणशील और प्रश्नाकुल व्यक्ति ने की है वह मुझे एक ऐसे मन्त्र-जाप के लिए बाध्य नहीं करेगा जिसके साथ मैं कोई जुड़ाव

महसूस नहीं करता। इसलिए मैंने वह मन्त्र-जाप छोड़ दिया।

लेकिन ये विचार और सवाल कि मैं हिन्दू क्यों हूँ और क्या ईश्वर का मेरे लिए कोई मायने है, मुझसे कभी दूर नहीं हुए। मैंने यह जानने की कोशिश कभी बन्द नहीं की और इन्हीं सवालों के जवाब पाने की कोशिश ने मुझे यह पुस्तक लिखने के लिए प्रेरित किया। एक अर्थ में, मैं एक आदर्श आस्थावान कभी नहीं रहा। मैंने एक महत्त्वपूर्ण आचार को अपनाया और फिर उसे, शायद एक सनक के चलते, छोड़ दिया। शायद मेरा दिमाग़ किसी मन्त्र के जरिए, किसी जाप के जरिए एक जगह टिक कर नहीं रह सकता था। मेरा दिमाग़ प्रश्नाकुलता के मार्ग पर चलने के लिए बना था। मेरे सन्देह ही मेरे मन्त्र बन गए, उनके गुंजायमान, बार-बार टकराकर लौटने वाले जाप ने मेरे दिमाग़ को अन्वेषण करने लायक़ ईंधन उपलब्ध कराया और मैं अक्सर सोचता था कि क्या इस सब से कोई समझौता मुमकिन था।

नोबेल पुरस्कार प्राप्त अमेरिकी सैद्धान्तिक भौतिकीविद् रिचर्ड फ़ेनमेन ने अपने निबन्ध 'द रिलेशन ऑफ़ साइंस ऐंड रिलीज़न' में बताया है कि क्यों उनको लगता है कि किसी वैज्ञानिक के लिए धार्मिक आस्था रखने वाले व्यक्ति के साथ समझौता करना मुश्किल होता है। उन्होंने यह कल्पना की है कि विज्ञान के किसी विद्यार्थी के लिए ईश्वर में आस्था के विचार के साथ सामंजस्य बिठाने में समस्या पैदा होती है क्योंकि यह विचार निरपेक्षता लिए होता है। फ़ेनमेन कहते हैं, *'सन्देह करना विज्ञान में अनिवार्य है,* अनिश्चय का आपके स्वभाव का बुनियादी हिस्सा होना विज्ञान में विकास के लिए परम आवश्यक है।'

इस सन्देह के बिना इस सतत प्रश्नाकुलता के बिना वैज्ञानिक स्वभाव का अस्तित्व ही मुमकिन नहीं है। यही कारण है कि फ़ेनमेन कहते हैं कि उनको लगता है कि इस मुद्दे पर ईश्वर में विश्वास रखने वाले वैज्ञानिकों का रुख़ भी दूसरे आस्थावान लोगों से सहज रूप से भिन्न होता है। 'अगर वे अपने विज्ञान के साथ संगत होते होंगे तो मेरा ख़याल है वे ख़ुद से कुछ इस तरह की बात कहते होंगेः मुझे ईश्वर के अस्तित्व को लेकर क़रीब-क़रीब पक्का विश्वास है। यह सन्देह बहुत छोटा-सा है। ये यह कहने से एकदम अलग है कि मैं जानता हूँ कि ईश्वर का अस्तित्व है।'

फ़ेनमेन उस चीज़ को लेकर भी चिन्तित हैं जिसे वे 'विचारों का उत्पीड़न' कहते हैं - धर्म का निरपेक्षतावाद (जिसे वे साम्यवाद में भी देखते हैं) - जो उनके मुताबिक़ वैज्ञानिक स्वभाव से बहुत दूर की चीज़ है। लेकिन फ़ेनमेन इस बारे में स्पष्ट हैं कि उनका सन्दर्भ-बिन्दु सिर्फ़ ईसाइयत है और उसमें भी, वे स्वीकार करते हैं कि जहाँ तक धर्म के नैतिक पक्ष का सवाल है, उसको लेकर विज्ञान का कोई विवाद नहीं है, क्योंकि उसमें जैसा कि वे लिखते हैं, सवाल है :

'क्या मुझे ऐसा करना चाहिए?'

और जैसा कि धर्मशास्त्रीय नैतिकी के शुद्धतम रूप में उसी तरह विज्ञान में इसका जवाब है : 'इसे करके देखो।'

फ़ेनमेन इस पर विचार नहीं करते, लेकिन नर्क की लपटों और आत्मा को दण्डित किए जाने से बहुत दूर, हिन्दू धर्म 'इसे कर के देखो' की बुनियाद पर खड़ा हुआ है। मार्ग यहाँ निष्ठुर ढंग से निजी और दृढ़तापूर्वक विश्लेषणात्मक है। इसका यह मतलब नहीं है कि पिछले हज़ार सालों के दौरान हिन्दुत्व के दार्शनिक प्रसाद पर अनुष्ठानों की परतें एक के बाद एक जमा नहीं होती रही हैं, लेकिन अपने मूल में इसकी सामूहिक स्मृति के भीतर, इस विचार का होना एक अनूठी स्वतन्त्रता है कि किसी भी चीज़ को फिर से जाँचा जा सकता है। किसी भी चीज़ की पुनर्कल्पना की जा सकती है।

इसीलिए कोई एकीकृत 'हिन्दू स्वर' पाना इतना मुश्किल है, हिन्दुस्तान तक में, जहाँ 80 प्रतिशत आबादी पारिभाषिक अर्थ में हिन्दू है। इस धार्मिक आस्था की विविधता निर्विवाद रूप से इसकी धर्मशास्त्रीय ताक़त है, जिसने इसको हज़ारों साल तक होते रहे आक्रमणों, घुसपैठों, क़ब्ज़ों और संविलयनों को पचा लेने की लचीली शक्ति दी हुई है।

भारतीय मिथकशास्त्री देवदत्त पटनायक सिन्धु नदी के तट पर विश्व विजेता मैकाडोनियाई राजकुमार सिकन्दर का आश्चर्यजनक क़िस्सा बयान करते हैं, जिसकी नज़रें अपने अन्तिम पुरस्कार हिन्दुस्तान पर जमी हुई हैं।

वहाँ सिकन्दर की मुलाक़ात एक नागा साधु से होती है, जो नदी के तट पर ध्यान कर रहा होता है। सिकन्दर इस साधु से पूछता है, 'तुम क्या कर रहे हो?' साधु जवाब देता है, 'मैं शून्यता का अनुभव कर रहा हूँ।'

अब वह साधु सिकन्दर से पूछता है, 'तुम क्या कर रहे हो?' राजकुमार जवाब देता है, 'विश्व को जीत रहा हूँ।'

वे दोनों ही एक दूसरे के उपक्रमों की निरर्थकता पर हँसते हैं।

पटनायक इस कहानी का इस्तेमाल पूरब और पश्चिम के मिथकों का भेद दर्शाने के लिए करते हैं। वे उन क़िस्सों की तुलना करते हैं जो सिकन्दर और उस साधु ने सुन रखे होंगे। सिकन्दर ने हर्क्यूलिस और थीसस जैसे महान यूनानी नायकों के बारे में सुन रखा था। उसे बताया गया था कि जीवन एक बार ही मिलता है और अगर तुम उस जीवन को एक नायक की तरह जीते हो, अगर तुम विजय प्राप्त करते हो, तो मरने पर तुम्हें स्टिक्स नदी को पार करना होगा। और अगर तुमने एक नायक की तरह जीवन जिया, तो इलीसियम नामक उस स्वर्ग में तुम्हारा स्वागत होगा जहाँ मरने के बाद नायक जाते हैं।

उस साधु ने एक अलग कहानी सुन रखी होगी। उसने महान विजेता भरत के बारे में सुन रखा होगा, जिसने भी दुनिया पर विजय प्राप्त की थी और उसके बाद

वह इस उम्मीद में विशाल मेरु पर्वत पर चढ़ा था कि वह उसकी चोटी पर झण्डा गाड़ने वाला पहला व्यक्ति होगा। लेकिन जब वह पर्वत की चोटी पर पहुँचा, तो उसने देखा कि वह उन दूसरे विजेताओं के झण्डों से भरी हुई थी, जिनमें से हरेक का ख़याल था कि वह पहला विजेता था।

पटनायक कहते हैं कि इस कहानी से यह नैतिक शिक्षा मिलती है कि पश्चिम अपने मिथकों तक में एकरैखिक आख्यान को देखता है, जबकि भारतीय दृष्टिकोण एक आदि-अन्तहीन चक्र का है। और यही चीज़ ईश्वर के बारे में हमारे विचारों को बहुलतापरक, समावेशी और सर्वदा प्रश्नाकुल और गहरे स्तर पर निजी बनाए रखती है। वे ध्यान दिलाते हैं कि यही वजह है कि *महाभारत* और *रामायण* दो अलग-अलग नायकों के स्वतन्त्र कारनामे नहीं हैं, बल्कि एक ही देवता विष्णु के दो अलग-अलग अवतारों और जीवनों के क़िस्से हैं।

लेकिन तब क्या ईश्वर की कोई हिन्दू वाणी नहीं है? क्या एक नहीं हो सकती? राम स्वरूप का हिन्दुत्व पर केन्द्रित पथप्रदर्शक शोध *द वर्ड एज़ रिवेलेशन : नेम्स ऑफ़ गॉड* की भूमिका में भारतविद् अध्येता डेविड फ़्रावले कहते हैं कि ईश्वर की वाणी का विचार तक एक निजी यात्रा है।

'ईश्वर की वाणी को (हिन्दू चिन्तन में) किसी एक पुस्तक या किसी पैगम्बर विशेष की उक्ति से समीकृत करके नहीं देखा जा सकता, चाहे वह पैगम्बर कितना ही महान क्यों न हो। ये चेतना की एक अवस्था है न कि कोई लिखित पाठ जो अपव्याख्या का विषय हो सकता हो। ये हृदय में अंकित सत्य की वाणी है जो सारे निरूपणों को अतिक्रान्त कर जाती है। उस दैवीय वाणी को हासिल करने के लिए व्यक्तिगत साधना या आध्यात्मिक अभ्यास ज़रूरी है। यह किसी दूसरे से, बाहर से, किसी पुस्तक से, नहीं आ सकता, हालाँकि ऐसी चीज़ें उसकी आन्तरिक अभिव्यक्ति को उत्प्रेरित करने में मदद कर सकती हैं, बशर्ते कि उन तक विनम्रता और समझदारी के साथ जाया जाए।'

हिन्दू मानस समस्त वस्तुओं में अन्तर्निहित अखण्ड एकत्व देखता है और इसलिए रेशों और एक से दूसरे को अलगाने की कोशिश नहीं करता, बल्कि एकत्व में आनन्द लेता है।

5

क्या ईश्वर विज्ञान से डरता है?

इस पुस्तक को लिखने के दौरान कृषि उद्यमी और ब्रह्माण्डिकी में गहरी रुचि रखने वाली इशिरा मेहता की सिफ़ारिश पर एमआईटी के वैज्ञानिक और धर्मशास्त्री एलेन लाइटमेन का काम मेरे हाथ लगा। लाइटमेन एमआईटी में मानविकी और विज्ञानों में एक साथ नियुक्ति पाने वाले एकमात्र प्रोफ़ेसर हैं। संक्षेप में, वे उन दुर्लभ व्यक्तियों में से एक हैं जिनके पैर विज्ञान और धर्म दोनों की दुनिया में फैले हुए हैं।

वे उन थोड़े-से लोगों में से भी हैं, जो जीन वैज्ञानिक और ईश्वर में अपने संशय के लिए कुख्यात रिचर्ड डॉकिन्स से सहमत और और असहमत हैं। पिछले एक दशक के दौरान, एक ऐसी दुनिया में जिसमें ईश्वर के नाम पर उत्तरोत्तर कलह बढ़ती गई है, तार्किक नास्तिकतावाद का स्वर हमेशा के मुक़ाबले कहीं ज़्यादा जोश के साथ उभरा है। डॉकिन्स को (उनकी कृति *द गॉड डिल्यूज़न* को) पढ़ना या दिवंगत पॉलिमिकल पत्रकार क्रिस्टोफ़र हिचन्स *(गॉड इज़ नॉट ग्रेट : हाउ रिलीज़न स्पॉइल्स एवरीथिंग)* को पढ़ना संगठित धर्म की बीसवीं सदी की सबसे सशक्त आलोचनाओं को पढ़ना है। लेकिन उनके पास कहने के लिए ऐसा कुछ भी नहीं है जिसके बारे में हिन्दू धर्म के बुनियादी दर्शन पहले से ही मुख़ातिब नहीं रहे हैं।

चूँकि हमने इस पुस्तक में वैज्ञानिकों के बहुत से हवाले दिए हैं, हम विज्ञान का उदाहरण लेते हैं। जीन जैविकी के क्षेत्र के जीवित वैज्ञानिकों में सम्भवतः सर्वाधिक प्रसिद्ध वैज्ञानिक रिचर्ड डॉकिन्स अपनी प्रसिद्ध पुस्तक *द गॉड डिल्यूज़न्स* में हिन्दू धर्म का सिर्फ़ दो बार उल्लेख करते हैं। 460 पृष्ठों की पुस्तक में सिर्फ़ दो बार।

पहली बार वे टिप्पणी करते हैं कि हिन्दू धर्म का बहुदेववाद 'छद्मवेश में छिपा हुआ एकेश्वरवाद' है। ये हिन्दू धर्मशास्त्र की समझ का एक बुनियादी और अवधारणात्मक अभाव है। बहुदेववाद और एकदेववाद वे पश्चिमी निर्मितियाँ हैं जो संसार को विभाजित चश्मों की मार्फ़त देखती हैं और इस बात को नहीं समझतीं कि हिन्दू धर्म का एकदेववाद या एक ईश्वर में आस्था उस तरह से नहीं है जिस तरह एक ईश्वर में आस्था को पश्चिम समझता है। यह उस एक यथार्थ में आस्था है, जो उस वास्तविकता की सारी अभिव्यक्तियों को समायोजित करती है और जो हदबन्दी करने की कोशिश नहीं करती।

दूसरा उल्लेख महज़ तथ्यात्मक है। इसमें 1947 के हिन्दुस्तान के विभाजन के समय के हिन्दू-मुसलमान दंगों का हवाला है।

दरअसल, धर्म को लेकर डॉकिन्स की सारी शिकायतों के लक्ष्य पर महान एकेश्वरवादी धर्म ईसाइयत, इस्लाम और यहूदी धर्म हैं। और उनकी इस मूल शिकायत कि धर्म विभाजित करते हैं, के लक्ष्य पर सिर्फ़ ये ही धार्मिक आस्थाएँ हो सकती हैं, क्योंकि उनमें आस्तिकों और नास्तिकों के बीच स्पष्ट सीमाएँ हैं। अपने समूचे बौद्धिक साहस के बावजूद डॉकिन्स इस बात को नहीं समझते कि धर्म के उस संस्करण का कोई विकल्प भी है। वे यह नहीं समझते कि वैदिक बहुदेववाद वह क़तई नहीं है, क्योंकि बहुदेववाद में 'जिन देवताओं की उपासना की गई होती है उनके वास्तविक और सुपरिभाषित स्थान होते हैं।' हालाँकि वैदिक संस्कृति में, 'जिस देवता की सर्वोच्च देवता के रूप उपासना की गई होती है, वह उस वक़्त कम महत्त्वपूर्ण हो जाता है, जब किसी दूसरे देवता की सर्वोच्च देवता के रूप में उपासना की जाने लगती है।' ये इष्टदेवता की अवधारणा है जिसके माध्यम से प्राचीन हिन्दू ईश्वर के उस अवतार को चुन लेते थे, जो उनको सबसे ज़्यादा आकर्षित करता था और इस रूप या मूर्ति की मार्फ़त उनके सर्वोच्च सत्य तक पहुँचाता था। जर्मन भाषाविद और प्राच्यविद्यावादी मैक्समूलर ने इसे हीनोथीइज़्म (दूसरे देवताओं के अस्तित्व को स्वीकार करते हुए एक देवता की उपासना) या काथेनोथीइज़्म (एक बार में एक देवता की उपासना) कहा था। ये शायद दोनों ही नहीं है। इसकी सबसे अच्छी व्याख्या पाँच खण्डों की पुस्तक *अ हिस्ट्री ऑफ़ इंडियन फ़िलॉसफ़ी* के लेखक सुरेन्द्रनाथ दासगुप्त ने की है। जो कहते हैं कि ये दोनों ही नहीं हैं और ये एक मध्यवर्ती अवस्था का निरूपण करता है जो बहुदेववाद और एकदेववाद दोनों के गुणों को लेता है और तब भी एक अनूठी वैयक्तिक तरलता को बरक़रार रखता है।

लाइटमेन इस बात को सहज ही समझ जाते हैं। वे समझ जाते हैं कि इस बहस को ध्रुवीकृत करने की ज़रूरत नहीं है, कम से कम दार्शनिक स्तर पर। लाइटमेन जीन जीवविज्ञानी डॉकिन्स की इन्टेलिजेन्ट डिज़ाइन के सिद्धान्त के खण्डन से पूरी तरह सहमत होते हैं, जो ये कहता है कि विश्व की सृष्टि में किसी पराप्राकृतिक शक्ति का हाथ हो सकता है। लेकिन वे सारी धार्मिक आस्थाओं के डॉकिन्स के पूर्ण नकार से असहमत हैं।

यहाँ एक दिलचस्प चीज़ है। डॉकिन्स 9/11 को वर्ल्ड ट्रेड सेंटर पर दो वायुयानों के टकराने के नतीजे में अपने निरपेक्षतावादी दृष्टिकोण पर पहुँचते हैं। डॉकिन्स ने कहा है कि 'हम में ज़्यादातर लोग धर्म को एक हानिरहित मूर्खता की तरह देखते थे। आस्थाओं में तमाम पुष्टिकारक साक्ष्यों का अभाव हो सकता है लेकिन, हम सोचते थे कि अगर लोगों को सांत्वना के लिए किसी सहारे की ज़रूरत है, तो इसमें क्या नुक़सान है। 11 सितम्बर ने इस पूरी धारणा को बदल कर रख दिया।'

डॉकिन्स की प्रतिक्रिया एक धर्म द्वारा अपनाए गए अतिवादी दृष्टिकोणों का नतीजा है, जो अत्यन्त महत्त्वपूर्ण और सख़्त आलोचना बन गई है। इस बहस में वास्तव में लाइटमेन का दृष्टिकोण हिन्दू दृष्टिकोण को प्रतिध्वनित करता है। लाइटमेन का तर्क है कि जहाँ किसी भी ऐसे अवैज्ञानिक तथ्य या सिद्धान्त को समर्थन देने की नितान्त कोई वजह नहीं है जिसे वैज्ञानिक ढंग से सिद्ध किया जा सकता है या किया जाना चाहिए, वहीं हमारी दुनिया में ऐसी बहुत सी चीज़ें भी हैं जिनको विज्ञान प्रमाणित नहीं कर सकता।

लाइटमेन आपत्ति उठाते हैं कि डॉकिन्स 'धार्मिक आस्था रखने वाले लोगों पर विचार-हीन लेबल लगाते लगते हैं।'

'*गीतांजलि* की कविताओं पर, मसीहा पर, अलहाम्ब्रा की मस्जिद पर, सिस्टाइन चैपल की अन्दरूनी छत पर उत्कीर्ण चित्रों पर विचार करिए। क्या हमें टैगोर और हैंडेल की, सुल्तान यूसुफ़ और माइकेलएंजिलो की उनको विचार-हीन कहकर निन्दा करनी चाहिए?' लाइटमेन पूछते हैं। 'क्या हमें अब्राहम लिंकन, महात्मा गाँधी और नेल्सन मंडेला को उनकी धार्मिक आस्थाओं की वजह से विचारहीन कहना चाहिए, सिर्फ़ इसलिए कि उनकी धार्मिक आस्था में ऐसी बहुत-सी चीज़ें हैं जिनको प्रमाणित नहीं किया जा सकता?'

लाइटमेन निष्कर्ष निकालते हैं कि 'धार्मिक आस्था महज़ ईश्वर में विश्वास या वैज्ञानिक प्रमाणों से इनकार करना भर नहीं है, बल्कि वह कभी-कभी खुद को ऐसी चीज़ों के हाथ में सौंप देना भी है जिनको हम पूरी तरह नहीं समझ पाते।'

हिन्दू ग्रन्थों का कोई भी सूक्ष्म पठन इस बात की ताईद करेगा। हिन्दू धर्म के लिए विज्ञान के साथ किसी स्वाभाविक विरोध को समझ पाना मुश्किल है। आख़िरकार हिन्दुस्तान में हुए पुनर्जागरण का नेतृत्व सुधारवादी हिन्दुओं ने किया था (जिनमें टैगोर परिवार के कई सदस्य शामिल थे) जिन्होंने ब्राह्मणों द्वारा दैनन्दिन स्तर पर जारी हिन्दू धर्म के निकृष्टतम रीति-रिवाजों के ख़िलाफ़ संघर्ष किया था।

हिन्दू धर्म ग्रन्थों में कट्टरपन के अभाव का मतलब है कि इसके अनुष्ठानों को निरन्तर चुनौती दी जा सकती है और दी जाती रही है। इसकी उपासना के विकेन्द्रीकृत रूप ने धर्मशास्त्रीय सत्ता को इस तरह की घोषणा करने से रोके रखा है कि क्या 'सही' हिन्दुत्व है और क्या वह 'झूठा' हिन्दुत्व है जो भ्रष्ट पुरोहितों और राजनैतिक निहित स्वार्थों के हाथ में होता है।

उदाहरण के लिए गैलिलियो गैलिली के धर्मपरीक्षण का कोई समानान्तर उदाहरण हिन्दू धर्म में नहीं है। यह कहने के लिए कि पृथ्वी सूर्य के चारों तरफ़ घूमती है। चर्च में समुचित ढंग से दफ़नाए जाने पर प्रतिबन्ध या पुस्तकों पर प्रतिबन्ध जैसी कोई चीज़ यहाँ नहीं है, जिस तरह की चीज़ों का सामना 200 साल पहले गैलेलियो के डायलॉग्स को करना पड़ा था। जब मैं स्कूल में था, '90 के दशक के बाद के

सालों में, तो हम चैपल सर्विस के दौरान चार्ल्स डार्विन और उसके विकासवाद के सिद्धान्त पर एक गीत गाया करते थे। ये गीत कुछ यूँ था : 'क्या चार्ली ने तुमसे एक बन्दर को तैयार किया है/ क्या तुम्हें लगता है कि तुम एक चिड़ियाघर में रह सकते हो? (डिड चार्ली मेक अ मंकी आउट ऑफ़ यू/डू यू थिंक यू कुड लिव इन अ ज़ू?)' ये विचित्र ख़ुराक थी, क्योंकि हमने अपने विज्ञान के पाठ में विकासवाद के सिद्धान्त को पढ़ा था, लेकिन चैपल के अन्दर '90 के दशक के सुहावने कलकत्ता में डार्विन का तिरस्कारवाद अभी क़ायम था। ये बलात् मत परिवर्तन का प्रचार जैसा लगता था जो बाल-गीतों की मार्फ़त किया जा रहा था।

लेकिन जब एक बार मैंने अपने पिता से पूछा कि हिन्दू धर्म डार्विन के बारे में क्या सोचता है, तो उन्होंने बिना ज़रा भी देर किए जवाब दिया, 'क्या समस्या है? क्या *रामायण* में ऐसे बन्दर नहीं हैं जो इंसानों जैसे हैं? देखा? हमें डार्विन से कोई समस्या नहीं।'

ये एक मज़ाक़ था, लेकिन इसमें सन्देश यह था कि हिन्दू दर्शन कभी भी विज्ञान से दहशत में नहीं आया। निकोल टेस्ला और डार्विन के प्रशंसक विवेकानन्द ने तो यहाँ तक कहा था कि धर्म के प्रति एक वैज्ञानिक दृष्टिकोण मौजूद है।

'सारे विज्ञान की अपनी ख़ास पद्धतियाँ हैं, इसीलिए धर्म के विज्ञान की भी हैं। इसकी और ज़्यादा पद्धतियाँ भी हैं, क्योंकि इसके पास और भी ज़्यादा सामग्री है जिस पर इसको काम करना होता है। मानव मस्तिष्क बाह्य जगत की तरह समरूप नहीं है... कोई व्यक्ति ज़्यादा देखेगा, कोई दूसरा ज़्यादा सुनेगा - इसलिए एक प्रभावी मानसिक बोध है और इस द्वार से हर किसी को अपने मानस तक पहुँचना चाहिए। तब भी सारे मस्तिष्कों में एक एकरूपता भी व्याप्त है और एक विज्ञान है जो सब पर लागू किया जा सकता है। धर्म का यह विज्ञान मानव-आत्मा के विश्लेषण पर आधारित है। इसका कोई सम्प्रदाय नहीं है।'

दरअसल, विवेकानन्द का तर्क है कि यह धर्म के प्रति वैज्ञानिक दृष्टिकोण ही है (जिसका अनुसरण वेदान्त करता है) जो इस बात को सुनिश्चित करता है कि इसे किसी एकल मार्ग की पक्षधरता में नहीं फँसाया जा सकता।

विवेकानन्द महसूस करते थे कि धर्म एक व्यक्तिगत चीज़ है और वह हर व्यक्ति के सन्दर्भ में विशिष्ट है। उन्होंने इस बात पर ज़ोर दिया कि 'हर धर्म का प्रयोजन और लक्ष्य ईश्वर को अनुभव करना है। सबसे बड़ा प्रशिक्षण सिर्फ़ ईश्वर की उपासना करना है। अगर हर मनुष्य अपना आदर्श चुने और उसके प्रति निष्ठावान बना रहे, तो सारे धार्मिक विवाद समाप्त हो जाएँ।' इससे अन्त में जो सन्देश मिला वो यही था कि व्यक्तिमत्ता को अवरुद्ध करने वाली और आज्ञापालन को बलात आरोपित करने वाली कोई भी चीज़ अच्छी और लम्बे समय तक टिकने वाली नहीं हो सकती। और यह भी कि विज्ञान शत्रु नहीं है।

उदाहरण के लिए विवेकानन्द हैं, जो विकासवाद के सिद्धान्त को अंगीकार करते हैं, 'अगर हमारे पास एक आत्मा है तो उनके (पशुओं के) पास भी है, अगर उनकी आत्मा नहीं है तो हमारी भी नहीं है। ये कहना बेहूदगी है कि सिर्फ़ मनुष्य के पास ही आत्मा है और पशुओं के पास नहीं है। मैंने पशुओं से भी गए-गुज़रे मनुष्य देखे हैं। मानव-आत्मा निम्नतर से उच्चतर रूपों में डेरा डालती रही है, एक रूप से दूसरे रूप में आती-जाती रही है।'

यह समझ रखने वाले विवेकानन्द अकेले नहीं थे। हिन्दुस्तान के अग्रणी विचारक सी. राजगोपालाचारी ने वेदान्त को 'विकास के दर्शन' के रूप में देखा था। उन्होंने देखा कि वेदान्त ने बुनियादी तौर पर यह समझा कि 'परिवर्तन तमाम वस्तुओं की नियति है, प्रकृति में कोई भी चीज़ एक क्षण के लिए भी कभी स्थिर नहीं रहती।' इस क़दर कि वेदान्त दर्शन ने मानव आत्मा तक के रूपान्तरण के विचार को आगे बढ़ाया। राजगोपालाचारी ने लिखा, 'वैयक्तिक आत्मा के लिए जीवन का दर्शन सचेतन उद्यमपूर्वक श्रेष्ठ से श्रेष्ठतर की ओर प्रयाण करना है।'

लेकिन यह दर्शन विज्ञान को नहीं नकारता। यह स्वीकार करता है कि आध्यात्मिक विकास तक में स्वतन्त्र संकल्प-शक्ति एक जीवन्त भूमिका निभाती है 'जिसके बिना कोई नैतिक जवाबदेही सम्भव नहीं है।'

दरअसल, यह स्वीकारना और विज्ञान के ध्येय को आगे बढ़ाना तथा विज्ञान और आध्यात्मिकता के बीच पुल तैयार करना विवेकानन्द के जीवन और कृतित्व की निरन्तर थीम रही हैं। इसी चीज़ ने कई तरह के लोगों को प्रेरित किया जिनमें रोमाँ रोलाँ, जिनको 1915 में नोबेल पुरस्कार प्राप्त हुआ था, से लेकर हार्वर्ड के दार्शनिक विलियम जेम्स (जिन्होंने अपनी महत्त्वपूर्ण कृति *द वैरायटीज़ ऑफ़ रिलीजियस एक्सपीरियन्स* समेत अपनी विभिन्न कृतियों में विवेकानन्द की शिक्षाओं के हवाले दिए हैं) और लियो टॉलस्टॉय तक अनेक विचारक शामिल हैं जो स्वामी विवेकानन्द से और रामकृष्ण परमहंस के जीवन से प्रभावित रहे हैं। अपनी मृत्यु से कुछ ही समय पहले टॉलस्टॉय ने उनकी शिक्षाओं के बारे में लिखा था, 'इसमें सन्देह है कि इस युग में मनुष्य कभी इस निस्वार्थ, आध्यात्मिक चिन्तन से ऊपर उठ सका होगा।'

दरअसल, जीवन के जिन तथ्यों को आधुनिक विज्ञान ने मान्यता दी है, उन तथ्यों से उलझने और उनकी कल्पना करने का हिन्दू दर्शन का लम्बा और विस्तृत इतिहास है। इन योगदानों में सबसे ज़्यादा प्रसिद्ध दशमलव प्लेस-वेल्यू सिस्टम है, जो गणित के इतिहास की अत्यन्त महत्त्वपूर्ण खोजों में से एक है। सबसे प्राचीन दस्तावेज़ (594 ईसवी), जिसमें प्लेस-वेल्यू के रूप में संख्या लिखी गई है, बड़ौदा, गुजरात के क़रीब सनखेड़ा में पाया गया है।

ये 476 ईसवी (CE) में जन्मे हिन्दू वैज्ञानिक आर्यभट्ट थे जिन्होंने पहली बार 'पाई' का चार दशमलव तक सही अनुमानित मान (62832/20000; 3.1416) निकाला

था। भारतीय गणित - प्राचीन और क्लासिकल दोनों ही युगों में - यूनानी और रोमन उपलब्धियों से आगे निकली हुई थी। यह बात बी.वी. सुब्बारयप्पा ने लिखी है, जो इंटरनेशनल यूनियन ऑफ़ हिस्ट्री ऐंड फ़िलॉसफ़ी ऑफ़ साइंस के अध्यक्ष के रूप में चुने गए पहले ग़ैर-पश्चिमी व्यक्ति हैं। आर्यभट्ट 'वर्गमूल और घनमूल निकालने, त्रिभुजों और असमानान्तर चतुर्भुज, वृत्तों के क्षेत्रफल ज्ञात करने, गोलक (स्फ़ियर) और पिरामिड के आयतन निकालने, शृंखलाओं और खण्डों के अंकगणितीय आरोहण और योग ज्ञात करने के नियमों से परिचित थे।'

सुब्बारयप्पा लिखते हैं *'यजुर्वेद संहिता* में 12 की घात वाले 10 अंकों तक के नाम हैं और *पंचविंश ब्राह्मण* दशमलव मान के आरोही क्रम की संख्याओं (1 से 10 तक की घात वाली 10 से 12 तक संख्याओं) का लेखा प्रस्तुत करता है... क्लासिकल युग में हिन्दुस्तानियों ने 24 घातांक वाली 10 तक बड़ी संख्याओं और 53 के घातांक वाली 10 की संख्याओं को व्यक्त करने की पदावली विकसित कर ली थी।'

सातवीं सदी के गणितज्ञ ब्रह्मगुप्त ने 'अंकगणितीय आरोहण के एन पदों के योग के लिए' सूत्र निकाला था, 'जिसका पहला पद इकाई है और सामान्य भेद इकाई है।' इसके साथ ब्रह्मगुप्त प्रिज़्म के परिमाण, आवर्ती चतुर्भुज (साइक्लिक क्वाड्रिलेटरल) के क्षेत्रफल के नियमों को सही ढंग से ज्ञात करने और आवर्ती चतुर्भुज के दो कर्णों की लम्बाई ज्ञात करने का सूत्र विकसित करने में सक्षम थे। कहने की ज़रूरत नहीं कि ये वे नियम हैं जिनका इस्तेमाल आज तक किया जा रहा है।

ब्रह्मगुप्त की जिस खोज का आज आमतौर से इस्तेमाल किया जाता है, वह अनावर्ती क्रमागत भिन्नों का सिद्धान्त और फ़र्स्ट डिग्री के अनिश्चित समीकरणों (इनडिटर्मिनेट इक्वेशन्स) के पूर्णांकों का हल है। उन्होंने सेकंड डिग्री के अनिश्चित समीकरण : Ny +1 = x2 का हल भी निकाला।

ब्रह्मगुप्त ने महान यूरोपीय गणितज्ञ यूलर (1707 -1783 ईसवी) से 'एक हज़ार साल पहले अनिश्चित समीकरणों पर आधारित प्रमेय को भी सूत्रबद्ध किया।'

भारतीय गणित की अमेरिकी विशेषज्ञ किम प्लोफ़्कर ने कुछ मूलभूत उपलब्धियों को सूचीबद्ध किया है जिनसे ज़्यादातर भारतीय या तो नावाकिफ़ हैं या वे उनके बारे में भूल गए हैं। वे लिखती हैं कि दशमलव पद्धति के अलावा वैदिक पुरोहित 800 ईसापूर्व में अपनी अग्नि वेदियाँ निर्मित करने के लिए पायथागोरस के प्रमेय का इस्तेमाल कर रहे थे। 'फ़ाइनाइट डिफ़रेंस फ़ॉर्म' में साइन फ़ंक्शन के लिए अवकलन समीकरण (डिफ़रेंशियल इक्वेशन) का वर्णन भारतीय गणितशास्त्री-खगोलविदों द्वारा 5वीं सदी ई. में किया गया था और आर्कटेंजेंट के लिए पावर सीरीज़ का इस्तेमाल करते हुए ग्रेगरी नम्बर सीरीज़ pi/4 = 1 – 1/3+1/5... को प्रमाणित किया गया था और विदग्ध जोड़ पद्धतियों के साथ, चाप के सटीक संगणन के लिए 14वीं सदी में दक्षिण-पश्चिम भारत में इस्तेमाल किया गया था।

प्राचीन भारतीय गणित की, विशेष रूप से ज्यामिति के क्षेत्र की पहली चौंकाने वाली उपलब्धियों को शुल्व सूत्रों (लगभग ईसापूर्व सातवीं या आठवीं सदी) या 'धागे या मापक रेखा के नियम' *(रूल्स ऑफ़ थ्रैड ऑर मेज़रिंग लाइन्स)* में दर्ज़ किया गया है। इन ग्रन्थों में सबसे पुराना ग्रन्थ *बोधायन शुल्व* सूत्र पायथागोरस के प्रमेय यानी समकोण त्रिभुज के कर्ण का वर्ग उसकी दो अन्य रेखाओं के वर्ग का योग ($a^2 + b^2 = c^2$) होता है, का उल्लेख करता है।

गणितज्ञ डेविड मम्फ़ोर्ड ने कहा है कि पायथागोरस के प्रमेय को 'तर्कसंगत ढंग से बोधायन प्रमेय कहा जा सकता है।'

हिन्दू गणितज्ञ यूरोप से बहुत पहले उस चीज़ के बारे में भी जानते थे जिसे पास्कल के त्रिभुज के नाम से जाना जाता है और उसे मेरु प्रस्तर कहकर पुकारते थे। गणितज्ञ पिंगल (ईसा पूर्व तीसरी सदी) ने अपने *छन्दस सूत्र* में इसके बारे में विस्तार से चर्चा की है।

आर्यभट्ट, भास्कर और ब्रह्मगुप्त जैसे गणितज्ञों के अलावा पिंगल और पाणिनी (ईसा पूर्व पाँचवीं सदी) प्राचीन भारतीय गणितज्ञों के अन्य स्तम्भ हैं। विस्मय की बात है कि पाणिनी की अमर कीर्ति गणितज्ञ के रूप में नहीं बल्कि निर्णायक संस्कृत वैयाकरण के रूप में है। लेकिन उन्होंने 'अक्षरों और शब्दों के विभिन्न उपसमुच्चयों को संकेतित करने वाले अमूर्त संकेत भी प्रस्तुत किए थे। जिनको कुछ नियमों में कुछ सामान्य ढंगों से बरता जाता है और उन्होंने निश्चित क्रम में पुनरावर्ती अनुप्रयोग के लिए पुनर्लेखन नियमों को भी प्रस्तुत किया।'

मम्फ़ोर्ड कहते हैं, 'बिना किसी अतिरंजना के कहा जा सकता है कि उन्होंने आधुनिक कम्प्यूटर साइंस के बुनियादी विचारों की कल्पना कर ली थी।'

अपने प्रसिद्ध ग्रन्थ *सिद्धान्तशिरोमणि* में भास्कर II ने एक परिमित संख्या के शून्य से भाग का सही आकलन पेश किया था। उनके द्वारा की गई बहुत-सी खोजें मानो फ़र्मेट, यूलर और लाग्रेंज जैसे यूरोपीय गणितज्ञों द्वारा बाद में पुनराविष्कृत की गईं।

एक अन्य गणितज्ञ श्रीधर ने *गणिततिलक* ग्रन्थ का लेखन किया था जहाँ उन्होंने द्विघात समीकरणों को हल करने की एक पद्धति की रूपरेखा प्रस्तुत की थी। अपने ग्रन्थ *गणितसारसंग्रह* में महावीर विवरण देते हैं कि शून्य के विभिन्न उपयोगों को और 'ज्यामितीय आरोहण के एन पदों के योग को' कैसे बरता जाए।

हिन्दुस्तान में संख्याओं का एक दार्शनिक अर्थ भी रहा है। जैसा कि माइकेल डैनिनो ने संकेत किया है। संख्याओं के ऐसे नाम थे जो उन गहरे अभिप्रायों की ओर संकेत करते थे। *शून्य* को, *आकाश, अम्बर, अनन्त* या *पूर्ण* भी कहा जाता था, वहीं *एक* को *एकत्व* या वैयक्तिकता के अर्थ को सम्प्रेषित करने आत्मा या ब्रह्म भी कहा जाता था। उदाहरण के लिए 10 की संख्या विष्णु के *दस* अवतारों के लिए इस्तेमाल

की जाती थी और 3 त्रि था, जैसे शिव के मुख्य अस्त्र त्रिशूल में और 9 नव था, जैसे दुर्गा-उपासना के नौ दिनों के लिए नवरात्रि में और नवग्रहों में।

बड़ी संख्याओं और गणित के कौशल के प्रति हिन्दुओं का जुनून प्राचीन लोगों द्वारा देश और काल के व्यापक आकलन तक विस्तृत था। अपने जीवन के लम्बे हिस्से में वेदान्त के विद्यार्थी रहे ब्रह्माण्ड विज्ञानी कार्ल सागाँ ने इस बात को समझा था कि 'हिन्दू धर्म विश्व के उन महान धर्मों में से एक है जो इस विचार के प्रति समर्पित हैं कि ब्रह्माण्ड स्वयं मृत्यु और पुनर्जन्म की अपरिमित बल्कि अनन्त प्रक्रियाओं से गुज़रता है। ये एकमात्र ऐसा धर्म है जिसमें काल के पलड़े, निस्सन्देह संयोग से, आधुनिक वैज्ञानिक ब्रह्माण्डिकी के पलड़ों से मेल खाते हैं। इसके चक्र का विस्तार हमारे साधारण दिन और रात से ब्रह्मा के दिन और रात, 8.64 अरब वर्षों तक है। यह पृथ्वी और सूर्य की आयु से लम्बी बिग बैंग से लगभग आधी अवधि है।'

लेकिन इस संख्या तक पहुँचा कैसे गया? आर्यभट्ट के *ज्योतिषशास्त्र* के मुताबिक़ 4,320,000 वर्षों के एक महायुग में चार युग (प्रत्येक 10,80,000 वर्ष का) होते हैं। ब्रह्मा का एक दिन या विश्व की आयु 4.32 अरब वर्षों के 1,000 महायुगों के बराबर होता है। इसमें रातों को जोड़ें तो यह संख्या 8.64 अरब तक पहुँच जाती है।

चिकित्सा के क्षेत्र में प्राचीन भारत ने हमें *सुश्रुत संहिता* (सम्भवतः ईसा पूर्व सातवीं सदी) प्रदान की, जिसमें मनुष्य के लिए ज्ञात बीमारियों और शल्य चिकित्साओं के बारे में प्राचीनतम और अत्यन्त विस्तृत परामर्श दिए गए हैं। कभी-कभी भारतीय चिकित्साशास्त्र के पिता के रूप में याद किए जाने वाले वैद्य सुश्रुत ने शल्यक्रिया से सम्बन्धित 101 तरह के भोथरे तथा बीस तरह के धारदार उपकरणों का वर्णन किया है, जिनमें 'चिमटे, संडसियाँ, छुरियाँ, नलियाँ, बत्तियाँ, ट्रोकेयर, पिचकारियाँ, स्पेकुलम, सुइयाँ, आरे, कैंचियाँ, शूल, काँटे और सलाइयाँ शामिल हैं।' उस ज़माने के हिन्दुस्तानी वैद्य लैप्रोटॉमी और लिथोटॉमी जैसी नाज़ुक पद्धतियों से वाकिफ़ थे। वे आँख से मोतियाबिन्द हटाने की शल्यक्रियात्मक पद्धतियों के बारे में जानते थे। कपालछेदन (क्रेनियोटॉमी) और गुदा नासूर (फिस्चुला) की शल्यक्रियाएँ करते थे। सुब्बारयप्पा लिखते हैं, 'एक और करतब घाव को चींटियों से कटवाना और फिर चींटियों के शरीर काटकर उनके जबड़ों को वहीं छोड़ देना था जो घाव को भर देते थे।'

एन्साइक्लोपीडिया ब्रिटेनिका (2008) लिखता है कि *सुश्रुत संहिता* कुष्ठ रोग को एक रोग के रूप में पहचानने और दर्ज़ करने वाला दुनिया का पहला चिकित्सकीय दस्तावेज़ है। आयुर्वेद भी, जिसका इस्तेमाल आज हमेशा से कहीं ज़्यादा चलन में है, इस सीधी-सादी अवधारणा पर आधारित है कि हम ऑर्गेनिक भोजन और दीर्घकालिक कृषि के प्रति अपने लगाव को पुनराविष्कृत कर रहे हैं। हम वही हैं जो हम खाते हैं। वेजेनिज़्म के उभार से लेकर शाकाहार पर ध्यान केन्द्रित करने तक, गोधन के विनाश से लेकर ग्लोबल वार्मिंग तक सब कुछ इसी विचार की उपज है।

रसायन के क्षेत्र में डाइ से लेकर अल्कोहल और पारे के इस्तेमाल तक हमें लब्धप्रतिष्ठ रसायनशास्त्री प्रफुल्ल चन्द्र रे के लेखन और उनकी पुस्तक *हिस्ट्री ऑफ़ हिन्दू कैमिस्ट्री* या ब्रितानी वैज्ञानिक और इतिहासकार जोसेफ़ नीधम के लेखन भर को देखने की ज़रूरत है और हमें हिन्दुस्तान के रसायन सम्बन्धी आरम्भिक ज्ञान के विस्तार का पता चल जाएगा। इन लोगों की विश्वसनीयता के अहसास की ख़ातिर उल्लेखनीय है कि पानी में घुलनशील मर्क्यूरस नाइट्रेट की खोज से सम्बन्धित रे के काम को दुनिया भर में सराहा गया है, जिसमें इसका 1912 में *नेचर* में और बाद में *जर्नल ऑफ़ द कैमिकल सोसायटी* में प्रकाशन शामिल है। रे ने 100 से ज़्यादा वैज्ञानिक आलेखों का लेखन करने के अलावा बेंगाल कैमिकल ऐंड फ़ार्मास्युटिकल वर्क्स की स्थापना भी की है और प्रसिद्ध फ्रांसीसी रसायनशास्त्री माख़्सेलाँ बेख़्तेलू के विशाल कृतित्व ले *ऑरिजिन्स ड ला'अल्कीमिए* से प्रेरणा पाकर दो खण्डों में अपनी महान कृति *हिस्ट्री ऑफ़ हिन्दू कैमिस्ट्री* को 1902 और 1908 में (दोनों वर्षों में एक-एक खण्ड) प्रकाशित किया है। इन पुस्तकों को तत्काल ब्रेक्थ्रू प्रकाशनों की संज्ञा दी गई और स्वयं बेख़्तेलू ने एक समीक्षा में इनकी प्रशंसा की है।

नीधेम पहले ऐसे जीवित व्यक्ति थे जिनको एक साथ तीन ख़िताब फ़ैलो ऑफ़ रॉयल सोसायटी, फ़ैलो ऑफ़ द ब्रिटिश एकेडेमी और ऑर्डर ऑफ़ द कम्पेनियन्स ऑफ़ ऑनर प्राप्त थे। नीधेम का महत्त्वपूर्ण कृतित्व स्पष्ट करता है कि क्यों पूरब, विशेष रूप से चीन आविष्कार और प्रौद्योगिकी के क्षेत्र में पश्चिम के मुक़ाबले अजेय रूप से आगे था और क्यों बाद में यह पीछे रह गया। हिन्दुस्तान के बारे में, ख़ास तौर से अल्कोहल के आसवन के क्षेत्र में हिन्दुस्तान के आरम्भिक दौर के कौशल के बारे में दिए गए ब्यौरों के मामले में उनका काम उतना ही महत्त्वपूर्ण है।

रसायन के भारतीय ज्ञान का जादू आज भी दिल्ली के छह टन, 24 इंच लौह स्तम्भ में जीवित है, जो 99.72 प्रतिशत पिटवाँ लौह से निर्मित है। 1,500 साल बाद भी उसमें जंग का कोई नामोनिशान नहीं है। डैनिनो ने यह भी इशारा किया है कि अध्येता के.वी. शर्मा ने केरल और तमिलनाडु में पाई गई विज्ञान सम्बन्धी 12,244 पाण्डुलिपियों में वैज्ञानिक खोजों से सम्बन्धित 3,473 ग्रन्थों की सूची पेश की है। शर्मा ने लिखा है कि इनमें से मात्र 7 प्रतिशत ही अभी भी मुद्रित रूप में उपलब्ध हैं। विज्ञान के लिए भारत के योगदान की सारी समझ इन्हीं 7 प्रतिशत पर आधारित है। उस दिन की कल्पना कीजिए, जब हमारे योगदान की समूची समृद्धि प्रकाश में आ जाएगी। आपको क्या लगता है, यह हमें क्या दर्शाएगी?

लेकिन विज्ञान के क्षेत्र में प्राचीन हिन्दू विशेषज्ञता की सारी महिमा के बावजूद आधुनिक हिन्दू के लिए काफ़ी कुछ सोच-विचार करना ज़रूरी है। जहाँ वैज्ञानिक चिन्तन की इस समृद्ध और विविध विरासत को लेकर गर्व करना सर्वथा उचित है, वहीं विज्ञान के क्षेत्र में इक्कीसवीं सदी के हिन्दू कहाँ पर हैं? भले ही हिन्दुस्तान अब

तक का सबसे सस्ता मंगल अभियान भेज रहा हो, लेकिन हिन्दू समाज का रोज़मर्रा जीवन दुखद दिखाई देता है।

हिन्दुस्तान की आबादी का 80 प्रतिशत हिस्सा हिन्दू 2015 में संसार में सबसे बड़ी दर पर कन्याओं की शिशुहत्या और भ्रूणहत्या को होने देते हैं (और करते हैं)। कन्याओं की शिशुहत्या की वजह से हिन्दुस्तान हर साल लगभग 30 लाख लड़कियों को खोता है। दिल्ली में (आश्चर्य है कि दिल्ली में) लैंगिक अनुपात 1,000 पुरुषों के मुक़ाबले 866 स्त्रियों का है। जैसी कि *गार्जियन* ने रिपोर्ट दी है कि 'जहाँ जनगणना के आँकड़े दर्शाते हैं कि हिन्दुस्तान का लैंगिक अनुपात कुल मिलाकर सुधार पर है, इसका बाल लैंगिक अनुपात गिरावट पर है : 1991 और 2011 के बीच देश का स्त्री-पुरुष लैंगिक अनुपात 927:1,000 से बढ़कर 940:1,000 हुआ है, लेकिन बाल लैंगिक अनुपात 945:1,000 से घटकर 914:1,000 हुआ है।'

हिन्दुस्तान में लगभग 170 लाख बच्चे विवाहित हैं। इनमें से लगभग 130 लाख नाबालिग लड़कियाँ हैं। इनमें से 60 लाख माँ बन चुकी हैं। बावजूद इसके कि अनेक सरकारें और प्रधानमन्त्री इस बारे में जनता को सार्वजनिक रूप से और लगातार फटकारें लगाते रहे हैं, क्या यह सोचने की बात नहीं है कि हमारा समाज, ख़ास तौर हिन्दू समाज, जो कि इस पुस्तक का विषय-क्षेत्र है और जो आबादी के ज़्यादातर हिस्से का प्रतिनिधित्व करता है, की वह क्या चीज़ है जो इस तरह के घिनौने दस्तूरों को अभी भी जारी रखने की गुंजाइश देती है?

ये कैसे मुमकिन है कि वैज्ञानिक चिन्तन की संसार की महानतम परम्पराओं में से एक परम्परा के वारिस, उनमें से ज़्यादातर, इस बात को नहीं समझते कि बच्चों के विवाह करना उनको यातना देना है?

इतना भर नहीं है। हम एक और आँकड़े पर ग़ौर करें। 2012 में विभिन्न भारतीय राज्यों में 119 स्त्रियों की हत्याएँ इसलिए की गईं क्योंकि उन पर 'डायन' होने का ठप्पा लगा दिया गया था। 2008 और 2014 के बीच 'डायन' होने की वजह से 760 से ज़्यादा स्त्रियों की हत्याएँ कर दी गईं। वे किस तरह के सभ्यता सम्बन्धी मूल्य हैं जो इस तरह की चीज़ों को जारी रहने की छूट देते हैं?

क्या कारण है कि मोहनजोदड़ो और हड़प्पा के हमारे नगरों में गन्दे पानी के निकास की स्वच्छ पद्धतियाँ हुआ करती थीं, लेकिन आज गन्दे पानी का 80 प्रतिशत हिस्सा अशोधित रूप में पानी के स्रोतों में मिल जाता है? ऐसा क्यों है कि हिन्दुस्तान में अभी भी 100 से 300,000 तक के बीच की तादाद में मेहतर हैं (यह संख्या इस पर निर्भर करती है आप किसके आँकड़े पढ़ रहे हैं) जो अपने नंगे हाथों से मल ढोते हैं?

क्या कारण है कि हमारे पूर्वजों ने असतो मा सद्गमय, तमसो मा ज्योतिर्गमय, मृत्यों मा अमृतगमय (हमें असत से सत की ओर ले चलो, अन्धकार से प्रकाश की

ओर ले चलो, मृत्यु से अमरता की ओर ले चलो) स्तोत्र का गायन किया था और तब भी 30 करोड़ लोगों ने कभी बिजली के दर्शन नहीं किए और हम दुनिया के सर्वाधिक भावनात्मक ढंग से भ्रष्ट मुल्कों में से एक हैं?

यह चीज़, मेरी दृष्टि में आधुनिक हिन्दू के समक्ष सबसे बड़ी चुनौती है। इतना भर काफ़ी नहीं है कि जो ज्ञान हमने खो दिया है, उसे हम समझते और सराहते हैं। ये महज़ पहला क़दम है। ज़रूरी यह भी है कि हम इस बात को समझें कि ज्ञान के इस लगभग अनन्त भण्डार को हम अपने दैनन्दिन जीवन में किस तरह उपयोग में लाएँ, अपनाएँ और जगह दें। सबसे आसान होगा कि इस ज्ञान को इस तरह अपनाया जाए जिस तरह हम आमतौर से भारतीय वेशभूषा को धारण करते हैं, कभी-कभार, जिसकी हमारे रोज़मर्रा जीवन में कोई प्रासंगिकता नहीं होती। इस ज्ञान को कभी-कभार की आसक्ति नहीं बने रहना चाहिए, जिसे किसी सालाना चैस्ट थम्पिंग के लिए बाहर निकाल कर झाड़-पोंछ लिया जाए। इस तरह का व्यवहार इस ज्ञान को वहीं बनाए रखेगा जहाँ वह सदियों से बना रहा है। उन खोखले अनुष्ठानों के स्तर पर जिनका भले ही पूरे जोश के साथ लेकिन बिना समझे निष्पादन किया जाता है।

यह धारणा कि धर्म हिन्दू जीवन का मार्गदर्शक तत्त्व और भारतीय सभ्यता के चरित्र का सार रहा है। कोई दूर की और मनचाहे ढंग से गूढ़ धारणा नहीं है। इसका एक रोज़मर्रा जी गई वास्तविकता में बदलना ज़रूरी है।

विवेकानन्द चाहते थे कि वेदान्त को जिया जाए, महज़ पूजा न जाए। लेकिन हमारे अपने दर्शन से भागने का हिन्दू रास्ता वह है जिसे मैं अवतार सिंड्रोम की संज्ञा देता हूँ। इस चीज़ को आप हमारे राष्ट्रीय अस्तित्व के हर पहलू में देख सकते हैं। अवतार सिंड्रोम की शुरुआत हर समस्या को किसी और की समस्या की तरह परिभाषित करने से और फिर इस इन्तज़ार से होती है कि कोई आकर उसको हल करे। मुमकिन हो तो जादुई ढंग से और बिना हमारे किसी उद्यम के, इसीलिए हम एक व्यक्ति द्वारा किए जा सकने वाले समाधानों का इन्तज़ार करते रहते हैं। हम अवचेतन ढंग से विश्वास करते हैं कि हमारे संकट की घड़ी में हमेशा कोई अवतार प्रकट होगा और भगवान के उस अवतार के माध्यम से हम बचा लिए जाएँगे।

भगवद्गीता में कृष्ण आश्वासन देते हैं :

यदा यदा हि धर्मस्य
ग्लानिर्भवति भारत।
अभ्युत्थानमधर्मस्य तदात्मानं
सृजाम्यहम्।।

परित्राणाय साधूनां
विनाशाय च दुष्कृताम्।
धर्मसंस्थापनार्थाय
सम्भवामि युगे युगे।।

(हे भारत, जब-जब धर्म की हानि और अधर्म की वृद्धि होती है, तब-तब ही मैं अपने रूप को रचता हूँ। साधु पुरुषों का उद्धार करने के लिए, पाप-कर्म करने वालों का विनाश करने के लिए और धर्म की स्थापना करने के लिए मैं युग-युग में प्रकट हुआ करता हूँ।)

विवेकानन्द से लेकर महात्मा गाँधी तक इसे कर्म के आह्वान की तरह पढ़ा गया था, अन्दर और बाहर की बुराई से लड़ने अपने भीतर अच्छाई को खोजने के आह्वान की तरह। लेकिन हम में से ज़्यादातर ने इसे बच निकलने के चरम दार्शनिक और धर्मशास्त्रीय मार्ग की तरह ले लिया लगता है। इस हद तक कि जिस तरह हम कभी अवतार की प्रतीक्षा किया करते थे, उसी तरह आज किसी ऐसे सही प्रधानमन्त्री की राह देखते हैं जो आकर चमत्कारपूर्ण ढंग से हमारी समस्याओं को हल कर दे।

जैसा कि ब्रितानी इतिहासकार अर्नोल्ड टॉयन्बी ने लिखा था, '... महात्मा गाँधी का अहिंसा का सिद्धान्त और धर्मों की समरसता का रामकृष्ण का साक्ष्य यहाँ वह प्रवृत्ति और भावना है जो मानव प्रजाति के लिए यह मुमकिन कर सकती है कि वह साथ मिल कर विकास कर सके और परमाणु युग में अपने को विनाश से बचाने का यह एकमात्र विकल्प है।'

हिन्दू धर्म के मौलिक चिन्तन की महान विरासत का सच्चा सम्मान हम तभी कर पाएँगे जब हम इस बात को समझेंगे कि हर युग में प्रकट होने की जो बात *भगवद्गीता* में कही गई है वह अपने भीतर पुनर्जन्म लेना है। हम ही हैं जिनकी हमें प्रतीक्षा है। किसी मसीहा की प्रतीक्षा हिन्दू दर्शन की मूल भावना के ख़िलाफ़ जाती है।

6

पुस्तकें ईश्वर को किस तरह चित्रित करती हैं?

अगर आप व्याकरण की अब तक की सबसे विस्तृत और पथप्रवर्तक पुस्तक लिखें, तो आप उसे क्या नाम देंगे?

पाणिनी, जिनका ज़िक्र इस पुस्तक में काफ़ी महत्त्वपूर्ण रूप से दक्ष गणितज्ञ के रूप में आ चुका है, ने संस्कृत व्याकरण की अपनी उत्कृष्टतम कृति को, जो भाषा पर केन्द्रित अब तक का महानतम ग्रन्थ है, *अष्टाध्यायी* नाम दिया था। एकदम सरल नाम जिसका मतलब है, 'आठ अध्याय।'

महज़ अध्यायों की संख्या बताने वाले इस विनम्र शीर्षक के पीछे यह कृति साहित्य के इतिहास की एक युगान्तकारी उपलब्धि थी (और है), जैसा कि भारतविद् और इतिहासकार ए.एल. बाशम ने लिखा है, 'पाणिनी का व्याकरण किसी भी प्राचीन सभ्यता की महानतम बौद्धिक उपलब्धियों में से एक और दुनिया के किसी भी हिस्से में 19वीं सदी के पहले रचा गया सर्वाधिक विस्तृत और वैज्ञानिक व्याकरण है।'

संस्कृत, जो हिन्दुस्तान में आमतौर पर भुला दी गई है और जिसने जर्मनी में ऊँचा दर्ज़ा हासिल किया हुआ है, वहाँ इसे चौदह विश्वविद्यालयों में पढ़ाया जा रहा है,हिन्दू सभ्यता की साहित्यिक उपलब्धियों का सबसे बड़ा वैभव है। प्राचीन हिन्दुओं का ऐसा विश्वास था कि यह ईश्वर की वाणी है (भले ही इसे मनुष्य ने गढ़ा और परिष्कृत किया है)।

अमेरिकी भौतिकीविद् और *उपनिषदों* के अनुवादक डीन ब्राउन ने विस्तार से इस बारे में चर्चा की है कि किस तरह संस्कृत और अँग्रेज़ी तथा ग्रीक भाषाओं समेत अनेक पश्चिमी भाषाओं का उद्गम उस सामान्य आधार में है जिसे प्रोटो-इंडो-यूरोपियन भाषा कहा जाता है। उनका तर्क है कि भाषा विज्ञान की दृष्टि से संस्कृत पूर्व (चीन, जापान) के मुक़ाबले पश्चिम के ज़्यादा निकट है। इस बारे में बहस है कि इस लगभग मिथकीय पीआईई (जैसा कि प्रोटो-इंडो-यूरोपियन को आम तौर से पुकारा जाता है) का उद्गम हिन्दुस्तान में हुआ या कहीं और। यह बहस आर्यों के आक्रमण की पुरानी परिकल्पना से जुड़ी हुई है और इसलिए इसका कभी पूरी तरह से समाधान नहीं हुआ।

जो तथ्य ज्ञात है वह यह है कि संस्कृत की व्यापक समृद्धि हिन्दुस्तान से चीन तक, दक्षिण-पूर्व एशिया तक, तिब्बत और मंगोलिया तक पहुँची और *रामायण* तथा

महाभारत की कहानियाँ रिस कर कम्बोडिया, श्रीलंका, इंडोनेशिया, मलेशिया, लाओस और एशिया के दूसरे अनेक हिस्सों की सांस्कृतिक जड़ों में फैल गईं।

यह संस्कृत का साहित्य और दर्शन था जिसने पश्चिम को मोहित किया जब एशियाटिक सोसायटी के संस्थापक विलियम जोन्स (जिनका उल्लेख इस पुस्तक में पहले आ चुका है) जैसे पश्चिमी व्यक्ति ने अपनी पुस्तक में इस बात के प्रति उल्लास व्यक्त किया कि 'पायथागोरस और प्लेटो ने अपने उदात्त सिद्धान्त उसी उद्गम से हासिल किए हैं जहाँ से हिन्दुस्तान के ऋषियों ने किए हैं।'

जब जर्मन लेखक वोल्फ़गैंग गोएथे के समक्ष कालिदास के नाटक *अभिज्ञानशाकुन्तलम्* का अनुवाद पेश किया गया तो उन्होंने द्रवित होकर लिखा, *'वुडस्'ट दाउ द अर्थ ऐंड हैवन इटसेल्फ़ इन वन नेम कम्बाइन? आई नेम दी, ओ शकुन्तला, ऐंड ऑल एट वंस इज़ सैड।'* अर्थात *"यदि तुम स्वर्ग और धरती को एक ही स्थान पर देखना चाहते हो तो मेरे मुख से सहसा एक ही नाम निकल पड़ता है - शाकुन्तलम्, महान कवि कालिदास की एक अमर रचना!"*

हमारी अपनी साहित्यिक विरासत की सामूहिक स्मृति के छीजने का एक सबसे सशक्त उदाहरण कश्मीर में है। क्या कोई इस बारे में सोचता है कि क्या हमें स्कूलों में पढ़ाया गया है कि पहली और सातवीं सदी के बीच कश्मीर संस्कृत साहित्य के महान केन्द्रों में से एक था, जिसने दर्शन, धर्म और भाषा पर अनेक ग्रन्थों और टीकाओं को जन्म दिया था। इस क़दर कि प्राचीन भारत में कश्मीर को आरदा देश और सरस्वती की भूमि कहा जाता था।

आर्थिक प्रबन्ध के क्षेत्र में भारत ने दुनिया को सर्वोत्तम *अर्थशास्त्र* प्रदान किया। *अर्थशास्त्र* में भारतीय चिन्तन का महत्त्व इसके धर्म पर केन्द्रित होने में है। वह अवधारणा जो उस सबको बाँधती है जो प्रकृति को अबाध ढंग से काम करने के लिए आवश्यक है। जैसी कि हमने पहले चर्चा की है, हिन्दुत्व अपने आप में धर्म की शाश्वत क्रियाशीलता का और इसलिए सनातन धर्म का अन्वेषण है। यूनिवर्सिटी ऑफ़ मिशीगन में इतिहास और मानवशास्त्र के प्रोफ़ेसर एमेरिटस थॉमस ट्राउटमान ने ब्यौरा दिया है कि *अर्थशास्त्र* इस बारे में स्पष्ट था कि राजा के पास उदाहरण के लिए, सारी भूमि का स्वामित्व नहीं होना चाहिए।

राजा का ज़मीन की उपज में आम तौर से 1/6 हिस्सा होता था और राजा की भूमि और व्यक्तिगत सम्पत्ति के बीच स्पष्ट विभाजन था। आर्थिक मामलों के चिन्तक गुरुचरण दास ने *अर्थशास्त्र* के ट्राउटमान के अनुवाद की भूमिका में बताया है कि इस ग्रन्थ के बारे में सर्वाधिक आम ग़लतफ़हमी इसके इस कुपाठ में है कि राजा या पति/स्वामी का मतलब राज्य का मालिक होता है। जबकि इंडिक में या और भी सटीक ढंग से कहें तो धार्मिक परम्परा में इसका मतलब महज़ रक्षक होता था।

दास लिखते हैं, 'नियामक धर्मग्रन्थों से उभरने वाला प्राचीन भारत एक ऐसी दुनिया को प्रस्तुत करता लगता है जो "प्राच्य निरंकुशता" (ओरियंट डेस्पॉटिज़्म) से सर्वथा भिन्न है। इस पद (ओरियंट डेस्पॉटिज़्म) का इस्तेमाल एशिया और मध्यपूर्व के राज्यों के लिए प्राचीन यूनानियों द्वारा तिरस्कारपूर्ण ढंग से किया जाता था।'

दार्शनिक जोनार्डन गानेरी ने दर्शाया है कि *अर्थशास्त्र* भारतीय दर्शन में तर्क-बुद्धि (रीज़न) का उपयोग करने के लिए एक सशक्त सहायक भी था। *अर्थशास्त्र* का एक मुख्य ध्येय आलोचनात्मक परीक्षण के अनुशासन आन्वीक्षिकी की शिक्षा देना था। *अर्थशास्त्र* के ऋषि रचयिता कौटिल्य ने अन्वीक्षा को महज़ आनुष्ठानिक परिपाटियों से अलगाया और उसको एक स्वायत्त हैसियत प्रदान की। कौटिल्य ने कहा कि 'आन्वीक्षिकी का अध्ययन लोगों को लाभान्वित करता है, विपत्ति और सम्पत्ति के दौरान उनके चित्त को स्थिर रखता है और उनको बुद्धि, वाणी और कर्म में निपुण बनाता है।'

गनेरी तार्किकता के कौटिल्य के विचार की तुलना (बहुत-बहुत बाद के) दार्शनिक बर्ट्रेंड रसल द्वारा तर्कबुद्धि के बारे में कही गई इस बात से करते हैं कि तर्कबुद्धि 'आपके अभीष्ट लक्ष्य के लिए सही साधनों के चुनाव को दर्शाती है। लक्ष्यों के चुनाव से इसका कोई ताल्लुक नहीं है।' गनेरी कहते हैं कि कौटिल्य (जिन्होंने नौजवान राजकुमारों को शासन-कला की शिक्षा देने के लिए*अर्थशास्त्र* की रचना की थी) का भी इसी तरह का 'लक्ष्यमूलक और साधनपरक' दृष्टिकोण था। गनेरी लिखते हैं कि 'दिलचस्पी किसी लक्ष्य को हासिल करने के लिए तर्कसंगत तरीक़ा अपनाने में है, वह लक्ष्य कुछ भी क्यों न हो। तर्कबुद्धि का उपयोग हमें यह नहीं बताता कि हमें किन लक्ष्यों को प्राप्त करने का उद्यम करना चाहिए, बल्कि सिर्फ़ यह बताता है कि उन लक्ष्यों को प्राप्त करने के लिए हमें किस तरह तर्कसंगत ढंग से उद्यम करना चाहिए।'

हिन्दुस्तान का सबसे बड़ा योगदान शायद उसका दार्शनिक चिन्तन है। हालाँकि थोड़े से पन्नों में हिन्दू दर्शन की विशालता के साथ न्याय करना असम्भव है, तब भी इस बिन्दु पर इसकी उस अनूठी विविधता का बोध कराना बेहद ज़रूरी है जो *उपनिषदों* तक के युग में थी। पाँच खण्डों के महत्त्वपूर्ण ग्रन्थ *अ हिस्ट्री ऑफ़ इंडियन फ़िलॉसफ़ी* के लेखक सुरेन्द्रनाथ दासगुप्त इसे 'भारतीय चिन्तन की सबसे महत्त्वपूर्ण उपलब्धि' मानते हैं, क्योंकि 'इसने विभिन्न जनसमूहों से आबाद विशाल इलाक़े में संस्कृति के जटिल विकास से विकसित हुई ऊपरी विविधताओं के बीच एकता के बिन्दु को दर्शाया था।'

दासगुप्त तर्क देते हैं (जो बाद में डायना ऐक भी प्रस्तुत करती हैं, जब वे भारत और उसके भूगोल के तीर्थयात्रियों के क़दमों से गढ़े गए होने का तर्क पेश करती हैं) कि भारत की एकता 'विदेशी हमलों के इतिहास में, अलग-अलग कालों में स्वायत्त राजवंशों के उद्गम में, इस या उस महान अधिपति के साम्राज्यों में नहीं ढूँढ़ी जानी चाहिए।

तब फिर वह क्या चीज़ है जो हिन्दुस्तान को एकजुट रखती है? दासगुप्त का विचार था कि ये 'आध्यात्मिक आकांक्षाएँ और अन्तःकरण के नियमों का अनुपालन था, जिनको हर चीज़ से बढ़कर माना जाता था और यह उन तमाम राजनैतिक परिवर्तनों के बावजूद क़ायम रहा जिनसे होकर भारत गुज़रा है।'

यहाँ तक कि इसमें भी हिन्दू चिन्तन का वैविध्य पहचानने योग्य है। वहाँ आलोचनात्मक परीक्षण की हिमायत है, लेकिन इस बात का अन्तर्निहित स्वीकार भी है कि कुछ सत्य ऐसे हैं जिनको अनुभव किया जाना चाहिए। और उनका महज़ विश्लेषण नहीं किया जाना चाहिए, क्योंकि सिर्फ़ अनुभव ही है जो यात्रा में एक अगले सोपान का योग करता है।

उदाहरण के लिए, अनुष्ठानों, जिनमें प्रसिद्ध अश्वमेध अनुष्ठान शामिल है, के प्रत्येक उल्लेख के साथ *बृहदारण्यक उपनिषद* की शिक्षाएँ भी हैं, जो यज्ञ के स्थान पर चिन्तन का उपदेश करती हैं। *मुण्डकोपनिषद* अनुष्ठानों और धर्माचारों को निरर्थक ठहराता है और अनुष्ठानों में उलझे हुए लोगों को स्पष्ट शब्दों में 'अँधेरे में वास करते अज्ञानियों' की संज्ञा देता है। जब तक हम *श्वेताश्वतर उपनिषद* तक पहुँचते हैं, तब तक मनःस्थिति अपेक्षाकृत समझौते की हो जाती है और विभिन्न पद्धतियों के संकलन की चर्चा होने लगती है। *उपनिषद* पूछते हैं कि यथार्थ क्या है, और फिर व्यापक रूप से जवाब देते हैं कि यह अद्वैत है। लेकिन ये एकमात्र जवाब नहीं है (भले ही इसी का हवाला सबसे ज़्यादा दिया जाता है)। द्वैत भी वहाँ है, 'उन हिस्सों में जो ईश्वर, आत्मा, और पदार्थ के बीच स्पष्ट भेद की घोषणा करते हैं और इसलिए जिनको द्वैत का समर्थक माना गया है।' इतना भी ही नहीं। ऐसा कुछ भी है जिसे 'परिमित (क्वालीफ़ाइड) अद्वैत' कहा गया गया है, जिसका तर्क है कि ये यह (अद्वैत) या वह (द्वैत) नहीं है। दरअसल एक बीच का रास्ता है, द्वैत और अद्वैत के बीच की स्थिति।

एक बार पुनः यहाँ दर्शन में व्यक्तिगत अनुभव पर केन्द्रित होने का विचार है। आग्रह यहाँ वैयक्तिक अनुभव की अद्वितीयता पर केन्द्रित होने का है, क्योंकि अन्त में तो सारे विविध अनुभव एक ही सत्य की ओर ले जाते हैं, भले ही उस सत्य को भिन्न-भिन्न ढंग से अनुभव किया गया होता है। अन्त में हर नवीनता अपने में एक ही सत्य का सदा दोहराया जाता चक्र है।

जैसा कि *तैत्तिरीय उपनिषद* कहता है, 'अपने भीतर से ही इसे रचने के बाद वह इसमें प्रविष्ट हुआ।' या फिर *मुण्डकोपनिषद* जो कहता है कि ब्रह्म से ही यह अखिल विश्व प्रकट हुआ है और उसी में यह वापस लौट जाएगा।

यही वैयक्तिक अनुभव का उत्सव हिन्दू दर्शन का मूल है। बिना वैयक्तिक के निर्वैयक्तिक को अपूर्ण या कम से कम आसानी से उपलब्ध न किया जा सकने वाला माना गया है। हिन्दू दर्शन चकित कर देने वाले ढंग से वैविध्यपूर्ण है, क्योंकि

प्राचीन ऋषियों ने असंख्य अनुभवों को, बलात् समरूपता में ठीक किए बग़ैर चित्रित किया, क्योंकि उनको इस बात का अहसास था कि दार्शनिक एकत्व जैसे कि अन्तिम सत्य को अधिक जादुई रूप देने वाली चीज़ वे विविध प्रक्रियाएँ और मार्ग हैं जिनको उस तक पहुँचने के लिए अपनाया जा सकता है।

जो एकमात्र चीज़ अटल है, वह है जीवन का परम सत्य, ब्रह्म। वह रूप बदलता है और उसकी अनेक अभिव्यक्तियाँ हैं, लेकिन एकमात्र वह सदा एक-सा बना रहता है।

जीवन के लक्ष्य तक को लेकर अनेक दृष्टिकोण हैं। उसमें ब्रह्म की दो अवधारणाओं के मुताबिक़ भेद हैं - अतिक्रमी (वह जो ऊपर और परे है) या अन्तर्यामी (वह जो अन्तर्निहित या अन्दर है)। क्या अन्तर है? एक बार पुनः, अन्तर यात्रा में है।

अन्तिम गंतव्य आत्मा का परम सत्य यानी ब्रह्म के साथ तादात्म्य या एकत्व है। लेकिन यह मिलन मृत्यु के बाद ही हो सकता है (जैसा कि *छान्दोग्य उपनिषद* हमें मृत्यु के बाद ब्रह्म से तादात्म्य हो जाने की प्रार्थना करने की शिक्षा देता है)। या जैसा कि *बृहदारण्यक उपनिषद* संकेत करता है। यह मानव जीवन के दौरान भी घटित हो सकता है, क्योंकि यह मनुष्य के मूलभूत आत्म का पुनराविष्कार है।

व्यक्ति सत्य तक कैसे पहुँचता है? इस मामले में भी स्वाभाविक ही कोई जवाब नहीं है। आरम्भिक *उपनिषदों* ने आत्मचिन्तन और ध्यान का परामर्श दिया है, लेकिन *ईशा उपनिषद, भगवद्गीता* की ही तरह कर्म का उपदेश देता है और ध्यान के साथ-साथ कर्म की भूमिका पर केन्द्रित है।

तब इस समूची बहुलता का आज एक हिन्दू के लिए वाक़ई क्या अर्थ है? क्या यह सिर्फ़ सम्भ्रमित करने वाली है? क्या हमें यह नतीजा निकालना चाहिए कि हम चिन्तन के मामले में असम्भव रूप से विभाजित हैं?

क़तई नहीं। हिन्दू चिन्तन की दार्शनिक विविधता दरअसल समंजन, प्रश्नशीलता तथा व्यक्तिगत प्रक्रियाओं और पद्धतियों के विचार को और अधिक उत्प्रेरित करती है। यह निष्क्रियता में जड़ीभूत हो जाने के लिए कोई बहाना नहीं है। विवेकानन्द ने कहा है, 'लड़ो और तर्क करो और बहस करो और जब तुम अपने मस्तिष्क में इस बात को स्थिर कर लो कि यही और सिर्फ़ यही सत्य हो सकता है और कुछ नहीं, उसके बाद आगे तर्क मत करो। सत्य अब ध्यान का विषय है।'

जिस एक सबसे बड़े प्रश्न से मैं लम्बे अरसे तक जूझता रहा वह कर्म का प्रश्न था। मैं सोचता था कि यह कैसे है कि जहाँ हिन्दू धर्म में यह सशक्त सन्देश है कि जीवन का उद्देश्य अपने आत्म की खोज है, वहीं इसी के साथ-साथ *भगवद्गीता* में कर्म का आह्वान है? मुझसे क्या अपेक्षा की जाती है। मैं आत्मचिन्तन में अपना समय बिताऊँ या उन्मत्त कर्म में?

एक भेद और स्पष्टीकरण ने इसका समाधान निकालने में मेरी मदद की। विवेकानन्द ने ज्ञान योग, भक्ति योग, राज योग और कर्म योग की बात की थी। ये एक ही आध्यात्मिक सत्य तक पहुँचने के चार भिन्न मार्ग हैं।

मूलतः, सर्वोच्च सत्य की सारी खोज दो बुनियादी सवालों से पैदा होती है :

क्या यह सब कुछ (हमारे जीवन जिन रूपों में हम उनको जानते और जीते हैं) वास्तविक है?

हमारे मरने के बाद क्या होता है?

आप जो भी कोई रास्ता अपनाएँ, उत्तर हमेशा (और पहले से) आपके भीतर मौजूद है (हैं)। आप ही उत्तर हैं। लेकिन आपके भीतर निहित यह उत्तर आपको कैसे मिलता है?

ज्ञान एक तरीक़ा है। इसके माध्यम से आप अधिक से अधिक ज्ञान उन अनुभवों के बारे में प्राप्त करते हैं जो महज़ आपकी इन्द्रियों के, सारे सुखों और दुखों के सहउत्पाद मात्र हैं। और उन अनुभवों के बारे में भी आप ज्ञान प्राप्त करते हैं जो अधिक गहरे हैं और जो हमें उस अहंकार से मुक्त करते हैं जिसके तहत हम अपने सारे कृत्यों और अनुभूतियों को 'मैं' से जोड़ते हैं। उदाहरण के लिए इसे पहचानने का एक आलोचनात्मक तरीक़ा, जिसे अपनी सघन अनुभूतियों क्रोध, सन्ताप, सुख या किन्हीं दूसरी अनुभूतियों के क्षण में मैंने अपनाने की कोशिश की। पल भर को पीछे हटकर यह समझना है कि वह क्या है जिसे मैं वास्तव में महसूस कर रहा हूँ।

यह आसान काम नहीं है और मैं झूठ बोल रहा होऊँगा अगर मैं यह कहूँगा कि मैं इसमें सफल रहा। लेकिन एक बार आप यह करना शुरू करेंगे, तो आप पाएँगे कि ये अभ्यास का मामला है। और ये वाक़ई आश्चर्यजनक ढंग से आपको मुक्त कर देता है।

ये वो क्षण है जब आप विचित्र ढंग से वह अनुभव करते हैं जो वैदिक ग्रन्थ आप से कहते हैं, आप ख़ुद को एक अनुभूति से गुज़रते हुए या किसी परिस्थिति पर प्रतिक्रिया करते हुए 'देख' सकते हैं। ये किसी हद तक एक देहातीत अनुभव है, लेकिन ये उतना विचित्र क़तई नहीं है जितना प्रतीत होता है। यह महज़ एक बोध है, बहुत बुनियादी स्तर पर, कि जो कुछ हम करते हैं या जिस तरह हम प्रतिक्रिया करते हैं उसका बहुत बड़ा हिस्सा गहरे मूलबद्ध अनुकूलन पर आधारित होता है। हमारी ज़्यादातर प्रतिक्रियाएँ इस हद तक अविचारित होती हैं कि वे लगभग यान्त्रिक हो सकती हैं। हम स्वाभाविक प्रतिक्रिया करते हुए उस तरह आचरण कर रहे होते हैं जिस तरह आचरण करने के लिए हमसे कहा गया होता है या हमें सिखाया गया होता है या जिस तरह हमने अतीत में दूसरों को करते देखा है।

और तब शायद आपको अहसास होता है कि ये वो नहीं है जो आप वाक़ई महसूस करते करते हैं। आप महज़ उस ढंग से प्रतिक्रिया कर रहे हैं जैसे आप हैं, लगभग इस तरह जैसे आप कोई भूमिका निभा रहे हों। तब जाकर आप यह समझना शुरू करते हैं कि हमारा बहुत सारा अस्तित्व कितना नक़ली है। ये पूरा का पूरा सामाजिक अपेक्षाओं, दबावों और अनुकूलन से परिचालित है। अपने रोज़गार से लेकर अपने आसपास के प्रत्येक व्यक्ति के प्रति प्रतिक्रिया करने के ढंग तक जा कुछ भी आप हर रोज़ करते हैं, उसका ढेर सारा हिस्सा एक अपेक्षित भूमिका का निर्वाह भर है। आप जो वाक़ई महसूस करते हैं उससे अक्सर इसका बहुत कम लेना-देना होता है।

हम मूलतः पूरे समय ढोंग कर रहे होते हैं और वेदान्त जैसे हमसे कहता लगता है कि ढोंग करने से बदतर और कोई चीज़ नहीं जो हम अपने साथ कर सकते हैं। विवेकानन्द ने सिखाया था कि 'अगर कोई ईश्वर है, तो हमें उसे देखना चाहिए। अगर कोई आत्मा है, तो हमें उसको अनुभव करना चाहिए। अन्यथा आस्था न रखना बेहतर है। पाखण्डी होने से बेहतर है एक मुखर नास्तिक होना।'

हम जो वास्तव में महसूस करते हैं उसे समझने की कोशिश करने के लिए ज्ञान योग मेरे लिए एक बाध्य करने वाला तर्क है, एक ऐसा तर्क जो, जैसा कि विवेकानन्द ने कहा था, 'इस शाश्वत रूप से परिवर्तनशील और भंगुर जगत के बीच... यथार्थ' की खोज के लिए बाध्य करता है। वह उस चीज़ को पाने के लिए बाध्य करता है जिसका वर्णन चिता पर केन्द्रित स्तुति में *ऋग्वेद* यूँ करता है : 'हे अग्नि उसे अपनी बाँहों में हल्के से उठाकर ले जाओ। उसे वहाँ ले जाओ जहाँ पितर रहते हैं, जहाँ कोई दुख नहीं है, जहाँ कोई मृत्यु नहीं है।'

ज्ञान योग का सबसे बड़ा विचार इस बात का और भी उच्चतर ज्ञान हासिल करना है कि आप वास्तव में कौन हैं। उसका क्या अर्थ है? ज्ञान योग के पहले दो सोपानों को लें - शम और दम। ये मस्तिष्क को आभ्यन्तरीकृत करने और इन्द्रियों को स्वयं को इस तरह 'केन्द्रस्थ' करने को तैयार करने की बात करते हैं ताकि वे यह निश्चित कर सकें कि व्यक्ति वास्तव में क्या महसूस करता है या अनुभव कर रहा है। इस प्रक्रिया के अगले स्वाभाविक सोपान को उपरति कहा गया है, जिसके बारे में अगर आप सोचें तो इसका मतलब होगा अपनी इन्द्रियों का गुलाम न होना। विचार यह है कि चाहे आप सुख की स्थिति में हों या दुख की, प्रशंसा के पात्र हों या अपमान के, आप इसे बिना किसी प्रतिक्रिया के स्वीकार और अंगीकार करें। मस्तिष्क निरन्तर शान्त बना रहे जैसे कुछ हुआ ही न हो। इसके बाद मस्तिष्क को दिव्यता और अन्त में मुमुक्षुत्व (सांसारिक बन्धनों से मुक्त होने की आकांक्षा) पर निरन्तर एकाग्र पर होने के लिए श्रद्धा और उसके बाद समाधान के सोपान आते हैं।

इस सब में निहित स्मरणीय सन्देश है : अहंकार और इन्द्रियों के बन्धन से ऊपर उठकर अपने सच्चे आत्म को उपलब्ध करो।

भक्ति योग लगभग सरल है (लेकिन पूरी तरह नहीं)। यह सत्य के प्रति एक ही दृष्टिकोण की बात करता है – ईश्वर से प्रेम करो। ईश्वर प्रेम की विह्वल करने वाली शक्ति मात्र (वैसी शक्ति जैसी मसलन रामकृष्ण परमहंस के निरक्षर समर्पण में प्रदर्शित हुई थी) अपने में दिव्यता तक पहुँचने का एक रास्ता है।

राज योग नितान्त और सम्पूर्ण ध्यान की कला है। राज योग के लिए 'कोई आस्था या विश्वास आवश्यक नहीं है। तब तक किसी भी चीज़ पर विश्वास मत करो जब तक कि आप स्वयं अपने लिए ऐसी कोई चीज़ नहीं खोज निकालते।' यह मस्तिष्क और चेतना के गहनतम कोटरों को ढूँढ़ निकालने की चरम मानसिक साधना है। यह ध्यान की एकाग्रता का अन्तिम तरीक़ा है।

ये सारी बातें हमारे मन में ये सवाल जगा सकती हैं : कर्म के बारे में क्या? क्या गहनतम हिन्दू साधना प्रशान्त, स्थावर आचरण के बारे में है? शारीरिक गति और कर्म का बोध कहाँ से उत्पन्न होता है? क्या यह बोध उत्पन्न भी होता है? और निश्चय ही यह सारा पवित्र ध्यान और प्रेम कर्म के उस सन्देश में कहाँ अँटता है जो सन्देश *भगवद्गीता* में कुरुक्षेत्र की लड़ाई के मैदान में दिया गया था?

जवाब कर्म योग में निहित है। यह संसार का त्याग न करने की शिक्षा देता है। ये सिखाता है कि संसार में रहो, जो कुछ भी करते हो उसे अपने स्तर पर श्रेष्ठ ढंग से करो, लेकिन हर कर्म बिना अहंकार के और लिप्त हुए बिना करो। लेकिन तब यह सवाल उठता है कि अहंकार के बिना, उत्कृष्ट ढंग से करने की आकांक्षा के बिना, उच्च स्तर का कर्म कैसे सम्भव है? क्या अहंकार का बोध ही महान उपलब्धियों का महान प्रेरक नहीं है? नहीं, कर्म योग का दर्शन कहता है। और इसके पक्ष में वह शरीर के क्रियाकलापों का उदाहरण देता है। शरीर देखता है, लेकिन क्या देखने के इस कृत्य में, जो बिना किसी कोशिश के चलता रहता है, कोई अहंकार होता है? शरीर पचाता है, लेकिन क्या इस पाचन क्रिया के पीछे कोई दृढ़ अहंकार काम कर रहा होता है? जब एक कलाकार अपने को अपनी कला में खो देता है, तो अहंकार खो जाता है और अक्सर ही महान कृतियाँ इसी प्रक्रिया से उत्पन्न होती हैं।

इसलिए, कर्म योग कहता है कि ऐसा निष्काम कर्म जो उस कर्म में लगे व्यक्ति को पूरी तरह तल्लीन कर लेता है, सत्य तक पहुँचने का श्रेष्ठतम तरीक़ा या प्रक्रिया है। जैसी कि कृष्ण सीख देते हैं – कर्म करते रहो लेकिन फल की चिन्ता कभी मत करो। कर्म का फल तुम्हारे हाथ में नहीं है।

अहंकार के लिए अन्तिम आघात के तौर पर कर्म योग यह शिक्षा भी देता है कि यह धारणा महज़ अहंकार है कि सत्कर्म करते हुए हम दुनिया की सहायता कर रहे हैं। वास्तव में अपने सत्कर्मों से हम अपनी ही सहायता कर रहे होते हैं। विवेकानन्द

ने लिखा था : 'दुनिया को हमारी सहायता की बिलकुल भी आवश्यकता नहीं है। यह दुनिया इस तरह नहीं बनाई गई थी कि आप और मैं आकर इसकी सहायता करें।' इसके विपरीत अपने कर्मों के माध्यम से हम अपनी ही सहायता करते हैं, न कि दुनिया की। कर्म योग कहता है कि यहाँ तक कि भिक्षा देते हुए भी देने वाले को ही कृतज्ञ होना चाहिए कि उसके परोपकार को स्वीकार करने वाला कोई है, क्योंकि दाता ही है जो एक तरह से कर्म के ब्राउनी प्वाइंट हासिल करता है, न कि लेने वाला।

दुनिया को हमारी सहायता की कोई ज़रूरत नहीं है। सिर्फ़ ख़ुद हमें ही हमारी सहायता की ज़रूरत है। इस विचार का सबसे सशक्त दृष्टान्त मेरे लिए ईसाइयत, इस्लाम और हिन्दू धर्म के सुधार आन्दोलनों के फ़र्क़ में है। आख़िरकार सुधार यही तो है कि कोई धर्म अपनी खुद की दुनिया को बेहतर भविष्य की ओर ले जाने में मदद पहुँचाने की कोशिश करे। यह पुस्तक लिखते हुए सुधार की धारणा मुझे इसलिए भी परेशान करती है क्योंकि आईएसआईएस के अत्याचारों और बोकोहरम की बर्बरता के बढ़ने के साथ, तालिबान के अपने अतिवादी बमों के रास्ते पर लौटने के साथ दुनिया भर में इस्लाम में सुधार का शोर उठ रहा है।

इस्लाम में सुधार के सहज आह्वान के ख़िलाफ़ मेरे पढ़ने में आया एक सर्वाधिक क़ायल करने वाला तर्क अँग्रेज़ पत्रकार मेहदी हसन द्वारा दिया गया है। हसन सोमालिया के लेखक अयान हिर्सी अली के आलोचक हैं। हिर्सी अली ने अपने वतन में कट्टरपन्थी मौलवियों-मुल्लाओं की अनेक यातनाओं और तिरस्कारों को झेला है जिसके बाद उन्होंने बार-बार इस्लाम के भीतर सुधार का आह्वान किया है और इस धर्म से अपने अतिशय अतिवादी दृष्टिकोणों को त्यागने का आग्रह किया है। जिनमें वे दृष्टिकोण भी शामिल हैं जो हिर्सी अली के मुताबिक़, घोर रक्तपात को वैध करते प्रतीत होते हैं।

इसके जवाब में हसन गुस्से से उबलते अपने एक लेख में पहले तो हमें यह याद दिलाते हैं कि ईसाइयत में सुधार क्या था। अगर कोई भूल गया हो तो वे विस्तार से याद दिलाते हैं कि मार्टिन लूथर, पन्द्रहवीं सदी का जर्मन पादरी जो सुधारों का प्रणेता था, ने न सिर्फ़ *बाइबल* का देशज भाषाओं में अनुवाद कर उसे उच्च वर्ग के वर्चस्व से मुक्त किया था बल्कि उसने *ऑन द जूज़ ऐंड देयर लाइज़* (1543) का लेखन भी किया था। इस पुस्तक में लूथर ने यहूदियों को 'शैतान के लोगों' की संज्ञा दी थी 'और यहूदियों के घरों तथा सिनेगॉज़ (यहूदियों के पूजा-स्थलों) को नष्ट करने का आह्वान किया था।' यह जर्मनी की यहूदी विरोधी भावना और बाद में होलोकास्ट (यहूदी नरसंहार) से सम्बन्धित एक बहुत महत्त्वपूर्ण पुस्तक है। हसन अमेरिकी समाज वैज्ञानिक और होलोकास्ट शोधकर्ता रोनाल्ड बर्गर को यह कहते हुए उद्धृत करते हैं कि कैथोलिक चर्च के कट्टरपन और वित्तीय अनीति को दी गई लूथर की तमाम सराहनीय चुनौतियों के बावजूद यही वह जर्मन संन्यासी था जिसने

'यहूदी-विरोध को जर्मन संस्कृति और राष्ट्रीय अस्मिता के प्रमुख तत्त्व के रूप में स्थापित करने में मदद की थी।'

हसन ठीक ही यह सवाल उठाते हैं कि क्या इस्लाम को इसी तरह के सुधार की ज़रूरत है? जवाब, स्वाभाविक ही है नहीं। आख़िरकार, ये सिर्फ़ कैथोलिसिज़्म ही नहीं है जिसका एक दुर्दशाग्रस्त सुधार इतिहास रहा है। प्रोटेस्टेंट सुधार भी ऐसा ही रक्तरंजित रहा है। आज यह भूल जाना आसान है कि यह अँग्रेज़ी गृहयुद्ध है या धर्म के फ़्रांसीसी युद्ध हैं या तीस वर्ष लम्बा जर्मन युद्ध जिसने उस देश की 40 प्रतिशत आबादी को मार डाला था। यह सब धार्मिक सुधार के नाम पर हुआ था।

हसन कहते हैं कि इस्लाम में भी सुधार हुआ है। सबसे कामयाब 'सुधारवादी,' आज भी दुनिया भर में अपने विचारों का प्रभाव डाल रहा है। उसका नाम है मुहम्मद इब्न अब्दुल वहाब, जो उस अति-कट्टरपन्थी वहाब मत का संस्थापक था जिसके मुताबिक़ सऊदी अरब शासित है और जो दुनिया भर में सुन्नियों के नेतृत्व में जारी सर्वाधिक धर्मान्ध हिंसा के मूल में है। ये अठारहवीं सदी का शुद्धतावादी वहाब ही था जिसने सूफ़ी सम्प्रदाय के अपेक्षाकृत उदारवादी दृष्टिकोण की तीखी आलोचना की थी और यहूदियों और ईसाइयों को शैतान-पूजकों की संज्ञा दी थी। वहाब का कहना था कि शैतान-पूजकों की सज़ा तलवार है। इसको उचित ठहराने के लिए उसने मुहम्मद पैगम्बर का कुछ लेखन भी दिखाया था।

इतना कहना काफ़ी है कि लगभग हरेक इस्लामी अतिवादी ने किसी न किसी रूप में वहाब के उपदेशों से प्रेरणा प्राप्त की है।

अब हम हिन्दुस्तानी उदाहरण की ओर देखें। ऐसा नहीं है कि हिन्दुस्तान में उसके अपने इस्लाम के सुधारवादी अध्येता नहीं हुए। इनमें सबसे प्रमुख उदाहरण है दारा शिकोह का, हालाँकि इन दिनों उसका ज़िक्र कभी-कभार ही सुनने मिलता है। दारा की कहानी हिन्दुस्तान के इतिहास में सबसे मार्मिक है। सामान्य तौर पर, मुग़ल शासन के दौरान हिन्दुत्व और इस्लाम के बीच के संश्लेषण को रोशनी में लाने के सन्दर्भ में अकबर के उदाहरण को सामने रखा जाता है। वह ऐसा सम्राट था जिसने कट्टरपन्थी के रूप में शुरुआत की थी लेकिन बाद में वह विभिन्न धर्मों के प्रति उत्तरोत्तर सहिष्णु होता गया, बल्कि उसने दीन-ए-इलाही नामक विस्तीर्ण आध्यात्मिक विचारधारा की रचना कर कुछ खाइयों को पाटने की कोशिश तक की थी। लेकिन अकबर के सिर पर मुग़ल ताज और उसके विशाल साम्राज्य के पास अन्तहीन शक्तियाँ थीं। मूलगामी सुधार लाने का सामर्थ्य एक ऐसे सम्राट के लिए सहज सुलभ था जिसके आगमन की मुनादी में उसे 'ज़मीन पर ख़ुदा का साया' घोषित किया गया था।

उसका प्रपौत्र शिकोह कहीं ज़्यादा दिलचस्प चरित्र है। शिकोह के भव्य विचार की गहराई को समझने के लिए हम पल भर को धर्मशास्त्री और दार्शनिक जोनार्डन गनेरी की पुस्तक *द लॉस्ट एज ऑफ़ रीज़न* की ओर रुख़ करते हैं। हिन्दुस्तान

में समन्वय की संस्कृति के पुष्पित-पल्लवित होने के लिहाज़ से 1656 को एक महत्त्वपूर्ण वर्ष की तरह चुनते हैं।

न्यू यॉर्क यूनिवर्सिटी में दर्शन विभाग के प्रोफ़ेसर गनेरी लिखते हैं : 'हिन्दुस्तान में, ये वो वर्ष था जब अकबर के इतिहासकार अबु-ए-फ़ज़ल का मार्गदर्शन प्राप्त और सूफ़ी रहस्यवादी तथा दार्शनिक इब्न अल-अरबी के 'अस्तित्व में एकता' (वहादत अल-वुजूद) के विचार के इर्दगिर्द नियोजित धार्मिक समरूपता की लम्बे समय से जारी प्रक्रिया फ़ारसी भाषा में 52 *उपनिषदों* का अनुवाद करने के दारा शिकोह की भव्य योजना में पूर्णता तक पहुँचती है।'

1656 में दारा शिकोह के साथ क्या घटित हो रहा था? उस वर्ष में ताज महल के निर्माता, मयूर सिंहासन और कोहिनूर हीरे के मालिक और हिन्दुस्तान के ख़ज़ानों पर इतराने वाले महान मुग़ल शाहजहाँ के सिंहासन के पसन्दीदा उत्तराधिकारी दारा शिकोह ने एक अनूठे प्रयोग की शुरुआत की थी। वह सम्राट नहीं था, यहाँ तक कि उसके क़रीब भी नहीं था, लेकिन वह शाहजहाँ के चार बेटों में सबसे प्रिय था, जैसा कि चार खण्डों के निर्णायक ग्रन्थ *द फ़ाल ऑफ़ द मुग़ल एम्पायर* के लेखक इतिहासकार जदुनाथ सरकार का कहना है। सूफ़ी मत से प्रभावित दारा ने *टाल्मुड, न्यू टेस्टामेंट* और वेदान्त पढ़ रखा था। वह मुसलमान फ़क़ीर सरमद और हिन्दू योगी लालदास का शिष्य रहा था।

तभी उसने अपनी सबसे बड़ी योजना की शुरुआत की, जिसके लिए उसने काशी में द्विभाषी पण्डितों की विशाल मण्डली को एकत्र किया। अपने समय के लिहाज़ से यह अभूतपूर्व चीज़ थी। उस वक़्त वह इकतालीस साल का था। उसका पिता शाहजहाँ छियासठ साल का था और कमज़ोर होता जा रहा था। उसे अपने सिंहासन का कोई निश्चित उत्तराधिकारी दिखाई नहीं दे रहा था। सम्राट को जल्दी ही फ़ैसला लेना ज़रूरी था और वह कोई आसान फ़ैसला नहीं रहा होगा। हालाँकि उसके चारों बेटे एक ही माँ से पैदा हुए थे, जो मुग़ल बादशाहों के विशाल हरमों की दुनिया में एक दुर्लभ बात थी, लेकिन उन चारों के बीच बहुत कम प्रेम था। सिंहासन के दो प्रबल दावेदारों में एक दारा शिकोह था और दूसरा शुद्धतावादी औरंगज़ेब था। दारा और औरंगज़ेब के बीच इस क़दर नफ़रत थी कि बादशाह को अमन क़ायम रखने की ख़ातिर उन दोनों को एक दूसरे से दूर रखना पड़ता था।

इस तरह औरंगज़ेब को सुदूर दक्षिण भारत में रखा गया जहाँ वह अपने पिता और मुग़ल सल्तनत के लिए युद्ध लड़ रहा होता था, वहीं दारा शिकोह हमेशा बादशाह की बग़ल में मौजूद होता था। 1656 का साल औरंगज़ेब के लिए भी घटनाओं से भरा हुआ था। इस साल उसने गोलकुण्डा पर आक्रमण किया था जहां उस समय हीरे की विश्वप्रसिद्ध विशाल खदानें मौजूद थीं। औरंगज़ेब को अपने पिता की तीखी आलोचना की वजह से इस लड़ाई से पीछे हट जाना पड़ा और दारा

शिकोह ने स्थानीय शासक का पक्ष लेते हुए उसके साथ शान्ति सन्धि करने और उसे हरजाने का भुगतान करने के लिए अपने पिता को तैयार किया। साल का अन्त होते-होते, जिस दौरान दारा अपनी भव्य अनुवाद योजना में व्यस्त था, औरंगज़ेब ने बीजापुर पर हमला कर दिया। लेकिन एक बार फिर जब फ़तह क़रीब लग रही थी, वहाँ के शासक ने दारा की मार्फ़त दिल्ली में अपने प्रभाव का इस्तेमाल किया और बादशाह के सख़्त सन्देश की मार्फ़त औरंगज़ेब की योजनाओं को चौपट कर दिया।

1657 का अन्त आते-आते शाहजहाँ बीमार पड़ गया। इसी समय दारा शिकोह ने अपनी बहुलतावादी कार्ययोजना को आगे बढ़ाया। निश्चय ही वह जानता था कि उसका सबसे बड़ा प्रतिद्वन्द्वी, उसका भाई औरंगज़ेब, शुद्धतावादी इस्लाम के हिमायती के रूप में प्रसिद्ध था। उसे यह पता रहा होगा कि भले ही वह अपने मज़हब को त्यागने वाला नहीं था और उसने 'इस्लाम के मूलभूत सिद्धान्तों का कभी तिरस्कार नहीं किया था,' लेकिन 'हिन्दू दर्शन के साथ उसके रोमांस ने उसके लिए यह असम्भव बना दिया था कि अगर वह चाहता भी तो ख़ुद को रूढ़िवादी और एकान्तिक इस्लाम के झण्डाबरदार के रूप में पेश नहीं कर सकता था, या कि धर्मयुद्ध की घोषणा कर तमाम मुसलमानों को अपने बैनरों के तले एकत्र नहीं कर सकता था।' उसने निश्चय ही इस बात को समझ लिया होगा कि यह किसी भी सम्भावित प्रतिद्वन्द्वी, विशेष रूप से औरंगजेब, के बरक्स उसकी घातक कमज़ोरी साबित हो सकती थी।

लेकिन तब भी दारा शिकोह ने अपना ज़बरदस्त साहसिक काम जारी रखा। साहसिक इसलिए कि उसने ऐसे अनेक प्रस्ताव किए थे जैसे उसके पहले इस्लाम के भीतर ऐसी प्रभावशाली हैसियत रखने वाले थोड़े-से लोगों ने किए थे, अगर किए भी थे तो। उसने इस विचार को प्रोत्साहित किया कि *उपनिषद* भाष्यपरक ढंग से *क़ुरान* की निरन्तरता में हैं और यह कि *उपनिषद* 'प्रथमतः अलौकिक ग्रन्थ हैं... जो पवित्र *क़ुरान* के साथ सामंजस्य रखते हैं' और *उपनिषदों* का 'उल्लेख दरअसल *क़ुरान* में किया गया है और उनको धर्मग्रन्थीय पाठों की संज्ञा दी गई है।'

दारा शिकोह की महान पुस्तक है *मज्म उल-बहराइन* या 'दो महासागरों का मिलन-स्थल' जिसमें वह वेदान्त, ख़ास तौर से *उपनिषदों,* और इस्लाम - उसका वह सूफ़ी रूप जो उसे सबसे ज़्यादा आकर्षित करता था - को बराबरी पर रख कर देखता है।

गनेरी लिखते हैं, 'सत्यों के सत्य को जान लेने के बाद और सूफ़ियों के सच्चे धर्म के रहस्यों और बारीक़ियों को परख लेने के बाद और इस महान प्रतिभा से सम्पन्न होने के नाते, उसने हिन्दुस्तान के एकेश्वरवादियों के धर्म-सिद्धान्तों को जानने की लालसा की और इस धर्म के पण्डितों तथा धार्मिक अनुष्ठानों में उच्चतम सिद्धि

हासिल कर चुके प्रबुद्ध, प्रज्ञावान और अन्तर्दृष्टि-सम्पन्न पुरोहितों के साथ निरन्तर मेलजोल और संवाद करने के बाद... उसने परम सत्य को खोजने और बूझने के उनके तरीक़े में सिवा शब्दों के और कोई अन्तर नहीं पाया।'

दारा शिकोह को क्या मुसीबतें झेलनी पड़ीं? उसकी खोजों ने उसके पतन में विनाशकारी ढंग से योगदान किया। वह लड़ाई में पराजित हो चुका था और औरंगज़ेब के लिए उससे छुटकारा पाना आसान था क्योंकि उस पर विधर्मिता का आरोप लगाया जा सकता था। 1659 में उसको फाँसी दे दी गई। कहा गया है कि अगर इस्लाम के ख़िलाफ़ धर्मद्रोह करने का आरोप दारा पर न रहा होता, जो कि अगर वह इतना बहुलतावादी न होता तो उस पर नहीं लगाया जा सकता था, तो उसकी हत्या करना औरंगज़ेब के लिए इतना आसान न रहा होता। और इस तरह हिन्दुस्तान में इस्लाम का सम्भवतः यह सर्वाधिक शान्त शाही सुधारवादी अन्ततः एक हिंसक मौत का शिकार हुआ।

इसकी तुलना हिन्दू सुधारवादी आन्दोलनों और सुधारवादियों से करें। उदाहरण के लिए ब्रह्म समाज और राजा राम मोहन राय, देबेन्द्रनाथ टैगोर, पण्डित रामचन्द्र विद्यावागीश और द्वारकानाथ टैगोर जैसे इसके संस्थापक प्रेरक पुरुषों पर ग़ौर करें। ईश्वर चन्द्र विद्यासागर और अक्षय कुमार दत्त जैसे लोगों की ओर देखें। इनकी प्रमुख उपलब्धियों में से एक हिन्दुत्व के अन्दर मौजूद हिंसा को समाप्त करने की थी - उस सती प्रथा को ख़त्म करने की जिसके तहत हिन्दुस्तान के कुछ हिस्सों में स्त्रियों को अपने पतियों की चिता पर अपने जीवन का अन्त करने के लिए विवश कर दिया जाता था। इस आत्मघाती नियम की शुरुआत सम्भवतः उन स्त्रियों के साथ हुई थी जो लुटेरी सेनाओं के हाथों अपने पतियों के मारे जाने के बाद उस सेना के हाथों बेइज़्ज़त होने से बेहतर मर जाना पसन्द करती थीं। उन्नीसवीं सदी के आते-आते यह एक क्रूरतापूर्ण प्रथा बन गई जो ज़्यादातर मामलों में उन परिवारों द्वारा इस्तेमाल की जाती थी जो धर्म के नाम पर स्त्रियों को उनकी पैतृक विरासत से वंचित करना चाहते थे। कुछ प्रकरणों में स्त्रियों को चिता में झोंकने के पहले बेहोशी की तगड़ी दवा दे दी जाती थी। इस तरह के प्रकरण इतने पर्याप्त प्रसिद्ध हो चुके थे कि वे परवर्ती उन्नीसवीं सदी के अँग्रेज़ एडवेंचरों में अचानक नज़र आने लगे थे। जूली वार्ने के उपन्यास *अराउंड द वर्ल्ड इन 80 डेज़* (1873) में अविचलित फ़िलीज़ फॉग उस ख़ूबसूरत औदा के प्राण बचाती है जिसे बेहोश कर सती किया जाने वाला है।

अँग्रेज़ सरकार के साथ पूरे उत्साह से अभियान चलाते हुए ब्रह्म समाज और स्वामीनारायण सम्प्रदाय (जिसे आज अक्सर दुनिया के सबसे सम्पन्न समूह के रूप में चित्रित किया जाता है) के संस्थापक सहजानन्द स्वामी जैसे सुधारवादी हिन्दू धार्मिक नेताओं ने 1829 में बंगाल के गवर्नर जनरल विलियम बेंटिंक के माध्यम से सती प्रथा पर प्रतिबन्ध लगवाया।

हम एक और, और भी कुख्यात उदाहरण लेते हैं। दक़ियानूसी हिन्दू जाति-व्यवस्था का बी.आर. अम्बेडकर द्वारा किया गया उग्र विरोध। निचली जाति में जन्मे अम्बेडकर ने ज़बरदस्त अध्येता के रूप में इतनी उन्नति की कि वे आधुनिक भारत के संविधान के निर्माता बने। इतना ही नहीं, उन्होंने जाति-प्रथा को लेकर महात्मा गाँधी तक से तीखी बहस की (और वे इस आधार पर भेदभाव बरते जाने के ख़िलाफ़ गाँधी के मुक़ाबले अक्सर ज़्यादा यथार्थवादी थे) और अपनी क़लम की ताक़त का इस्तेमाल करते हुए जाति के ख़िलाफ़ आजीवन मुहिम में मुब्तिला रहे। उनकी मृत्यु के महज़ कुछ ही हफ़्तों पहले जाति प्रथा पर उनका अन्तिम आघात उनके द्वारा किए उस विशाल सार्वजनिक धर्मपरिवर्तन के रूप में सामने आया था जिसके अन्तर्गत लगभग 5,00,000 निचली जाति के हिन्दुओं को बौद्ध धर्म में शामिल किया गया था। तब वे ख़ुद बौद्ध धर्म स्वीकार कर चुके थे और अपनी मृत्यु के समय तक *बुद्ध ऐंड हिज़ धर्म* नामक अपना विद्वत्तापूर्ण ग्रन्थ लिख चुके थे।

इन उदाहरणों की सबसे आकर्षक बात हिन्दू धर्म के भीतर हुए सुधार के बड़े उपक्रमों में हिंसा का अभाव है। विवेकानन्द के इस विचार कि दुनिया को नहीं बल्कि हमारे लिए सहायता की ज़रूरत है, की गूँज हिन्दू सुधारवादी आन्दोलनों में सुनाई देती है, क्योंकि उनके प्रक्षेप-पथ की दिशा अन्दर की ओर है और शायद यही एक वजह है कि ये आन्दोलन कभी बड़ी हिंसा की ओर नहीं मुड़े।

जैसा कि हमने चार तरह के योगों में लक्ष्य किया, योग में भी सत्य तक पहुँचने का कोई एक मार्ग नहीं है। ऐसा इसलिए है क्योंकि लक्ष्य हमेशा एक ही है - अपने लिए तत् त्वं असि (तुम वह हो) का अन्वेषण करना।

यह विचार कि तुम्हारे भीतर 'ईश्वर की वाणी' पहले से मौजूद है, कि तुम इसके साथ ही पैदा हुए हो और तुम्हें सिर्फ़ इसको अपने लिए अन्वेषित करना है, निश्चय ही एक अविश्वसनीय रूप से शक्तिशाली और मुक्तिदायक विचार है।

वैसे, इसके पहले कि हम शब्द और ईश्वर और इन दोनों के अन्तर्ग्रंथन पर केन्द्रित इस अध्याय को समाप्त करें, हमें यह नहीं भूलना चाहिए कि हिन्दू सभ्यता के सारे शब्द और ग्रन्थ धार्मिक या दार्शनिक नहीं थे। कभी-कभी, मानस के उच्चतम उन्नयन की तलाश करने की बजाय वे देह के अदम्य सुखों की तलाश कर रहे होते थे।

कामसूत्र के सन्दर्भ में जिस दिलचस्प बात का ज़िक्र शायद ही कभी होता हो वह यह है कि ये उस ज़माने में लिखी गई वैसी कई पुस्तकों में से एक है। यह बात स्पष्ट नहीं है कि *कामसूत्र* ठीक-ठीक कब लिखा गया था लेकिन उसके जिस रूप से हम आज परिचित हैं वह सम्भवतः दूसरी सदी में कभी प्रस्तुत किया गया था। एक और ध्यान देने लायक़ मुद्दा यह है कि यह किसी भी तरह ऐसा एकमात्र ग्रन्थ नहीं है, जो सम्भवतः उस अनोखे समय में लिखा गया था जब हिन्दू समाज कामपरक

परामर्श की टिप्पणियों से लहलहा रहा था। *कामसूत्र* के अलावा, ऐसे अन्य ग्रन्थों में *रतिरहस्य, रतिमंजरी, रसमंजरी* और *पंचसायकः* (पाँच बाण) आदि शामिल थे। इस तरह की पुस्तकें सामान्यतः कवियों द्वारा लिखी जाती थीं। *पंचसायकः* का रचयिता ज्योतिरिषा था, जो न सिर्फ़ एक महान कवि था बल्कि संगीत के श्रेष्ठतम गुरुओं में से एक था। *रतिरहस्य* कुक्कोका नामक कवि द्वारा लिखी गई है।

पल भर को हम उस वक़्त की कल्पना करें जब *कामसूत्र* अपने वर्तमान रूप में संयोजित किया जा रहा है। जब पाँच अच्छे सम्राटों में अन्तिम मार्क्यूस ऑरिलियस की मृत्यु के साथ यूरोप में पाक्स रोमाना (रोमन शान्ति) का अन्त हो रहा है, तब भारतीय सभ्यता में इस क़दर ख़ुशहाली का माहौल है कि ऐन्द्रिक सुखों के उत्सव के लिए समर्पित *कामसूत्र* जैसी पुस्तकें लिखी जा रही हैं। ऐसी पुस्तकें जो पुरुषों को उनके लिंग के आकार के मुताबिक़ 'खरगोश पुरुष,' 'वृषभ पुरुष' और 'अश्व पुरुष' के रूप में और स्त्रियों को उनकी योनि की गहराई के आधार पर 'हिरणी,' 'घोड़ी' या 'हथिनी' के रूप में स्पष्ट विभाजित कर रही हैं।

एक सभ्यता में ऐन्द्रियता के प्रति समर्पण का वह क्या रूप है कि वह सम्भोग के एक या दो नहीं बल्कि चौंसठ आसनों को पेश कर सकती है और उनका पूरे विस्तार और सावधानी के साथ वर्णन कर सकती है? लेकिन *कामसूत्र* में आसनों की विविधता ही एकमात्र दिलचस्प चीज़ नहीं है, हालाँकि निश्चय ही उसकी सबसे ज़्यादा चर्चा है। यह एक ऐसा पाठ है जिसमें हमेशा इतनी पर्याप्त भावनात्मक प्रज्ञा मौजूद है कि वह प्रेम के चार रूपों को समझ और परिभाषित कर सकता है।

नित्य आदत से अर्जित किया गया प्रेम, कल्पना से परिचालित प्रेम, आस्था से उत्पन्न प्रेम और बाह्य वस्तुओं की अनुभूति से उत्पन्न प्रेम। यहाँ सबसे अन्तर्दृष्टिपूर्ण चीज़ यह है कि यह नियमित आदान-प्रदान से उत्पन्न प्रेम, जैसे कि नियमित यौन संसर्ग से उत्पन्न आत्मीयता, को उस 'आस्थाजन्य' प्रेम से अलगाता है जिसके बारे में इसका कहना है कि यह पारस्परिक प्रेम है और इस अनुभूति से उत्पन्न होता है कि दोनों 'एक दूसरे के लिए बने हैं।'

भावनापरक ब्यौरे की यह पेचीदगी, मनस्तत्त्व का यह विश्लेषण ही वह चीज़ है जो हिन्दुओं के ज़्यादातर सभ्यता सम्बन्धी पाठों को परिभाषित करती है और इन पाठों को आज भी प्रासंगिक और सुखद बनाती है। इसी चीज़ ने शायद इनकी दीर्घजीविता में मदद की है।

यह कितना उदात्त है कि वे तब भी दैहिकता को कुछ रूहानियत प्रदान कर सके।

7

क्या हिन्दू होने का अर्थ आपका शाकाहारी होना है?

क्या सारे हिन्दुओं का शाकाहारी होना ज़रूरी है? ये वो सवाल है जो अक्सर उठता है। गोमांस खाने या न खाने के सन्दर्भ में हमेशा से कहीं ज़्यादा। क्या हिन्दुत्व शाकाहारियों का धर्म है?

सारे विवाद के बावजूद, इस सवाल के जवाब वास्तव में एकदम सरल हैं। वह क्या चीज़ है जो ईश्वर की खोज को रूप देती है? अगर आप उसे ईश्वर नहीं कहना चाहते तो जो चाहे कह लें, लेकिन वह क्या चीज़ है जो उस खोज को शक्ल देती है?

विवेकानन्द कहते हैं कि उस खोज में हिन्दू अपने धर्म की मुख्य शिक्षा को अक्सर भूलते रहे हैं - तमाम चीज़ों में एकता और विविधता और अपने अन्दर सत्य की खोज - और इसकी बजाय, हास्यास्पद ढंग से सतही चीज़ों पर ध्यान केन्द्रित करते रहे हैं। दिलचस्प बात है कि स्वामी विवेकानन्द शाकाहारी नहीं थे। ध्यान दें, इस धर्म का सबसे बड़ा आधुनिक सन्त शाकाहारी नहीं था। ये दरअसल, जैसा कि हम देखेंगे, असल मुद्दा है ही नहीं।

वास्तव में, अर्थहीन हिन्दू रिवाजों की बेहूदगियों को लेकर विवेकानन्द जितने कठोर रहे हैं उतना कठोर बिरला ही कोई दूसरा मनीषी रहा होगा। शिवगंगा और मनमदुरई के नागरिकों के सामने बोलते हुए वे कहते हैं- 'ये सारी पुरानी चर्चाएँ छोड़िए, उन चीज़ों को लेकर पुराने झगड़े छोड़िए जो अर्थहीन हैं, जो स्वभावतः ही मूर्खतापूर्ण हैं।'

इससे उन बातों के लिए माहौल तैयार हो जाता है जो आगे आने वाली हैं। याद रखें कि ये वो महात्मा है जो उन्नीसवीं सदी के अँग्रेज़-शासित हिन्दुस्तान में एक ऐसी जनता से बात कर रहा है जो सहज रूप से दक़ियानूसी है। ऐसा समाज जो सदियों के रीति-रिवाजों के हाथों हठधर्मी बन चुका है। ये वो महात्मा है जो हिन्दुओं से उस वक़्त बात कर रहा है जब सती प्रथा पर प्रतिबन्ध लगे सत्तर साल से भी कम समय गुज़रा है। यह संन्यासी अपनी उम्र के चौथे दशक में है जब वह उनसे कह रहा है : 'अधोगति के उन पिछले छह सौ या सात सौ सालों के बारे में सोचिए जब सैकड़ों की संख्या में वयस्क लोग सालों इस बात पर चर्चा करते रहे हैं कि हमें दाहिने हाथ में गिलास लेकर पानी पीना चाहिए या बायें हाथ में, हाथ तीन बार धोना चाहिए या चार बार, हमें पाँच बार कुल्ला करना चाहिए या छह बार। आप ऐसे

लोगों से क्या उम्मीद कर सकते हैं जो इस तरह के गुरु-गम्भीर सवालों पर चर्चा करने में अपने जीवन गुज़ारते हैं और उन पर सबसे विद्वत्तापूर्ण फ़लसफ़े लिखते हैं। हमारे धर्म पर रसोई में घुसते चले जाने का ख़तरा है। हम न तो वेदान्ती हैं, हममें से ज़्यादातर लोग, न पौराणिक हैं, न तान्त्रिक हैं। हम महज़ "मत छुओवादी" हैं। हमारा धर्म रसोई है। हमारा धर्म हाँडी है और हमारा धर्म है, "मुझे मत छूना, मैं पवित्र हूँ।" अगर यही रवैया एक और सदी तक क़ायम रहा, तो हममें से हर कोई पागलख़ाने में होगा।'

धर्मशास्त्र के ऐतिहासिक दस्तावेज़ों की सावधानी से छानबीन करिए और बमुश्किल ही वहाँ विचारहीन दक़ियानूसीपन पर इतना कठोर और सीधा हमला देखने को मिलेगा। विवेकानन्द इस अर्थ में हिन्दुत्व के चरम आधुनिकतावादी हैं। उन्होंने हिन्दुत्व को भविष्य की ओर धकेला ही नहीं बल्कि घसीटा और अन्तहीन कर्मकाण्डों के सुस्त कर देने वाले मुखौटे को निर्ममतापूर्वक नोंच कर, उसको उसकी गहनतम, सर्वाधिक अनुनादपूर्ण शिक्षाओं का सामना करने के लिए विवश किया।

अकेले विवेकानन्द ही क्यों? गाँधी को पढ़िए, जो गोरक्षा के सबसे बड़े हिमायती और गो-वध का विरोध करने वाले और शाकाहार की पक्षधरता करने वाले सबसे सशक्त स्वर रहे। गाँधी क्या कह रहे हैं? 'बदक़िस्मती से आज हिन्दुत्व महज़ खाने और न खाने में निहित होकर रह गया लगता है। अगर हिन्दुत्व क्या खाना चाहिए और किसके साथ खाना चाहिए से सम्बन्धित विस्तृत नियमों का मसला बनकर रह जाता है, तो यह अपने मूल तत्त्व को खो देने के ख़तरे में है। नशीले पेयों और मादक पदार्थों से परहेज़ और हर तरह के भोजन, ख़ास तौर से मांस से परहेज़, निश्चय ही आत्मा के विकास में बहुत मददगार हैं, लेकिन यह किसी भी तरह से अपने आप में लक्ष्य नहीं है। बहुत से लोग मांस खाते हैं... लेकिन ईश्वर से डर कर रहने वाला आदमी उस आदमी के मुक़ाबले अपनी आज़ादी के ज़्यादा क़रीब है जो धार्मिक भावना के साथ मांस से तो परहेज़ करता है... लेकिन जो अपने हर कृत्य से ईश्वर का तिरस्कार करता है।'

यह तर्क दिया जाता है कि हिन्दू मानस सदियों से जारी उन सतही दस्तूरों से दुर्बल हो गया है जिनकी अनुगूँज आज भी सुनाई देती है। मुद्दा क्या है? मुद्दा, अपने आप में यह नहीं है कि हम क्या खाते हैं। या क्या पहनते हैं। या हम मन्दिर कितनी बार जाते हैं और किस हफ़्ते के किस दिन उपवास करते हैं। इनमें से कोई भी चीज़ प्रासंगिक नहीं है। ये चीज़ें किसी के लिए आध्यात्मिकता तक पहुँचने के शुरुआती मुक़ाम हो सकती हैं, लेकिन वे किसी भी तरह से आध्यात्मिकता का मर्म नहीं हैं। वे हिन्दुत्व की दार्शनिक खोज का मर्म नहीं हैं। वे आत्मा की आध्यात्मिक यात्रा में किसी आन्तरिक मूल्य का योगदान नहीं करतीं और बहुत से बहुत वे उपयोगी साधन या एंट्री-प्वाइंट बैसाखियाँ हो सकती हैं। वे व्यापक योजना के स्तर पर प्रासंगिक या

आलोकप्रद नहीं हैं। अगर हम उन्हीं में उलझे रहते हैं तो, जैसा कि विवेकानन्द ने कहा था, वे 'मस्तिष्क के धीमे पड़ जाने का पक्का संकेत हैं, जब दिमाग़ जीवन की बड़ी समस्याओं को नहीं समझ सकता।'

हिन्दुत्व पर केन्द्रित धर्मशास्त्रीय बहस को गो वध के पक्ष या विपक्ष में प्रस्तुत तर्क की तरह देखना बहुत आसान और व्यर्थ है। वेदान्त का मर्म पशुओं में निहित नहीं है।

तब फिर हमें गो वध को किस तरह देखना चाहिए। अक़्लमन्दी की बात शायद यह होगी कि इसे उस उपयोग के सन्दर्भ में देखा जाए जिसके लिए यह किया जाता है। पहले, यह स्वीकार करें कि हमारे प्राचीन इतिहास के शुरुआती दौर में भैंस का (और कभी-कभी गाय का) मांस खाने के उदाहरण थे। जैसा कि विवेकानन्द लिखते हैं, 'इसी हिन्दुस्तान में एक ऐसा वक़्त था जब गो मांस खाए बिना कोई ब्राह्मण ब्राह्मण नहीं बना रह सकता था।' विवेकानन्द इस बारे में स्पष्ट थे। वे स्पष्ट करते हैं कि वेदों के कालातीत दर्शनों और स्थानीय रिवाजों पर आधारित उस युग, या जिसे वे स्मृति कहते हैं, के नियमों के बीच भेद किया जाना चाहिए जो समय के साथ बदलते रहते हैं 'और नई स्मृतियाँ आ जाएँगी।' यही वह चीज़ है जो हिन्दू धर्म को हमेशा समकालीन बनाए रखती है। इस लोच के बिना धर्म अनम्य हो जाएगा और ध्वस्त हो जाएगा।

इतिहास के उस मुक़ाम से जो व्यावहारिक मुद्दा उभर कर आता लगता है वह यह है कि किसी भी चीज़ से ज़्यादा मांस - वह भोजन जो शरीर में गर्मी पैदा करता है - के भक्षण से इसलिए बचना चाहिए ताकि दिमाग़ और शरीर ठण्डा और प्रशान्त रहे। इसी के साथ-साथ वेदान्तियों का निष्क्रिय ध्यानपरक जीवन, जिसमें निरन्तर बैठे रहना और मन और अन्तःकरण के अन्तरतम कोनों पर ध्यान केन्द्रित करना होता है, मांस खाने की दृष्टि से अनुकूल बैठने वाला, समुचित ऊर्जा उत्पन्न करने वाला जीवन नहीं है।

मुद्दा यहाँ यह है कि भोजन ठीक वही है। यद्यपि वह शरीर के लिए महत्त्वपूर्ण है, आध्यात्मिक मार्ग में उसकी सिर्फ़ उतनी ही भूमिका है। इसी के साथ जैसा कि विवेकानन्द उल्लेख करते हैं, बुद्ध और अहिंसा की उनकी शिक्षाओं के आगमन ने सार्वजनिक चेतना को गो वध से और भी विरत किया। स्वामी के अनुसार, यह बोध भी था कि 'हम एक कृषक प्रजाति हैं... इसलिए वह प्रथा रुक गई और गायों की हत्या के विरोध में आवाज़ उठाई गई।'

विवेकानन्द धर्म में दो चीज़ों के बीच स्पष्ट अन्तर करते हैं - एक जो शाश्वत है और दूसरी वह है जिसका एक काल-बद्ध उद्देश्य है। विवेकानन्द की शिक्षाओं में यह तर्क हमेशा प्रासंगिक रहा है और रहना चाहिए। यह हिन्दू सभ्यता की अस्तित्वपरक चुनौती के बारे में और भारत के मूल प्रयोजन के बारे में बात करता है। ये कालातीत

शिक्षाओं और दैनन्दिन जीवन की सूक्ष्म अर्थ छवियों, प्रज्ञा और जानकारी, विराट और सूक्ष्म, परिपाटियों और ईश्वर बोध के बीच के पेचीदा और नाज़ुक सन्तुलन की बात करता है। विवेकानन्द ने कहा था, 'पूरे भारत में कई तरह के रीतिरिवाज हैं, लेकिन वे सब स्थानीय हैं। सबसे बड़ी भूल यह है कि अज्ञानी लोग हमेशा सोचते हैं कि ये रीतिरिवाज ही हमारे धर्म का सत्त्व हैं।'

इस तरह रिवाज महज़ एक कार्य पद्धति है। एक ऐसा विचार जो सत्य तक ले जाने वाला है लेकिन जिसे सत्य से अलग करके नहीं देखा जा सकता। और जब बुद्धिमत्ता के उच्चतर स्तर हासिल कर लिए जाते हैं तो, रिवाजों का कायाकल्प हो जाता है और यहाँ तक कि वे झड़ जाते हैं।

रमण महर्षि और एक ईसाई पादरी के बीच की इस बातचीत पर ग़ौर करें :

पादरी : मैं ईश्वर से उत्पन्न हूँ। क्या ईश्वर मुझसे अलग नहीं है?

महर्षि : ये प्रश्न कौन पूछता है? ईश्वर नहीं। आप पूछते हैं। इसलिए पता लगाइए कि आप कौन हैं और तब शायद आपको पता लग सके कि क्या ईश्वर आपसे अलग है।

पादरी : लेकिन ईश्वर पूर्ण है और मैं अपूर्ण हूँ। मैं उसे कभी भी पूरी तरह से कैसे जान सकता हूँ?

महर्षि : ईश्वर ऐसा नहीं कहता। ये आप हैं जो ये सवाल पूछते हैं। यह पता लगा चुकने के बाद कि आप कौन हैं, आप शायद जान सकें कि ईश्वर क्या है।

बड़ा सवाल, मुझे लगता है, यह नहीं है कि शाकाहार सही है या मांसाहार। ये महज़ भोजन का सवाल है। कोई एक सही तरीक़ा नहीं है। जैसी कि विवेकानन्द की सीख थी, मांसाहार ख़ास तौर से तब उपयुक्त है जब उसे लेने वाला व्यक्ति कठोर, शारीरिक परिश्रम कर रहा हो। जो लोग सारे समय बैठे रहते हैं उनके लिए हल्का भोजन बेहतर है। यह बुनियादी सामान्य समझ की बात है (और चिकित्सा-विज्ञान की भी)। इसका इस बात से कोई ख़ास लेना-देना नहीं है कि हिन्दू कितने प्रगतिशील या प्रतिगामी हैं। प्रगतिशीलता आदर्श है और लक्ष्य है, लेकिन इसे परम्पराओं का सम्मान करके ही अर्जित किया जा सकता है। लेकिन उन परम्पराओं का निरन्तर विकास होते रहना आवश्यक है। विकास सिर्फ़ समाज में ही नहीं बल्कि आपकी निजी यात्रा में भी उत्तरोत्तर होते रहना आवश्यक है। शायद, शुरुआती तौर पर आपको एक मन्दिर की, एक मूर्ति की और रोज़मर्रा अनुष्ठानों की ज़रूरत हो, लेकिन जैसे-जैसे आप आगे बढ़ते हैं आपको लग सकता है कि आपको इन चीज़ों की ज़रूरत नहीं है। वे बैसाखियों के सिवा और कुछ नहीं हैं।

विवेकानन्द और वेदान्त - बैसाखियों को 'छोड़ दिए जाने' के बारे में घिसी-पिटी उक्तियाँ पेश नहीं करते। सन्देश यहाँ अधिक अनूठा है। यह कहता है कि

अपनी बैसाखियों का, सहारों का, सहायताओं का, मूर्तियों का, अनुष्ठानों का आनन्द लो, यहाँ तक कि उनका जश्न मनाओ और उनको मनमाफ़िक नाम से पुकारो। वह भी आपकी यात्रा का हिस्सा है और दरअसल बहुत महत्त्वपूर्ण हिस्सा है। कम से कम आप खोज तो रहे हैं। लेकिन यह करते हुए सिर्फ़ इस बात को समझिए कि जादू आपके ढंग में नहीं है, भले ही आपको अपना ढंग जादुई क्यों न लगता हो। यहाँ तक कि अकेला ध्यान भी बैसाखी बन जा सकता है, आत्म और जगत से उलझने से, उसे समझने से राहत मुहैया करा सकता है, पलायन का मार्ग बन सकता है।

इसलिए ज़्यादातर हिन्दुओं के बीच यह व्यापक सामाजिक सहमति है कि गो हत्या को शायद टाला जा सकता है, लेकिन इससे कहीं ज़्यादा बड़ा प्रश्न यह है कि हिन्दू प्रकृति को किस नज़रिए से देखते हैं। अवधारणात्मक तौर पर, इसे महज़ शाकाहार तक सीमित नहीं किया जा सकता। इसका ताल्लुक इस बात से है कि एक सभ्यता पर्यावरण को किस तरह बरतती है और पर्यावरण के बारे में हिन्दुओं के वे क्या विचार रहे हैं जो ख़ास तौर से आज प्रासंगिक हैं।

हिन्दुओं के लिए सामाजिक मार्गदर्शन का ग्रन्थ रचने वाले मनु ऋषि ने कहा था, 'किसी नदी के जल में मत थूको' (या किसी भी जलाशय में मत थूको)। आज, भारत का केन्द्रीय प्रदूषण मण्डल कहता है कि देश की आधी नदियाँ अधिकृत तौर पर प्रदूषित घोषित की जा चुकी हैं। भारत में प्रदूषित नदियों की संख्या पिछले पाँच साल में बढ़कर 125 से 275 हो गई है। हिन्दू देवकुल की पवित्रतम नदी गंगा इतनी गन्दी है कि वह श्रद्धा के योग्य नहीं रह गई है। एक अन्य पवित्र नदी यमुना इन दिनों किसी नाले से थोड़ी ही बेहतर है। स्वच्छ गंगा (और यमुना) की 'मुहिम योजनाओं' पर हज़ारों करोड़ रुपये फूँक चुकने के दशकों बाद मौजूदा सरकार 20,000 करोड़ रुपये की केन्द्रीकृत निधि के साथ नदी को स्वच्छ करने का एक नया अभियान शुरू कर रही है। इस महानदी के तटों पर बसे एक सौ नगर इस स्वच्छता अभियान के केन्द्र में होंगे। इरादा ये है कि गंगा का पानी इसके सर्वाधिक भीड़ भरे तीर्थ-स्थलों पर भी चमकीला, ताज़ा और स्वच्छ दिखना चाहिए।

लेकिन क्या नदी की सफ़ाई – जो कि भारत के पर्यावरण और आध्यात्मिक समरसता के सन्दर्भ में बेहद महत्त्वपूर्ण है–अपने में काफ़ी है?

इस पुस्तक को लिखने के दौरान मैंने कुछ दिन बनारस (काशी) में बिताए। बनारस जाने का फ़ैसला मेरे मानस में बुना हुआ था। जब मेरे दादा-दादी की मृत्यु हुई थी, तब मैं तीन या चार साल का बच्चा था। मुझे याद है कि मेरे पिता और उनके भाई बनारस में मेरे दादा-दादी की अस्थियाँ प्रवाहित करने ट्रेन से दो बार कलकत्ता से बनारस गए थे। एक धुँधले से कोने में कोई रिश्तेदार थे, जो कौन थे अब मुझे याद नहीं, जो कह रहे थे कि वे (मेरे दादा-दादी) बनारस (इस सर्वाधिक पवित्र नगर का दूसरा नया नाम) में मर तो नहीं पाए, लेकिन उनका कम से कम

इतना हक़ तो बनता ही है कि उनकी अस्थियों को गंगा में डुबाया जाए। मुझे ख़ास तौर से 'डुबाया जाए' शब्द याद है। यह बात मुझे तब भी असंगत लगी थी कि इस शब्द का इस्तेमाल किसी ऐसे व्यक्ति के लिए किया जाए जो अभी-अभी मरा था और जो डूबकर नहीं मरा था।

अस्थियों के साथ मेरे पिता की हावड़ा रेलवे स्टेशन से प्रस्थान करने की स्मृतियाँ और मेरे चाचा, जिनके सिर मुँडे हुए थे, जिन्होंने कई दिनों बाद खुली कमीज़ें और पतलूनें पहनी थीं, क्योंकि मृत्यु के बाद उन्होंने सफ़ेद, बिना सिले कपड़े पहनने शुरू कर दिए थे और जूते त्याग कर रबर की चप्पलें पहनकर घूमते थे। दोनों ही बार मैं इतना छोटा था कि उनके साथ नहीं जा सकता था। इसलिए मैं कलकत्ता में घर पर ही रुका रहा। मृत्यु के इस नए विचार के बारे में अभी भी अनिश्चित। नदी में अस्थियाँ डालने के लिए किया जा रहा वह समूचा प्रस्थान अस्पष्ट ढंग से साहसिक कारनामा लग रहा था। मेरे मन में तभी से एक अहसास था, उस ख़ास चीज़ का अहसास जो सिर्फ़ भोलेपन के भीतर से ही जन्म ले सकती है और जिसे आप बाद में कभी दोबारा महसूस नहीं कर सकते - एक उत्तेजक, डरावने पूर्वानुमान का बोध। ये वो क्षण होता है जब आप जानते हैं कि आपको कोई ऐसी चीज़ पता लगने वाली है जो आपको वह नहीं रह जाने देगी जो आप हैं। आपको हमेशा मालूम होता है कि वह ज्ञान कब पैदा होने वाला है। यहाँ तक कि आप उससे भयभीत होते हैं। इसलिए नहीं कि आप होना चाहते हैं, बल्कि इसलिए कि वह करणीय है।

ये थी मेरी बनारस की स्मृति। ये कहना उचित होगा कि मुझे उस काशी की कोई स्मृति नहीं थी जो इस पुण्य नगरी का प्राचीन भारतीय नाम है, न ही इसके औपनिवेशिक नाम वाराणसी की।

तीस साल बाद जब मैंने बनारस जाने का फ़ैसला किया तब मृत्यु के ज्ञान की स्मृति सतह पर तो नहीं थी लेकिन तब भी वह तीक्ष्ण थी। जिस साल मैं बनारस गया उस साल मेरे पिता सत्तर के और मेरी माँ पैंसठ की हुई थीं। मेरे दादी-दादी और नानी ने इतनी उमर नहीं पाई थी। सिर्फ़ मेरी माँ के पिता मेरे दादू अस्सी की उम्र तक जिए। मुझे अपनी माँ के अभिभावकों की भी बहुत थोड़ी-सी स्मृति है। उनकी मृत्यु के समय मैं क़रीब दस साल का रहा होऊँगा। तब मुझे बनारस के बारे में सिवा मृत्यु के और क्या पता था? मैं काशी के बारे में क्या जानता था, उस स्थल के बारे में जहाँ, हिन्दू धर्म कहता है, सृष्टि की शुरुआत हुई थी- स्वयं शिव की नगरी?

मैं डायना ऐक के 1983 के क्लासिक *बनारस : द सिटी ऑफ़ लाइफ़* के साथ बनारस गया था। उन्होंने यह पुस्तक लिखने के पन्द्रह वर्ष पूर्व पहली बार बनारस देखा था। उन्होंने इस शहर में एक साल पढ़ाई की थी और फिर इससे मोहित होकर यहाँ बार-बार लौटती रही थीं। इस पुस्तक में उन्होंने इस नगर को पश्चिमी निगाहों के माध्यम से भी 'देखा' है, जहाँ उन्होंने उन विभिन्न यूरोपीय यात्रियों को भी विस्तार

से उद्धृत किया है जो इसकी अराजकता से मदहोश और विकर्षित रहे हैं और हिन्दू निगाहों के माध्यम से भी देखा है, उपर्यालेखन (palimpsest) की निर्मिति को देखते और उजागर करते हुए। वे *ऐतरेय ब्राह्मण* को पढ़ती हैं जहाँ देवताओं के अधिपति और 'यात्रियों के रक्षक' इन्द्र एक नौजवान से आग्रह करते हैं, 'जो यात्रा नहीं करता उसके जीवन में कोई सुख नहीं है। इसलिए, भटको!'

डायना ऐक देखती हैं कि हिन्दुओं ने इस भ्रमण-लालसा को अंगीकार किया है। ज़्यादातर तीर्थयात्रियों के रूप में और बनारस में तीर्थयात्री को 'धरती की वह हर चीज़ मिल जाती है जो शक्तिशाली और मांगलिक है... सारे देवता यहाँ रहते हैं... आठों दिशाओं का उद्‌गम यहाँ है... सारा काल यहाँ है।'

मैंने उसे बनारस में देखने की बहुत कोशिश की, लेकिन यह बहुत मुश्किल था। उत्तर प्रदेश मेरे हर क़दम पर बाधा डालता था। सबसे पहली चीज़ वही थी जिसकी उम्मीद आप हिन्दुस्तान के एक सर्वाधिक निष्क्रिय राज्य से करेंगे - 20 करोड़ लोगों से भरा एक चूर-चूर होता, अपराधिक स्थल। हवाई अड्डे से होटल तक का सफ़र रीढ़ को तोड़ देने वाला था, जहाँ की सड़कें, जैसा कि अनुमान किया जा सकता है, उखड़ी हुई थीं या नदारद थीं और यातायात के नियम, अपने बेहतर क्षणों में, मनमाने थे।

बनारस शहर में इतनी भीड़ थी कि अच्छा नहीं लग रहा था। कुछ बचा-खुचा पूर्वानुमान था। अब यह नए प्रधानमन्त्री का संसदीय चुनाव-क्षेत्र था। इस बात की काफ़ी चर्चा थी कि जब से नरेन्द्र मोदी ने चुनाव जीता है और वे प्रधानमन्त्री हुए हैं तब से कुछ घाटों की, शहर के कुछ प्रसिद्ध स्नान घाटों की सफ़ाई हुई है। मेरे ड्राइवर ने मुझे बताया कि वे घाट शिव के ज़माने से ही साफ़ नहीं हुए थे। वह उदास भाव से हँसा था। मेरे ड्राइवर ने कहा कि बनारस सबसे अच्छे इरादे रखने वाले प्रधान मन्त्री तक को हरा सकता है।

दिन के तीसरे पहर के दौरान मैंने काशी विश्वनाथ मन्दिर जाने की कोशिश की, जो बनारस के शिव मन्दिरों में सबसे पवित्र मन्दिर है। मुझे बताया गया था कि वहाँ जाने के लिए यह अपेक्षाकृत बेहतर वक़्त होता है। जब मैं मन्दिर से आधा किलोमीटर दूर पहुँच गया, जिसके आगे कार नहीं जा सकती थी, क्योंकि लोगों की बहुत भीड़ थी। मेरे ड्राइवर ने कहा कि लगता है आज का दिन अच्छा है, मुझे लम्बी कतार में खड़े नहीं होना पड़ेगा।

ज़रा ऐसी जगह की कल्पना कीजिए जहाँ आप पहली बार सबसे ज़्यादा भीड़ देख रहे हैं, इतने लोग और इतने लाउडस्पीकर जितने आपने कभी नहीं देखे और फिर इस सबके दस गुना होने की कल्पना करिए- यह मन्दिर ऐसा ही दिख रहा था। लगातार हाथ नचाते, गन्दे गिरेबानों से युक्त, मुँह में प्लास्टिक सीटियाँ दबाए पुलिस वाले भीड़ का मार्गदर्शन करने का ढोंग कर रहे थे। उनका एक उपयोग था। वे अपनी बग़ल से गुज़रते हर किसी को जेबकतरों से सावधान रहने को कह रहे

थे। लाउडस्पीकर भी बीच-बीच में बॉलीवुड शैली के अबूझ भजनों को रोककर यही चेतावनी दे रहे थे, कि हर कहीं जेबकतरे मौजूद हैं। 'सावधान रहें। शिव आपके बटुए की रक्षा नहीं करेंगे।'

काशी विश्वनाथ मन्दिर पहुँचने के लिए आपको लोगों के अन्तहीन ताँते से गुज़रने के बाद कतारबद्ध दुकानों की एक गली में प्रवेश करना होता है। ये लोग क्या बेच रहे हैं? अन्धी आस्था - ज़्यादा क़ीमत पर मिठाइयाँ, चीकट फूलमालाएँ, और यह सब रखकर ले जाने के लिए बाँस की टोकरियाँ। साथ ही आपके जूतों को छोटे-छोटे गन्दे शेल्फ़ों या लोहे की अल्मारियों में महफ़ूज़ रखने के लिए हर दुकान में विशेष शुल्क का भी प्रावधान था। एक पैकेज डील जिसके तहत आप बनारस में भगवान शिव के लिए चढ़ावा भी ख़रीद सकते थे और अपने जूते भी रख सकते थे, साथ ही अगर आप सख़्त मोलभाव कर सकें तो छोटी-मोटी रियायत भी हासिल कर सकते थे।

कोई भी दुकानदार इन्तज़ार नहीं करता कि आप उसके पास जाएँ। इसकी बजाय वे ख़ुद अपना एक पाँव अपनी गुमटी में रखे गली में झुककर हाथ हिलाकर बुलाते हैं, यहाँ तक कि इस विचारधारा के साथ आपको जकड़ लेते हैं कि 'आपके जूते जितने वहाँ सुरक्षित हैं उतने ही यहाँ हैं और थाली भी वही है, इसलिए उसकी दुकान की बजाय मेरी दुकान क्यों नहीं?'

जेबकतरों से सावधान रहने की चेतावनी और दुकानदारों से बच निकलने की कार्रवाई के बीच मैं शिव के रहस्यों पर मनन करने से ज़्यादा अपने बटुए की चिन्ता करने के लिए विवश महसूस कर रहा था।

क़तार लम्बी थी लेकिन उतनी लम्बी भी नहीं, सिर्फ़ आधा घण्टा। इस दौरान कुहराम मचाते बच्चों को लिए माता-पिता हर तरफ़ उत्तेजित स्वरों में बतिया रहे थे। मेहराबी गलियारे छोटे थे। दुकानों और दूसरे कमअक़्ल ढाँचों से लगभग अतिक्रमण का शिकार बना ली गई इमारत में हल्की रोशनी थी, पुरानी गन्ध भरी हुई थी और हवा का संचार दो साल के बच्चों की फेफड़ों की ताक़त के लिहाज़ से नाकाफ़ी था।

जब क़तार ने आगे सरकना शुरू किया तो यह सब काफ़ी तेज़ी से हुआ। गर्भ गृह में जहाँ, अगर आप भाग्यशाली हुए तो, आपको शिव लिंग की पाँच सेकेंड की एक झलक और उस पर दूध चढ़ाने का अवसर मिल सकता है, इसी के साथ-साथ आपको यह भी लगता रहता है कि किसी भी पल भगदड़ शुरू हो सकती है।

जैसे ही आप दमघोंटू सुरंगों से बाहर भागते हैं, जहाँ दुकानदारों का झटको-और-पकड़ो सिलसिला अभी भी जारी है, आपको राहत का छा जाने वाला अहसास होता है। *अथर्ववेद* कहता है :

'आकाश में, पृथ्वी पर, वातावरण में, जल में, जड़ीबूटियों में, वनस्पतियों में, दिव्य सत्ताओं के बीच और परम यथार्थ ब्रह्म में शान्ति हो। हर वस्तु शान्तिमय हो और शान्ति में हो। तभी हमें शान्ति मिल सकेगी।'

लेकिन ज़्यादातर हिन्दू मन्दिरों में शान्ति नहीं है।

काशी के रक्षक उग्र काल भैरव के थोड़े-से कम भीड़भाड़ वाले मन्दिर में गर्भ गृह में मूर्ति के पास आग-सी दहकती लाल धोती पहने एक मोटा पुजारी बैठा था। इसके भी पहले कि मैं मूर्ति के सामने ठीक से सिर नवा पाता, वह पुजारी मेरे पास आकर विभिन्न पूजाओं की दरें बताने लगा जिनके लिए मैं भुगतान कर सकता था। कोई पूजा धनवान होने के लिए थी, तो कोई सन्तान प्राप्त करने के लिए थी। जब मैं पूजा के इस मेन्यू की सूची से भागा और प्रसिद्ध गंगा आरती देखने गया, तो वहाँ नौजवान पुजारी समूचे घाट और नदी में तैरती नावों पर जल रहे दीपकों के उस सुन्दर अनुष्ठान के दौरान भीड़ से संगीत की लय पर तालियाँ बजाने का आग्रह कर रहे थे। हालाँकि ये पुजारी अपने हाथों में आरती की सीडी और अनुष्ठान की डीवीडी लिए हुए थे। बीच-बीच में आरती के दौरान फुर्ती से क़तार लगाकर वे लोगों से सीडी और डीवीडी ख़रीदने का आग्रह कर रहे थे। काशी में व्यापार से भागने की कोई गुंजाइश नहीं थी।

ये वो चीज़ है जिस पर हो सकता है आधुनिक हिन्दू विचार करना चाहें। ऐसा क्यों है कि हमारे पूजा-स्थल अक्सर इतने संवेदनहीन ढंग से गन्दे और विचलनकारी ढंग से बदबूदार होते हैं, जहाँ आत्मा को शान्ति देने वाले क्रिया-कलापों की बजाय नक़दी का क्षुद्र लेनदेन चलता रहता है?

ऐसा क्यों है कि जो लोग एक ऐसे धर्म में आस्था रखते हैं जो निरन्तर प्रकृति में ईश्वर के प्रकटन की बात करता है, वे अपने सबसे पवित्र धर्म-स्थलों को स्वच्छ रखने में अक्षम या अनिच्छुक प्रतीत होते हैं?

इसके बारे में सोचिए : हम हज़ारों सालों से सूर्य की उपासना करते आ रहे हैं और तब भी हम जीवाश्म ईंधन के स्थान पर सौर ऊर्जा का इस्तेमाल करने के मामले में अब तक सबसे कम उत्साह दिखाने वाला देश रहे हैं, तब भी जबकि सौभाग्य से हम अपार सौर क्षमताओं से सम्पन्न हैं।

साफ़ तौर पर यह बात किसी को नहीं सूझी कि सूर्य नमस्कार का व्यावहारिक उपयोग करोड़ों लोगों की ऊर्जा समस्या को कम करने के लिए सूर्य की शक्ति का उपयोग करने में है।

हमारे धर्म ग्रन्थों के एक-एक अंश में जल की उपासना और नदियों के प्रति श्रद्धा की भावना सन्निहित है और तब भी हिन्दुस्तान में दुनिया की कुछ सबसे गन्दी नदियाँ हैं। जिस की हम पूजा करते हैं उसी को दूषित करने में हम भरपूर प्रसन्न लगते हैं।

यह बात समझी भी कैसे जा सकती है?

हिन्दू धर्म में पृथ्वी को हमेशा से देवी माना जाता रहा है, उदार देवी माँ, और पृथ्वी को लेकर हमारी चिन्ता की यह हालत है कि हिन्दुस्तान के बड़े हिस्सों की मिट्टी दुनिया में सबसे ज़्यादा विषाक्त ढंग से प्रदूषित है। हिन्दुस्तान की 'भोजन की टोकरी' पंजाब की मिट्टी का प्रदूषण इस क़दर है कि वहाँ के डॉक्टर उसे अब 'रोगों की टोकरी' की संज्ञा देते हैं। जहाँ-जहाँ अनाज उगता है वहाँ के लगभग हर इलाक़े में भूमि जल का संकट है और यह अहसास है कि हिन्दुस्तान में अनाज की खेती घातक जोख़िम में है क्योंकि हमारा भूमि जल ख़त्म होने को है।

क्या इनमें से कोई भी चीज़ उस सभ्यता का संकेत करती है जिसकी आधारशिला प्रकृति का सम्मान रही है? नहीं। और हमें इस पर विचार करने की ज़रूरत है कि हम इस मुक़ाम पर कैसे आ पहुँचे।

8

हम इतिहास का क्या करते हैं?

मुझसे एकबार पूछा गया था कि अगर हिन्दू विश्वदृष्टि में सब कुछ चक्राकार और पुनरावर्ती है, तो इतिहास के बारे में क्या कहना है?

इतिहास को लेकर यह विशेष चिन्ता क्यों? दो या तीन ऐसी बुनियादी विवादास्पद बातें हैं जिन पर हिन्दुओं को ध्यान देने की ज़रूरत है और मेरे मुताबिक़, हमें उनका सामना करना चाहिए।

यह हैं हिन्दुस्तान में आक्रमणों का इतिहास, ख़ास तौर से हिन्दुस्तान में 1526 से 1857 तक जारी रहे मुग़ल शासन समेत लगभग 1,000 साल के इस्लामी हमले का इतिहास, हिन्दू धर्म में जातिपरक भेदभाव और अपेक्षाकृत हाल ही की बहस - समलैंगिकता के प्रति रवैया। इनमें से तीसरा, जिसका ताल्लुक समलैंगिकों के अधिकारों से है, महज़ अनुदारवादी हिन्दुओं के बीच का ही एक मुद्दा नहीं है बल्कि सारे धर्मों के अनुदारवादियों के बीच भी एक मुद्दा है। मेरा ख़ास तर्क यह होगा कि समलैंगिकों के अधिकारों को लेकर हिन्दुओं की सबसे मजबूत और उदार दृष्टि है, काश कि हम इस दृष्टि को अंगीकार करें। इसी तर्क का विस्तार हिन्दुस्तान के किन्नर समुदाय (थर्ड जेंडर) तक किया जा सकता है।

हम सबसे पहले समलैंगिक अधिकारों और किन्नरों के मुद्दे को लेते हैं। सारी बहस यहाँ उस क़ानून की है जिसे स्वाधीन भारत ने कभी नहीं बनाया। ये अपने आप में सबसे हास्यास्पद बात है। ये शायद वह विरासत है जिसका बोझ हम अँग्रेज़ी राज से ढो रहे हैं। ये बात समझ के परे है कि हिन्दुस्तान जैसा एक आधुनिक लोकतान्त्रिक राष्ट्र, जहाँ के बहुसंख्यक लोग एक सर्वथा उदार धर्म पर चलने की वकालत करते हैं, अभी भी एक आदिम क़ानून का औपनिवेशिक जुआ ढोए जा रहा है, इस मूर्खतापूर्ण अनुच्छेद 377 का, लेकिन बेवकूफ़ी का एकमात्र तत्त्व इसमें सिर्फ़ यही नहीं है।

दरअसल, उदाहरण के लिए, आर्ट ऑफ़ लिविंग फ़ाउंडेशन के श्री श्री रविशंकर इस बारे में काफ़ी मुखर रहे हैं कि समलैंगिकता को हिन्दू धर्म में न तो अप्राकृतिक माना गया है न ही अपराध। इसके एकदम विपरीत हिन्दू धर्म द्वारा समलैंगिकता को स्वीकार किए जाने के अनेक उदाहरण हैं जिनमें, जैसा कि श्री श्री ने उल्लेख किया है, भगवान अयप्पा शामिल हैं, *ऋग्वेद* के वे देवता जो सबरीमाला के महान देवालय के प्रधान देवता हैं जिनका जन्म हरि-हर या विष्णु और शिव से हुआ था।

संस्कृति समीक्षक अल्का पाण्डे अपनी अद्वितीय पुस्तक *अर्धनारीश्वर : द एंड्रोजाइन* में कहती हैं, 'समलैंगिकता, लिंगपरक लचीलेपन, विपरीतलिंगी वेशभूषा (क्रॉस-ड्रेसिंग) और किन्नर अभिव्यक्तियों का भारतीय कला और संस्कृति में हमेशा एक स्थान रहा है।' वे अर्धनारीश्वर की व्याख्या के माध्यम से इस विचार के अवधारणात्मक अंगीकार का निर्णायक उदाहरण देती हैं। यह है पाण्डे द्वारा दिया गया अर्धनारीश्वर का मिथकीय विवरण :

> अर्धनारीश्वर की कोई लालसा नहीं है। वह एक संश्लेष है - एकल सत्ता। यह ब्रह्मा का आदेश था कि अर्धनारीश्वर देवता और देवी में विभक्त हो जाएँ। शिव ने अपने को विभक्त किया और अपनी शक्ति को स्वयं के और ब्रह्मा के द्वारा ग्रहण किए जाने की गुंजाइश दी। अग्नि का विशाल पुंज, रत्यानन्द जिसकी चिंगारियाँ थीं, विच्छिन्न हो गया। द्वैत उत्पन्न हुआ। महान देवी ने अपनी देदीप्यमान उत्कण्ठा को एक स्त्री का रूप देकर देवताओं की दुनिया में भेज दिया। इस तरह यह अर्धनारीश्वर के आत्म-वर्गीकरण का उद्‌गम-स्थल था जहाँ से स्त्री, काम, और ऐन्द्रियता की जटिल धारणा फूटी।

यहाँ तक कि किन्नरों की एक देवी भी हैं- देवी माँ बहुचर और इसलिए भेदभाव के विचार को हमें परे झटक देना होगा। इसमें कोई सन्देह नहीं कि हिन्दुस्तान में भेदभाव रहा है। ख़ास तौर से किन्नरों के ख़िलाफ़ और समलैंगिक सम्बन्धों के बारे में बात करते हुए एक वर्जना का भाव रहा है। लेकिन स्पष्ट ही देश में अब यह समाप्त हो रहा है। आख़िरकार यह एक हिन्दू माँ ही थी जिसने पहली बार एक समलैंगिक के लिए वैवाहिक विज्ञापन जारी किया था और अब वक़्त आ गया है कि क़ानून उस चीज़ में साथ दे जिसे हिन्दू लगातार एक निहायत ही सामान्य चीज़ की तरह देखते रहे हैं।

ये वो विज्ञापन है जो एक तथाकथित ऊँची जाति की ब्राह्मण पद्मा अय्यर ने समलैंगिकों के अधिकारों के पक्ष में काम करने वाले अपने बेटे के लिए समाचार पत्र में जारी किया था :

> मेरे बेटे, 36, 5'11", जो एक एक ग़ैर सरकारी संगठन में काम करता है, के लिए 25-40, सुस्थापित, जानवरों से प्रेम रखने वाले, शाकाहारी दूल्हे की तलाश है, जाति का बन्धन नहीं (हालाँकि अय्यर को प्राथमिकता)

यह हिन्दू समाज में पूर्वाग्रहों के नाटकीय बदलाव को दर्शाता है। ऐसा बदलाव जो और भी बेहतर ढंग से अभिव्यक्त किए जाने की माँग करता है और जो अब औपनिवेशिक क़ानून में फँसा हुआ नहीं है।

अब, ध्यान दें कि उपर्युक्त विज्ञापन में माँ सौभाग्य से लैंगिक और यौनपरक पूर्वाग्रहों को तजते हुए भी अय्यर उम्मीदवार को प्राथमिकता देती है। ये है हिन्दुस्तान में जातीय पूर्वाग्रह के सूक्ष्म और कभी-कभी विद्वेषपूर्ण अस्तित्व का रूप।

इस पर अन्तहीन बहस रही है कि क्या गाँधी और विवेकानन्द जाति का समर्थन करते थे - भले ही दोनों ही व्यक्ति अपने लेखन में पन्ने दर पन्ने अस्पृश्यता और जातीय पूर्वाग्रह की निन्दा करते हैं।

पेश है दलित नेता बी.आर. अम्बेडकर को 1936 में दिया गया गाँधी का जवाब : 'जाति का धर्म से कोई लेना-देना नहीं है। ये एक रिवाज है जिसके उद्गम के बारे में मैं नहीं जानता और अपनी आध्यात्मिक भूख की सन्तुष्टि के लिए जानना भी नहीं चाहता। लेकिन इतना मैं जानता हूँ कि यह आध्यात्मिक और राष्ट्रीय दोनों ही तरह की उन्नति के लिए नुक़सानदायक है।'

1920 में उन्होंने लिखा, 'अस्पृश्यता को मैं मानवता के ख़िलाफ़ जघन्य अपराध मानता हूँ। ये आत्मसंयम का संकेत नहीं बल्कि श्रेष्ठता की अहंकार भरी धारणा है।'

1927 में एक बार फिर वे कहते हैं : 'जो कुछ भी सत्य से च्युत है, भले ही उसका उद्गम कहीं से भी हो, उसका तिरस्कार किया जाना चाहिए और सारी ज़िम्मेदारी उस व्यक्ति के कन्धों पर आ जाती है जो एक ऐसी प्रथा का समर्थन करता है जो सत्य से असंगत है इसलिए अगर कोई व्यक्ति उदाहरण के लिए अस्पृश्यता का बचाव करना चाहता है तो उसे यह दर्शाना होगा कि यह सत्य के साथ संगत है। जब तक वह यह नहीं दर्शाता तब तक वह इसके समर्थन में जिन किन्हीं भी प्रमाण-पुरुषों के हवाले देता है वे सब मेरे लिए अप्रासंगिक हैं।'

विवेकानन्द भी समान रूप से मुखर हैं : 'हिन्दू आस्था में कोई सोपानक्रम नहीं, कोई स्थापित सत्ता नहीं है। हिन्दुत्व के भीतर असहमति रखने वालों को उत्पीड़ित नहीं किया जाता, बहिष्कृत नहीं किया जाता। हमें यह नहीं भूलना चाहिए कि (जैन धर्म के संस्थापक) महावीर और बुद्ध हिन्दू कुल में जन्मे थे लेकिन उन्होंने वेद के प्रमाण से विचलित होने का चुनाव किया। आधुनिक पतनशील प्रभाव जातिवाद और अस्पृश्यता जैसी सामाजिक बुराइयों की ओर ले गए हैं। इन प्रवृत्तियों को मैं उस हिन्दू आस्था पर लगे धब्बों की तरह देखता हूँ, जो तत्त्वतः सार्वभौम और सर्वातिशायी है।'

दोनों ही हिन्दू धर्म में सुधार लाना चाहते थे और जाति के पूर्वाग्रह को हटाना चाहते थे, सिर्फ़ इस बोध को बचाए रखना चाहते थे कि, जैसा कि अध्येता एस. गुरुमूर्ति ने एक बार मुझसे कहा था, 'जाति अर्थशास्त्र के साथ युक्त होने में, जैसे कि विशिष्ट विशेषज्ञतापूर्ण दक्षताओं को बचाए रखने में, उपयोगी है। इसमें पूर्ण और समग्र गतिशीलता है और उस दक्षता को विकसित करने या छोड़ देने और अपना जीवन जारी रखने की हर किसी को आज़ादी है। लेकिन राजनीति से युक्त जाति एक निरन्तर विनाश है, क्योंकि सामाजिक अपवर्जन वहीं से आता है।'

इस पर निरन्तर बहस रही है कि क्या उन्होंने जाति-प्रथा की पर्याप्त भर्त्सना की और क्या उन्हें हिन्दुत्व के सम्पूर्ण विनाश का आग्रह करना चाहिए था। सन्देह होता है कि इस तरह की बहसें जारी रहेंगी क्योंकि इनमें से कुछ निश्चय ही दोनों ही पक्षों की ओर से राजनीति-प्रेरित हैं।

एक समझदार आधुनिक हिन्दू को इससे क्या निष्कर्ष निकालना चाहिए? मैं केवल उसी चीज़ में साझा कर सकता हूँ जो मैं इसके बारे में सोचता हूँ। धर्मशास्त्र के विशेषज्ञ की तरह नहीं बल्कि एक तर्कशील हिन्दू के रूप में, नैतिकता और अक़्लमन्दी के बुनियादी बोध का इस्तेमाल करते हुए जैसा करने का आग्रह हमसे विवेकानन्द और गाँधी ने किया था। वाक़ई तीन सरल-सी चीज़ें हैं – सुनिश्चित करें कि आप जातीय भेदभाव नहीं बरतेंगे, किसी व्यक्ति की जाति जानने की कोशिश कभी न करें और अपनी जाति का पहचान के रूप में कभी इस्तेमाल न करें।

और जो दूसरी चीज़ जाति पर असरकारक ढंग से प्रहार करती है वह अक्सर अर्थशास्त्र होता है। इसे प्रमाणित करने के लिए आँकड़े मौजूद हैं। हिन्दुस्तान के सकल घरेलू उत्पाद (जीडीपी) का आधा हिस्सा वहाँ से आता है जिसे हम अक्सर व्यंग्यात्मक ढंग से असंगठित क्षेत्र (इन्फ़ॉर्मल सैक्टर) कह कर पुकारते हैं। क्रेडिट स्विस कहता है कि भारतीय श्रम-शक्ति का 90 प्रतिशत हिस्सा असंगठित कामों में लगा हुआ है, ख़ास तौर से ग्रामीण इलाक़ों में। आर्थिक सहयोग और विकास संगठन (ऑर्गनाइजेशन फ़ॉर इकोनॉमिक को-ऑपरेशन ऐंड डेवलपमेंट) लिखता है कि 65 प्रतिशत उत्पादन कार्य उन फ़र्मों द्वारा किया जाता है जिनमें दस से कम कर्मचारी काम करते हैं। 1999 और 2009 के बीच तमाम नई फ़ैक्टरियों में से 75 प्रतिशत ग्रामीण भारत में निर्मित हुईं और 70 प्रतिशत उत्पादन सम्बन्धी नौकरियों की स्थापना वहाँ हुई।

तथाकथित लघु उद्योग भारतीय निर्यात का 40 प्रतिशत और औद्योगिक उत्पाद का 45 प्रतिशत हिस्सा उपलब्ध कराते हैं। पिछले दो दशकों में असंगठित क्षेत्र संगठित क्षेत्र के मुक़ाबले लगातार तेज़ी से विकसित हुआ है और वह हर साल दस लाख नई नौकरियों का सृजन करता है।

इस क्षेत्र से लाभान्वित होने वाले लोग कौन हैं? उदाहरण के लिए हम हथकरघा क्षेत्र पर नज़र डालें। जैसा कि ऑक्सफ़ोर्ड की अर्थशास्त्री देवकी जैन ने बताया है कि चालीस लाख हथकरघा कामगारों में से 75 प्रतिशत स्त्रियाँ हैं। हस्तशिल्प के क्षेत्र में, जहाँ 2010-11 के वैश्विक आर्थिक गिरावट के दरम्यान भी निर्यात में वृद्धि हुई, सत्तर लाख कामगारों में से 48 प्रतिशत स्त्रियाँ हैं। यहाँ तक कि शहरी भारत में प्राकृतिक उत्पादों की बढ़ती हुई माँग के साथ, खादी आज 140 लाख लोगों को रोज़गार देती है। यह 2012-13 और 2013-14 के बीच हुई 125 लाख की वृद्धि है।

इतना ही नहीं है, क्या आप जानते हैं कि नेशनल सेम्पल सर्वे डाटा के मुताबिक़ असंगठित क्षेत्र की 75 प्रतिशत फ़र्मों का स्वामित्व अनुसूचित जातियों, अनुसूचित जनजातियों और अन्य पिछड़ा वर्ग के हाथों में है? ये कम्पनियाँ उत्पादन का 71 प्रतिशत और व्यापार (ट्रेडिंग) का 60 प्रतिशत असंगठित क्षेत्र को देती हैं। हथकरघा क्षेत्र के कामगारों का दो तिहाई हिस्सा सुविधा-वंचित (अंडरप्रिविलेज़्ड) जातियों से है और इनमें से ज़्यादातर ग्रामीण इलाक़ों में काम करते हैं। हस्तशिल्प के काम में लगे आधे से ज़्यादा कामगार अल्पसंख्यक या सुविधा-वंचित समूहों से हैं। अल्पसंख्यकों तक में भी स्त्रियाँ ज़्यादा संकटापन्न स्थिति में हैं और अक्सर पुरुषों के मुक़ाबले कहीं ज़्यादा पक्षपात झेलती हैं। इसलिए औरत होना और अल्पसंख्यक या सुविधा-वंचित समूह का हिस्सा होना एक अर्थ में दोहरे पक्षपात का शिकार होना है। इसीलिए आर्थिक स्वतन्त्रता के साथ स्त्रियों का सशक्तीकरण महत्त्वपूर्ण है, ख़ास तौर से उन स्त्रियों का जो कम सुविधासम्पन्न पृष्ठभूमि से आती हैं।

वह दोहरा लाभ है, क्योंकि पक्षपात भोगने वालों के बीच भी स्त्रियों को बदतर पक्षपात भोगना पड़ता है, जाति और लिंग का दोहरा पूर्वाग्रह। इसलिए अर्थशास्त्र इससे लड़ने का बहुत बड़ा हथियार है।

अगर आप अभी भी क़ायल न हों तो मैं आपसे शोधकर्ताओं के उस चार सदस्यीय दल की रिपोर्ट पढ़ने का आग्रह करता हूँ जिसमें यूनिवर्सिटी ऑफ़ पेनसिल्वानिया स्थित सेंटर फ़ॉर इंडिया स्टडीज़ के निदेशक देवेश कपूर, हार्वर्ड यूनिवर्सिटी स्थित कैनेडी स्कूल ऑफ़ गवर्नेंस के लान्त प्रिचेत, राजीव गाँधी इन्स्टीट्यूट फ़ॉर कंटेम्परेरी स्टडीज़ के डी. श्याम बाबू और अर्थशास्त्र तथा जाति का अध्ययन कर रहे श्रेष्ठ भारतीय अध्येता चन्द्र भान प्रसाद शामिल हैं। यह अध्ययन 1990 से 2008 के दौरान के लगभग बीस वर्षों के भारत के आर्थिक उदारीकरण के पहले और बाद के दलितों के जीवन की तुलना करने के लिए पूर्वी उत्तर प्रदेश के आज़मगढ़ ज़िले के बिलारिया गंज और पश्चिमी उत्तर प्रदेश के बुलन्दशहर ज़िले के खुर्जा स्थित सारे (19,087) दलित परिवारों का परीक्षण करता है।

जो तथ्य उनके हाथ लगते हैं वे उनको चौंका देते हैं। साइकिलों, पंखों, टेलिविज़न और मोबाइल फ़ोन जैसी उपभोक्ता वस्तुओं के स्वामित्व और पक्के मकानों में रहने के मामले में ज़बरदस्त बदलाव आया था।

दोनों इलाक़ों में औसतन लगभग 50 प्रतिशत लोगों ने आर्थिक विकास के इस दौर में पक्के मकानों में रहना शुरू कर दिया था। टीवी सैट रखने वालों की संख्या में 33% का इज़ाफ़ा हुआ था, 45 प्रतिशत अतिरिक्त परिवारों के पास पंखे आ गए थे और ज़ाहिर है, मोबाइल फ़ोन अब लगभग 33 प्रतिशत परिवारों में थे जबकि इसके पहले एक भी परिवार में नहीं हुआ करता था। अगला तथ्य इस बात पर रोशनी

डालता है कि ये इलाक़े पहले आर्थिक रूप से कितने कमज़ोर हुआ करते थे। पहली बार दोनों इलाक़ों के एक चौथाई घरों में कुर्सियाँ आई थीं।

इससे भी ज़्यादा एक और आंतरिक रूपान्तरण हुआ था। उदारीकरण के पहले ज़्यादातर लोग शायद ही कभी टूथपेस्ट का इस्तेमाल करते थे, लेकिन उदारीकरण के बाद यह आँकड़ा 65 प्रतिशत से ऊपर का संयुक्त औसत पार कर गया। रोज़मर्रा जीवन का एक अन्य असाधारण उपादान शैम्पू लगभग 70 प्रतिशत तक उठ गया।

इस सबका सदियों लम्बे उस भेदभाव पर क्या प्रभाव पड़ा जहाँ दलित के छुए हुए गिलास से पानी पीना या दलित द्वारा इस्तेमाल की गई प्लेट में खाना वर्जित हुआ करता था?

दलित के घरों में ऊँची जाति के लोगों के खाने-पीने के दृष्टान्त, जिन पर कभी विश्वास करना असम्भव था, पूर्वी उत्तर प्रदेश में 70% से ऊपर और पश्चिमी उत्तर प्रदेश में लगभग 45% बढ़ गए थे। यह रिवाज कि पशुओं की लाशों को सिर्फ़ दलित ही उठाएँगे लगभग समाप्त हो चुका था।

अपने निजी जीवन में जाति को मानने से इनकार करना वह व्यक्तिगत उपाय है जिसे हम में से हर कोई अपना सकता है। हमारे समाज के सर्वाधिक सुविधा-वंचित हिस्से को आय और आजीविका उपलब्ध करा सकने वाली अर्थव्यवस्था को हम जैसे-जैसे प्रोत्साहित करते हैं, वैसे-वैसे एक मुल्क के रूप में हम उत्तरोत्तर जातीय पक्षपात की कमर तोड़ेंगे, जैसा कि हम हिन्दुस्तान के अनेक हिस्सों में पहले ही कर चुके हैं। लेकिन *अर्थशास्त्र* ही सब कुछ नहीं है। हिन्दुस्तान के जाति के इतिहास की जटिलता का स्मरण करना भी उपयुक्त है। हिन्दू महापुरुषों की मण्डली के एक महानतम योद्धा राजा, मराठा शिवाजी का जन्म एक निचली जाति में हुआ था। इस चीज़ ने एक महानतम हिन्दू नायक के रूप में की जाने वाली उनकी पूजा में कोई अवरोध नहीं डाला। जैसा कि इतिहासकार शबनम तेजानी ने लिखा है :

> 'शिवाजी का व्यापक आकर्षण उनके एक विजेता योद्धा-राजा के रूप में स्वीकृत किए जाने में ही नहीं है बल्कि इस तथ्य में भी है कि तमाम वर्ग और जातियाँ उन पर अपना दावा जता सकती हैं... मराठा राजतन्त्र की शक्ति का श्रेय शिवाजी के ब्राह्मण सलाहकार रामदास को दिया जा सकता है। मुग़ल सल्तनत के ख़िलाफ़ जंग को इसीलिए, गायों और ब्राह्मणों की हिफ़ाज़त के इरादे से लड़ी गई जंग की तरह देखा जा सकता है। या ऊँची और निचली जातियों के बीच शक्ति-सन्तुलन तैयार करने की शिवाजी की कोशिश ने सामाजिक समरसता और स्थानीय परम्परा तथा परिष्कृत हिन्दू धर्म के बीच एक संश्लेषण के रूप में महाराष्ट्र की ऐतिहासिक और सांस्कृतिक परम्पराओं की व्याख्या की गुंजाइश दी।'

यह याद करना भी उपयोगी हो सकता है कि ये 'भारतीय सामाजिक सुधारों के प्रणेता' और जाति के विरोध में लड़ने वाले ज्योतिबा फुले थे जो शिवाजी की अनुश्रुति के सबसे बड़े पैरोकारों में से एक थे।

निचली जाति में उत्पन्न राजा सुखदेव (जिनको राजा सुहेलदेव के नाम से भी जाना जाता है) के वीरतापूर्ण कारनामों को भी भुला दिया गया है, जिन्होंने 1033 ई. में बहराइच के युद्ध में सुल्तान महमूद ग़ज़नवी के भतीजे सालार मसूद के नेतृत्व वाली आक्रमणकारी सेना को इस क़दर तबाह किया था कि उसके परिणाम स्वरूप हिन्दुस्तान में इस्लाम की घुसपैठ लगभग एक सदी तक के लिए थम गई। इसलिए जहाँ जातीय भेदभाव के लम्बे इतिहास से कोई इनकार नहीं किया जा सकता, वहीं इतिहास में हिन्दू धर्म के बचाव में निचली जातियों के असाधारण उभार के साक्ष्यों को नज़रअन्दाज़ नहीं किया जा सकता।

अब एक और उतने ही विवादास्पद प्रश्न को लें : समकालीन हिन्दुओं को अपनी सभ्यता पर हुए हमलों के इतिहास को किस तरह देखना चाहिए और इस रोशनी में हिन्दू-मुसलमान रिश्तों को किस तरह देखा जाना चाहिए?

यह निश्चय ही उपयोगी होगा कि हम शुरुआत में ही तथ्यों को स्वीकार कर लें। इसमें बहुत कम सन्देह है कि हिन्दू सभ्यता बार-बार हुए बर्बर आक्रमणों, हिन्दू धर्म-स्थलों के सामूहिक विध्वंस और बलात्कार, लूट, बलात् धर्मान्तरण और नरसंहार के सैकड़ों साल लम्बे इतिहास से गुज़री है। दो संस्कृतियों फ़ारसी और संस्कृत के बीच वास्तविक प्रतीकात्मक आदान-प्रदान के भी अनेक दृष्टान्त हैं।

मन्दिरों के अपवित्रीकरण के बारे में काफ़ी कुछ लिखा गया है, जिसमें सीता राम गोयल की अत्यन्त सावधानीपूर्वक लिखी गई दो खण्डों की पुस्तक *हिन्दू टैम्पल्स : वाट हैपंड टु दैम* (संकेत : वे एक के बाद एक आक्रान्ताओं के गिरोहों द्वारा तोड़ कर मिट्टी में मिला दिए गए) शामिल है। यशस्वी इतिहासकार और दार्शनिक तथा ग्यारह खण्डों के ग्रन्थ *द स्टोरी ऑफ़ सिविलाइजेशन* के लेखक और पुलिट्ज़र प्राइज़ तथा प्रेसिडेंसियल मैडल ऑफ़ फ्रीडम के विजेता विल ड्यूरेंट ने इस क़िस्से का सारांश अपनी इस प्रसिद्ध पंक्ति में दिया है :

'हिन्दुस्तान पर इस्लाम की फ़तह शायद इतिहास की सबसे रक्तपातपूर्ण कहानी है। यह एक हतोत्साहित करने वाला क़िस्सा है, क्योंकि इसकी ज़ाहिरा नैतिक सीख यह है कि सभ्यता एक क़ीमती वस्तु है जिसकी अनुशासन और स्वतन्त्रता, संस्कृति और शान्ति की नाज़ुक समष्टि को किसी भी क्षण बाहर से हमला कर रहे या अन्दर ही अन्दर बढ़ रहे बर्बरों द्वारा उलट दिया जा सकता है।'

एक अन्य विलक्षण शोधकर्ता अरुण शौरी ने भी नद्वातुल-उलेमा, लखनऊ के प्रकाशन गृह 'मजलिस तहक़ीक़ात वा नशरियत इस्लाम' से एक पुस्तक ढूँढ़ निकाली थी, जो इस बात का ब्यौरा देती है कि कौन-सा मन्दिर और किस स्थल पर तोड़ा गया।

हम एक और आँख खोल देने वाला उदाहरण लें। हार्वर्ड की डायना ऐक, जिनको हम पहले भी उद्धृत कर चुके हैं, बनारस पर लिखी गई अपनी विद्वत्तापूर्ण पुस्तक में लिखती हैं कि हिन्दुओं के एक सबसे पवित्र नगर बनारस ने इस्लामी आक्रान्ताओं की तबाही और लूटपाट को कितनी बार सहा।

> '1206 में दिल्ली सल्तनत की स्थापना के साथ गंगा का समूचा मैदान मुसलमानों के प्रभुत्व के अधीन आ गया। निश्चय ही इन शताब्दियों में उत्कर्ष के क्षण भी आए, जब काशी ने अपने खोए हुए गौरव का कुछ हिस्सा फिर से हासिल किया। मन्दिरों के महत्त्वाकांक्षी निर्माण और उत्प्रेरक अध्ययनशील गतिविधियों के दौर भी आते रहे। लेकिन ज़्यादातर ये मुश्किल सदियाँ रहीं। नगर का धार्मिक जीवन लगभग निरन्तर जोख़िम के अधीन बना रहा। इन वर्षों के दौरान काशी के मन्दिर कम से कम छह बार ध्वस्त किए गए।'

यहाँ एक पैराग्राफ़ में उस चीज़ को पकड़ा गया है कि इस्लामी हुकूमत को लेकर हमारा दृष्टिकोण क्या होना चाहिए - न उन क्षणों से इनकार जो हिन्दुत्व और इस्लाम के बीच सौहार्दपूर्ण और सहजीवी रहे, न वीभत्स रक्तपात को छिपाने या ढँकने की कोशिश।

देखें कि इस पर किस तरह विचार करना चाहिए। जैसा कि डायना ऐक ब्यौरा देती हैं,

- पहले मुहम्मद गौरी ने काशी को लूटा।
- फिर इसका बड़ा हिस्सा फ़िरोज़ शाह तुग़लक़ द्वारा नष्ट किया गया।
- फिर सिकन्दर लोधी ने यहाँ अनेक पवित्र धर्म-स्थलों को नष्ट किया।
- अकबर के शासन-काल में मन्दिरों की हिफ़ाज़त की गई और बादशाह के समर्थन और आर्थिक मदद से अनेक नए मन्दिरों का निर्माण हुआ।
- अकबर के पौत्र शाहजहाँ के अधीन अकेले काशी में छिहत्तर मन्दिर नष्ट किए गए।
- मुग़ल बादशाहों में सबसे ज़्यादा धर्मान्ध औरंगज़ेब ने सबसे बुरा किया। डायना ऐक लिखती हैं कि 'विश्वेश्वर, कृत्तिवास और बिन्दु महादेव मन्दिरों समेत नगर कुछ सबसे बड़े मन्दिर औरंगज़ेब के शासन काल में ध्वस्त किए गए और उनके स्थलों को मस्जिदों के निर्माण के माध्यम से हिन्दुओं की पहुँच से हमेशा के लिए दूर कर दिया गया। हिन्दू मूर्तिपूजा को कुचलने के जोश में औरंगज़ेब ने "मुहम्मदाबाद" के नाम से शहर का नया नामकरण करने तक की कोशिश की।'

आज हम इसे किस तरह देखते हैं? महज़ इस इतिहास और उसमें निहित हिंसा को स्वीकार और मान्य करते हुए और अकबर या उस दारा शिकोह के दृष्टान्तों में भी, जिसने फ़ारसी में *उपनिषदों* का अनुवाद करते हुए और यह मानते हुए कि वैदिक शिक्षाओं और *कुरान* के बीच पदावली को छोड़ वास्तव में कोई वास्तविक भेद नहीं है, दोनों धर्मों के अन्तराल को पाटने की कोशिश की। अवध के आख़िरी नवाब वाजिद अली शाह पर भी विचार करें जिसे भारतीय शास्त्रीय नृत्य कथक के पुनरुद्धार का श्रेय जाता है और जिसने कृष्ण और राधा के प्रेम पर नाटक लिखे। ये दृष्टान्त जहाँ कहीं भी अस्तित्व में रहे बहुलतावाद को समेटते हैं।

मुश्किल ये है कि इसको लेकर हमारा दृष्टिकोण हमेशा संकुचित रहा है या तो प्रत्येक हिंसक घटना से इनकार करने का या संश्लिष्ट संस्कृति के प्रत्येक अंश को भुला देने का। शायद, अब वक़्त आ गया है कि हम अक़्लमन्दी भरा मध्य मार्ग अपनाएँ, दोनों को मान्य करते हुए और यह स्वीकार करते हुए कि दोनों ही हमारे उस इतिहास का अंग हैं जिसके साथ हमें रहना है।

सबसे महत्त्वपूर्ण बात यह है कि हमारा सरोकार सबसे ज़्यादा उस हिन्दुस्तान को लेकर है जिसमें हम आज रहते हैं। इक्कीसवीं सदी में हिन्दू-मुसलमान रिश्ते को लेकर। अतीत सिर्फ़ हिंसा से भरा हुआ था या व्यापक तौर पर सहजीवी था। इसे जानना उपयोगी तो है लेकिन आधुनिक राष्ट्र-राज्य के नागरिकों के रूप में हमारे वर्तमान आदान-प्रदान के सन्दर्भ में हमेशा प्रासंगिक नहीं है।

और इस या उस राजनैतिक चश्मे का इस्तेमाल करने की बजाय- अपने इतिहास को उसकी समग्रता में अंगीकार करना वर्तमान पर ध्यान केन्द्रित करने की दिशा में पहला क़दम होगा।

9

इंटरनेट हिन्दू :

डिजिटल युग के साथ हिन्दू धर्म किस तरह संगति बैठाता है?

अगर कृत्रिम बुद्धि (आर्टिफ़िशियल इन्टेलिजेन्स) ही भविष्य है और मशीनें जल्दी ही मनुष्य के मुक़ाबले ज़्यादा अक़्लमन्द हो जाएँगी तो इस स्थिति में ईश्वर का क्या होगा?

आप झाँसे में आ गए, नहीं? आप शायद सोचते थे कि अध्याय किसी और चीज़ के बारे में होगा? ख़ैर, ऐसा नहीं है। यह इंटरनेट पर और ख़ास तौर से ट्विटर पर हिन्दुओं को राजनैतिक स्वर देने के उत्साही हिमायतियों के लिए आविष्कृत अपमानजनक पद के बारे में नहीं है।

तब फिर इस अध्याय को 'इंटरनेट हिन्दू' क्यों कहा जा रहा है? क्योंकि एक-पदीय गालियों या अपमानों तक हर चीज़ को नाम देने की अपनी ज़िद्दी आकांक्षा में कोई और चीज़ है जिससे शायद हम चूक रहे हैं।

हमसे लगातार कहा गया है कि टेक्नोलॉजी और इंटरनेट का इस्तेमाल हमारे दिमाग़ के काम करने के ढंग को बदल रहा है। मुमकिन है कि यह हमारे मनोयोग के विस्तार को कम कर रहा हो, अलगाव का और ज़्यादा गहरा बोध पैदा कर रहा हो और किसी को आत्महत्या तक की ओर धकेल रहा हो। हमारे मस्तिष्क की नए सिरे से वायरिंग हो रही है। कुछ वैज्ञानिकों की राय है कि इस नई वायरिंग के नतीजे में, जैसे-जैसे हम अपने मस्तिष्क को इंटरनेट द्वारा कुशलता के साथ उपलब्ध कराए जा रहे उद्दीपनों के संक्षिप्त और तेज़ी से बदलते विस्फोटों का अभ्यस्त बनाते चलते हैं, वैसे-वैसे सीखने, किसी विषय को गहराई से समझने, एकाग्र होने और आत्मसात करने की हमारी क्षमता बहुत तेज़ी के साथ नष्ट होती जाती है। लेखक निकोलस कार ने 2008 में *अटलांटिक* पत्रिका में आलंकारिक ढंग से यह सवाल पूछते हुए कि 'क्या गूगल हमें बेवकूफ़ बना रहा है?' शिकायत दर्ज़ की थी। उन्होंने लिखा था :

> 'नेट एकाग्र होकर मनन करने की मेरी क्षमता को छीन रहा है। मेरा दिमाग़ अब सूचना को उस ढंग से ग्रहण करने की उम्मीद करता है जिस ढंग से नेट उसे परोसता है : अणुओं के क्षिप्र-गति प्रवाह में। अपने को किसी पुस्तक या लम्बे लेख में तल्लीन करना आसान होता था। मेरा दिमाग़ आख्यान में या तर्क के घुमावों में उलझ जाता था और मैं गद्य के

> लम्बे विस्तारों में सैर करते हुए घण्टों बिताया करता था। अब मेरा ध्यान दो-तीन पन्ने पढ़ने के बाद ही भटकने लगता है। जो डूबकर पढ़ना सहज ढंग से होता था वह अब एक संघर्ष बन गया है।'

इस लड़ाई में हथियार न डालते हुए कार ने *द शैलोज़* (छिछले, उन गम्भीरों के विपरीत जो कोई पुस्तक पढ़ते हुए उसमें खो जा सकते हैं) नामक पुस्तक लिखी जिसमें उनका तर्क है कि 'आज हम मस्तिष्क की अनुकूलनशीलता के बारे में जो कुछ जानते हैं उसे जानते हुए आप अगर किसी ऐसे माध्यम के आविष्कार में जुट जाते हैं जो हमारे दिमाग़ी सर्किटों की भरसक तेज़ी से और पूर्णतः नए सिरे से वायरिंग कर दे, तो आप अन्त में किसी ऐसी चीज़ को गढ़ डालेंगे जो इंटरनेट की तरह दिखती और काम करती होगी।'

हममें से कई शायद ज़्यादातर ऐसे हैं जिन्होंने कभी न कभी उस तरह महसूस किया है जिसकी बात कार कर रहे हैं। कभी हम निरन्तर कनेक्टिड होने की बात किया करते थे। अब हम डिजिटल ज़हर-मुक्ति की बात करते हैं।

लेकिन, इस बीच कुछ और घटित हो रहा है। टेक्नोलॉजी महज़ हमारी गतिविधियों को रूपान्तरित करने से परे जा रही है। अब वह मनन करने के हमारे ढंग के बारे में, महज़ चीज़ों को देखने के हमारे ढंग के बारे में ही नहीं बल्कि उनको अनुभव करने के हमारे ढंग के बारे में भी, हमें नए सिरे से कल्पना करने को प्रोत्साहित करने की शुरुआत कर रही है।

निस्सन्देह, अब यह अहसास मौजूद है कि एक निरन्तर, अटूट शृंखला को पूरा करने के लिए हर चीज़ को हर चीज़ से जोड़ा जा रहा है। किसी भी प्रदत्त क्षण में, चाहे आप एयरबीएनबी में कमरा किराये से ले रहे हों, भाड़े पर अमुक-अमुक कार ले रहे हों, घर का बना खाने के लिए किसी के घर पर रजिस्टर कर रहे हों या किसी मोबाइल ऐप के जरिये कोई सेकेंड-हैंड कैमरा या लैपटॉप बेच रहे हों, इस सब को बाँधने वाली चीज़ भरोसा है। *फ़ोर्ब्स* पत्रिका का एक लेख कहता है, 'साझे की अर्थव्यवस्था का भविष्य भरोसे पर निर्भर है।' ये लेख किसका था? ट्रूलियो के संस्थापक और सीईओ स्टीफ़न अफ़ड का, जिनकी विशेषज्ञता का क्षेत्र साझा कारोबारों की नई दुनिया को जीवित बने रहने और फलने-फूलने के लिए सत्यापित पहचान के उच्चतम स्तर उपलब्ध कराना है।

यह नई दुनिया मिलेनियल्स, जो लोग आज अपनी उम्र के तीसरे और चौथे दशक में हैं, की संवर्धनशील ग्राहक बुनियाद (कस्टमर बेस) पर खड़ी हुई है। लेकिन पियू रिसर्च का कहना है कि लोगों की यह पीढ़ी आसानी से भरोसा नहीं करती। एक पुरानी पीढ़ी के 35 प्रतिशत के मुक़ाबले 19 प्रतिशत मिलेनियल्स मानते हैं कि ज़्यादातर लोगों का भरोसा किया जा सकता है।

इसलिए टेक्नोलॉजी से परिचालित हमारी दुनिया के समक्ष सबसे बड़ी चुनौती एक बेहद पुराना प्रश्न है - आप किस पर भरोसा कर सकते हैं? और आप भरोसा विकसित कैसे करते हैं? यह सवाल हम तब से पूछते आ रहे हैं, जब चचेरे भाई आपस में संघातक युद्ध लड़े थे और अर्जुन कुरुक्षेत्र के मैदान में अपने परिवार के सदस्यों का नरसंहार करने के विचार से विचलित हो उठे थे। यह प्रश्न हम तब से पूछते आ रहे हैं जब केन ने अबेल से युद्ध किया था।

भरोसा विकसित करना एक अन्य, साथ-साथ जारी प्रौद्योगिकीय प्रगति पर प्रश्नचिह्न है - वह जिसे अद्वितीयता (सिंग्यूलरिटी) के नाम से जाना जाता है। अद्वितीयता हमारी दुनिया को लगातार एक ऐसी दिशा में बढ़ती हुई देखती है, जहाँ मनुष्य और मशीन के बीच का फ़र्क़ पूरी तरह मिट जाता है। मनुष्य और मशीन जेनेटिक रूपान्तरण, नैनोटेक्नोलॉजी और कृत्रिम बुद्धि की कामयाबी के परिणाम स्वरूप एक अद्वितीय सम्मिश्रण की रचना करते हैं। इसके बाद सामूहिक यन्त्र-बुद्धि सामूहिक मानवीय बुद्धि से बढ़कर होगी। 'अद्वितीयता' पद का आविष्कार वैज्ञानिक और लेखक वर्नर विंज ने किया था और भविष्यवादी रे कुर्ज़वेल ने इसे लोकप्रिय बनाया।

धारणा ये है कि धीरे-धीरे, कम्प्यूटेशनल टेक्नोलॉजी एक ऐसे स्तर पर पहुँच जाएगी जहाँ इसके पास मानव-मस्तिष्क की क्षमताएँ होंगी। यह स्थिति उस सुप्रसिद्ध मूर्स लॉ (जिसका नामकरण इंटेल के सह-संस्थापक गोर्डन ई. मूर के नाम पर हुआ था) के परे निकल जाएगी, जिसका पूर्वानुमान है कि एकीकृत सर्किटों की क्षमता में बहुत तेज़ी से वृद्धि होगी, लेकिन यह वृद्धि अनियत और अनन्त नहीं होगी। लेकिन कुर्ज़वेल कहते हैं कि एक नया प्रतिमान एकीकृत सर्किटों की चुनौतियों को लाँघ कर आगे निकल जाएगा और कम्प्यूटेशनल क्षमता के विकास को क़ायम रखेगा। उनका मानना है कि जो चीज़ें यह वेग उपलब्ध करा सकती हैं उनमें 'नैनोट्यूब और नैनोट्यूब सर्क्यूटरी, आण्विक कम्प्यूटिंग, नैनोट्यूब सर्किटों में स्वतः संयोजन, सर्किट संयोजन का अनुसरण करते जैविकीय तन्त्र, डीएनए के साथ कम्प्यूटिंग, स्पिट्रॉनिक्स (स्पिन और इलेक्ट्रॉन के साथ कम्प्यूटिंग), प्रकाश के साथ कम्प्यूटिंग, और क्वांटम कम्प्यूटिंग शामिल हैं।

ये सिद्धान्त कुर्ज़वेल की 2005 में प्रकाशित प्रसिद्ध पुस्तक *द सिंग्युलैरिटी इज़ नियर* की आधारशिला हैं।

लेकिन और यह सबसे दिलचस्प सवाल है, कुर्ज़वेल भी इस बात को स्वीकार करते हैं कि चेतना की उपस्थिति को 'अन्तिम रूप से सिद्ध कर सकने वाला कोई वस्तुनिष्ठ परीक्षण नहीं है।' यह एक ऐसी चीज़ है जिसे हमें मानकर चलना होगा। कोई भी जो वेदान्त पढ़ता है, वेदान्त के विद्यार्थी के लिए आम तौर से इस्तेमाल किए जाने वाले नाम का प्रयोग कर कहें तो वेदान्ती, इन विचारों को पहचाने बिना

नहीं रह सकता। बुद्धि के प्रति एक सामान्य एकीकृत दृष्टिकोण की धारणा वेदान्त की आत्मा है।

यह इसकी शाश्वत प्रासंगिकता का स्रोत भी है।

अगर आप वेदान्त और वैज्ञानिक प्रगति के बारे में साथ-साथ अध्ययन करें तो आप इस नतीजे पर पहुँचे बग़ैर नहीं रह सकते कि इनके सिद्धान्त और विचार एक जैसे हैं। विज्ञान शायद किसी भी वक़्त के मुक़ाबले आज विश्व को लेकर वेदान्त की धारणा के ज़्यादा क़रीब पहुँच रहा है।

यह धारणा कि विश्व की बुद्धि एक है और हमने सिर्फ़ इसके वैयक्तिक प्रकटन के ऊपरी सिरे को छुआ है, वेदान्त के लिए कोई नई धारणा नहीं है। न ही यह धारणा कि अपने जेनेटिक स्वार्थीपन से ऊपर उठे बग़ैर, अपने डाकिन्सियन सेल्फ़िस जीन से ऊपर उठे बग़ैर, हम सहकारिता और भरोसे का नया विश्व खड़ा नहीं कर सकते। आत्मविकास, आत्मा का सच्चा आविर्भाव और उसमें एकत्व, जैसा कि *मुण्डकोपनिषद* कहता है, 'सर्व विद्या प्रतिष्ठा' या समस्त विद्याओं का आधार है।

> अँग्रेज़ विकासवादी जीववैज्ञानिक जूलियन हक्सले ने इसे समझा था। 'द इवोल्यूशनरी विज़न' शीर्षक अपने व्याख्यान में वह कहता है : हालाँकि विकास की प्रक्रिया में मनुष्य की मौजूदा प्रभावी हैसियत और इस हैसियत के दौरान उसके द्वारा की गई जिस किसी भी प्रगति का श्रेय मनुष्य के दिमाग़ को जाता है, तब भी वह उसके बारे में अभी भी विचित्र ढंग से अज्ञानी, बल्कि अन्धविश्वासी है। दिमाग़ का अन्वेषण अभी नाममात्र को ही शुरू हुआ है। ये आने वाले युग का एक मुख्य उद्यम होना चाहिए, उसी तरह जैसे कुछ सदियों पहले दुनिया की सतह का अन्वेषण था। मनोवैज्ञानिक अन्वेषण निस्सन्देह बहुत से आश्चर्यों को उजागर करेगा जैसे आश्चर्यों को भौगोलिक अन्वेषणों ने किया था और हमारी सन्ततियों को पूर्णतर और समृद्धतर अस्तित्व की तमाम तरह की नई सम्भावनाएँ उपलब्ध कराएगा।

अगर आप इसके बारे में सोचें, तो वह क्या चीज़ है जो लोगों के बीच किसी भी दूसरी चीज़ के मुक़ाबले सबसे ज़्यादा भरोसा उत्पन्न करती है? क्या वह यह बोध नहीं है कि यथार्थतः उनके बीच बहुत कम भेद है?

आप उसे किसी भी नाम से पुकारें, अद्वितीयता कह लें या भरोसे की इकोनॉमी, इस सबका आधार विश्व के एकत्व की पहचान में है। चेतना का यह एकत्व ही है जो एकत्व की हमारी भौतिक खोज की आधारशिला है - चाहे वह खोज कृत्रिम बुद्धि के माध्यम से की जा रही हो या एक लालची, स्वार्थी स्वामित्व वाली अर्थव्यवस्था की बजाय साझा अर्थव्यवस्था खड़ी करके की जा रही हो।

अँग्रेज़ खगोल भौतिकीविद् फ्रेड होयले ने इसको पहचाना। 1983 में लिखी गई अपनी पुस्तक *द इन्टेलिजेन्ट यूनिवर्स* में होयले कहते हैं : 'खगोल शास्त्र में उजागर होती विश्व के उद्गम की तसवीर और आकाशगंगाओं व नक्षत्रों के निर्मित होने की तसवीर दिलचस्प ढंग से अनिश्चित है, कोहरे में धुँधले ढंग से देखे गए भूदृश्य की मानिन्द। यह अनिश्चित, असन्तोषजनक हालत खगोलशास्त्र के दूसरे हिस्सों की विषमता में है, जहाँ तसवीरें उजली और स्पष्ट हैं। कोई अवयव है जो ज़ाहिरा तौर पर ब्रह्माण्डीय अध्ययन से ग़ायब है। विश्व के उद्गम के लिए, रयूबिक क्यूब के हल की तरह ही, एक प्रज्ञा आवश्यक है।'

जब भी हम अद्वितीयता के बारे में सोचते हैं, विवेकानन्द के शब्दों को याद न करना असम्भव है : 'विज्ञान एकता को हासिल करने के सिवा और कुछ भी नहीं... बहुलता और द्वैत के माध्यम से उस परम एकता तक पहुँचा गया है... ये सारे विज्ञानों का लक्ष्य है। सारा विज्ञान अन्ततोगत्वा इसी निष्कर्ष पर पहुँचने के लिए विवश है। सृजन नहीं बल्कि प्रकटन आज विज्ञान का शब्द है और हिन्दू ख़ुश ही है कि जिस चीज़ को वह युगों से अपनी छाती से चिपकाए रहा है उसे अब कहीं ज़्यादा प्रभावशाली भाषा में और विज्ञान के ताज़ा निष्कर्षों की रोशनी में पढ़ाया जाने वाला है।'

मैं इंटरनेट के युग में सनातन धर्म की प्रकृति का अन्वेषण करने में दिलचस्पी रखता हूँ, क्योंकि हिन्दू धर्म लम्बे अरसे से आदिम और अवैज्ञानिक विश्वासों के साथ - विस्मयकारी निरक्षरता के साथ - सहसम्बद्ध रहा है। वास्तव में, निश्चय ही जितना ही आप वेदान्त को पढ़ते जाते हैं, उतना ही प्रौद्योगिकी और हिन्दू दर्शन के बीच के मिलन-स्थल को लेकर ही नहीं, बल्कि एक एकीकृत समग्र के रूप में इसके भविष्य को लेकर भी आपका विश्वास दृढ़ होता जाता है।

अगर आप इसके बारे में सोचें, तो ये वेदान्त ही है जो उन्हीं लक्ष्यों को खोज रहा है जिनकी तलाश विज्ञान के भविष्य को है : हम एकत्व तक कैसे पहुँचते हैं? और जब हम पहुँचते हैं, तो हमारी चेतना प्रौद्योगिकीय सर्वनिष्ठता के इस विश्व में कहाँ समाती है? एक ऐसी समझ है कि चेतना के एकत्व को समझे बिना बुद्धि का एकत्व अधूरा और व्यर्थ है। अगर अद्वितीयता को सामंजस्य के साथ हासिल किया जाना है, तो चेतना की एकता का वह प्लेटफ़ॉर्म होना अनिवार्य है जिस पर बुद्धि की एकता खड़ी होती है।

इसमें फ्रेड होयले द्वारा दिए गए दो तर्क असाधारण रूप से प्रासंगिक हैं। पहला, *द इन्टेलिजेन्ट यूनिवर्स* में ही एक बार फिर वे कहते हैं : 'ये विज्ञान का एक अजीब पक्ष है कि अब तक इसने चेतना को भौतिक जगत की किसी भी चर्चा से सख़्ती के साथ बाहर रखा है। जबकि यह हमारी चेतना ही है जिससे हम सोचते हैं, पर्यवेक्षण करते हैं, और यह आश्चर्य की बात लगती है कि दिमाग़ और पदार्थ की दुनिया के

बीच कोई अन्तर्क्रिया न हो। स्वयं को बाहरी पर्यवेक्षकों की तरह कल्पित करने की बजाय क्वांटम मैकेनिक्स यह कहता प्रतीत होता है कि हम स्वयं को उन घटनाओं से अलग नहीं कर सकते जिनको हम लक्ष्य कर रहे होते हैं, कभी-कभी तो इस हद तक कि जो कुछ घटित हो रहा होता है उसे दरअसल हम तय कर रहे होते हैं।

ज़रा इस बारे में सोचिए : हम उदाहरण के लिए, अद्वितीयता के माध्यम से वास्तव में क्या हासिल करने की कोशिश कर रहे हैं? हम यह दिखाने की कोशिश कर रहे हैं, जैसा कि वेदान्त ने समझा था और क्वांटम थ्योरी कहीं ज़्यादा व्यापक और प्रचुर विस्तार के साथ हमें बता रही है, कि विश्व की प्रत्येक गतिविधि को नियन्त्रित करने वाली बुद्धि के एकत्व को हासिल किया जा सकता है।

हम एक ऐसा तन्त्र खड़ा कर रहे हैं जिसमें इस बात की पहचान निहित है कि हम एक ही समग्र की अभिव्यक्तियाँ हैं और इसलिए, हमारे पास उन गहनतर, समृद्धतर, अधिक आत्मीय और अधिक टिकाऊ रिश्तों के प्रति उत्तरोत्तर बढ़ता हुआ भरोसा है जो स्वामित्व की नहीं बल्कि सिर्फ़ चिरस्थायी अनुराग की इच्छा रखते हैं। विश्व के साथ सामंजस्य हासिल करने का एकमात्र रास्ता इस पहचान में है कि हमारे जीवन और हमारी प्रत्येक परस्पर क्रिया तत्त्वतः क्षण भंगुर हैं और तब भी उनको अंगीकार करने का एकमात्र तरीक़ा है कि हम उस क्षण पर पूरी तरह भरोसा करें और उस क्षण में पूरी तरह उपस्थित रहें।

इस सब में ईश्वर क्या है या कहाँ है?

फ़्रेड होयेल एक बहुत ही प्रासंगिक सवाल पूछते हैं : 'इस तरह खगोलशास्त्र और जीवविज्ञान और थोड़ी-सी भौतिकी के साथ हम धर्म पर आ पहुँचे हैं। क्या होगा अगर स्थिति उलट जाए और हम विज्ञान को धर्म की दृष्टि से देखें? ये दोनों दृष्टिकोण किस तरह मेल खाते हैं? इस सवाल का जवाब धर्मशास्त्र के रूप पर निर्भर करता है। समकालीन पश्चिमी शिक्षाओं में सम्पर्क के बिन्दु बहुत थोड़े-से हैं, तत्त्वतः इसलिए कि ईश्वर विश्व के बाहर स्थित है और उसके नियन्त्रण में है। इसके विपरीत, बहुत से दूसरे अतीत और वर्तमान धर्मों में (जैसे कि वेदान्त में) देवता विश्व के अन्दर ही मौजूद हैं।'

ईश्वर की यह 'विश्व के भीतर मौजूदगी' ही वह चीज़ है जो हिन्दू धर्म को इंटरनेट के इस युग में और भी ज़्यादा प्रासंगिक बनाती है।

अगर आप सोचते हैं कि सोचने का यह ढंग मुख्यधारा का नहीं है और बहुत ज़्यादा रहस्यमय है, तो आप ग़लती पर हैं। 2014 में नोबेल पुरस्कार प्राप्त एक वैज्ञानिक समेत दुनिया भर के अस्सी वैज्ञानिकों, जिनमें हार्वर्ड, कैम्ब्रिज, कॉर्नेल और प्रिंस्टन के प्रोफ़ेसर शामिल थे, ने चेतना के अध्ययन के क्षेत्र में और अधिक शोध का आह्वान किया था।

और अगर यह चीज़ भी आपको क़ायल नहीं करती, तो कलेक्टिव कान्शियसनेस नामक एक एप भी है जो ठीक इसी की छानबीन करता है - एक दूसरे के साथ हमारे जन्मजात रिश्ते। ये पता लगाती है कि किस तरह हमारे दिमाग़ हमारी भौतिक वास्तविकता के साथ जुड़े हुए हैं, एक ऐसी चीज़ जिसका अध्ययन पियर लैब, इंस्टीट्यूट ऑफ़ नोएटिक साइंसेज़, प्रिंस्टन भी कर रही है।

अगर आप सोचते हों कि यह सब बहुत उबाऊ है, तो यह भी बता दें कि जिस दल ने इस एप को तैयार किया है उसमें सिलिकॉन वैली और प्रिंस्टन के तकनीशियनों के अलावा एक ऐसा आदमी भी शामिल है जो लेडी गागा का तकनीकी सलाहकार था।

10

आत्मा के लिए एक स्टार्ट-अप :

हमें हिन्दू मार्ग का पुनर्परीक्षण क्यों करना चाहिए?

इस पुस्तक के समापन की ओर बढ़ते हुए जिस एक आख़िरी चीज़ ने मुझे कोहनी से धकियाया वह थी अमेरिकी दार्शनिक एलेन वाट्स की पुस्तक *द बुक : ऑन द टैबू अगेन्स्ट नोइंग हू यू आर*। जिस दोस्त ने मुझे यह पुस्तक दी उसका ख़याल था कि हिन्दू होने का अर्थ को पूरा करने के पहले इस विषय पर मेरे द्वारा पढ़ी गई अन्तिम चीज़ों में वाट्स की यह पुस्तक शामिल होनी चाहिए।

वाट्स का लेखन अलौकिक से उलझने वाले अनेक पूरबी स्रोतों से प्रेरणा लेता है, जिनमें हिन्दू धर्म, बौद्ध धर्म और जैन धर्म शामिल हैं, लेकिन यह ख़ास पुस्तक पूरी तरह से उस दुनिया में वेदान्त के अनुप्रयोग के प्रति समर्पित है जिसे लेखक अपने आसपास देखता है।

इसमें वाट्स वेदान्त के एकदम बुनियादी विचार को लेते हैं और एक ऐसी जीवन-शैली की रचना करते हैं जिसे उसके आधार पर जिया जा सकता है। वह विचार क्या है? वह विचार है कि आपके या मेरे और हमारे चारों ओर व्याप्त बाक़ी दुनिया के बीच कोई भेद नहीं है। एकदम बुनियादी स्तर पर एकत्व है, न कि भेद।

हम जो कुछ भी करते हैं उसे हमें इस एकत्व के प्रति उच्चतर जागरूकता के स्तर तक उठा सकना चाहिए जैसा कि सीमस हीनी ने लिखा था। लेकिन हमारा किया हुआ लगभग सब कुछ वास्तव में होता नहीं है। मैंने यह पुस्तक इसलिए लिखी थी क्योंकि मैंने अपना पूरा वयस्क जीवन हिन्दुस्तान में बिताया है, जहाँ आस्था का प्रश्न हमारे सार्वजनिक और निजी अस्तित्व को लगातार प्रभावित करता लगता है। यह हमारे राजनैतिक जीवन में गहरे मौजूद रहा है और निश्चय ही हमारे सामाजिक जीवन में अपरिहार्य बना रहा है। लेकिन अपने अध्ययन के दौरान बहुत सारे खिंचावों और दबावों का, ईश्वर को विचारणीय बनाने के रोज़मर्रा टकरावों का, सावधानी से परीक्षण करने वाला कोई समकालीन दस्तावेज़ मेरे देखने में नहीं आया।

हमारी शिक्षा पद्धति - हालाँकि कहा तो इसे पद्धति जाता है लेकिन इसे हमारी शिक्षा-अराजकता कहना शायद बेहतर होगा, निश्चय ही उस प्रश्न से जूझने के लिए अपर्याप्त है जो सबसे ज़्यादा नामुनासिब क्षणों में अपना सिर उठाता है।

घर में देवी-देवता थे और स्कूल में प्रार्थनाएँ और वन्दनाएँ थीं। त्योहार और छुट्टियाँ उनसे भरे हुए थे। जब कोई बीमार होता था, बिस्तर पर लिटा दिया जाता

और परमात्मा का नाम बुदबुदाया जाता था। जब लोग घर पहुँचते या घर से जाते - तो उनकी सुरक्षित यात्रा की कामना करते हुए एक छोटी-सी प्रार्थना की जाती। ऐसी कोई जगह नहीं थी जहाँ थोड़ा-सा धर्म न आ पहुँचता हो। जब कोई रोमांचित होता या कोई उपलब्धि हाथ लग जाती थी, तो उससे कहा जाता था कि वह परमात्मा को धन्यवाद दे। मेरी माँ कहा करती, *'जाओ ठाकुर के प्रोणाम कोरे एशो'* (जाओ और ईश्वर को प्रणाम करो)। मैं कर्तव्यपरायण ढंग से रबर की घरेलू चप्पलें उतारता, घर के एक कोने में छोटे-से पूजाघर के बाहर पड़ी नारियल की चटाई पर पैर पोंछता और छोटी-सी प्रार्थना करता। उस प्रार्थना के शब्दों को मैं आज भी हमेशा बुदबुदाता हूँ :

ठाकुर, भक्ति दाओ, सुबुद्धि दाओ
तोमाते मोति दाओ, ज्ञान दाओ।

(हे ईश्वर, मुझे भक्ति दे, सुबुद्धि दे, मेरा ध्यान
अपने ऊपर एकाग्र कर, ज्ञान दे।)

बाद में मुझे बोध हुआ कि इस प्रार्थना में मेरे माता-पिता की गहनतम आकांक्षाएँ और उद्विग्नताएँ छिपी हुई थीं और ज़बरदस्त विनम्रता और सरलता भी। क्योंकि वे मुझे क्या माँगने की शिक्षा दे रहे थे? ये वो प्रार्थना नहीं थी जो उपदेशों या स्तुतियों की किसी पुस्तक में मिल सकती। ये मेरे माता-पिता द्वारा आविष्कृत की गई प्रार्थना थी। ये सीधे उनके दिलों के सबसे ख़ामोश कोटरों से निकलकर आई थी।

इसे समझने में मुझे वर्षों लग गए, लेकिन भय मेरे माता-पिता के जीवन की प्रभावी थीम थी। वे विभाजन की सन्तानें थे। उनके अभिभावक हिन्दुस्तान भागते हुए उस जगह को छोड़ आए थे जो अब बांग्लादेश है और अपना सारा सामान भी वहीं छोड़ आए थे। बच्चों के रूप में जो क़िस्से उन्होंने सुने थे वे समान मात्रा में एक उर्वर अतीत और निर्मम नरसंहार की गन्ध लिए हुए थे।

मेरे माता-पिता के भीतर क्षति का सहज-बोध उनके अस्तित्व का हिस्सा था। उनको न दृश्यों की याद थी न गन्धों की, लेकिन उनको क़िस्से सुनाए गए थे। उन क़िस्सों ने उनको बताया था कि दुनिया भरोसे के क़ाबिल नहीं है और कोई पूरी तरह चौकसी नहीं छोड़ता।

इसने उनको एक और सीख दी। मेरी दादी मुझसे कहा करती थीं, 'जो कुछ भी वास्तव में तुम्हारे पास है वह सब तुम्हारे दिमाग़ में मौजूद है।' गर्मियों में दिन के तीसरे पहर में जब मैं बिस्तर पर लेटा उनसे बांग्लादेश के उनके गाँव की कहानियाँ सुन रहा होता था, जिनमें तालाब की बड़ी मछलियों के बारे में, हर रोज़ कम से कम सौ लोगों को खिलाए जाने वाले खाने को पकाए जाने के बारे में और हर ओर दिखाई देते धान के अन्तहीन खेतों के बारे में बताया गया होता था, तो मैं सोचता

था कि उस सब का क्या मतलब था। जो कुछ भी हमारे पास है वह सब हमारे दिमाग़ में कैसे हो सकता है? क्या हमारे पास वह मकान नहीं है जिसमें हम रहते हैं? कपड़े? और मेरी माँ के पीतल के बरतन? मेरे पिता की पुरानी कलाई-घड़ी? हर दुर्गा पूजा पर ख़रीदे गए हमारे नए कपड़े?

एक दिन अपने अभिभावकों द्वारा सिखाई गई छोटी-सी प्रार्थना करने के बाद, मुझे आख़िरकार अपनी दादी के कहने का मतलब समझ में आ गया। यह सब उस प्रार्थना में छिपा हुआ था। मेरे अभिभावक मुझसे किस चीज़ के लिए प्रार्थना करने को कहते थे? भक्ति, सुबुद्धि और ज्ञान के लिए। दिलचस्प बात है, जिन लोगों ने अपनी पूरी ज़िन्दगी भर अपने अभिभावकों से सिर्फ़ इस बारे में कहानियाँ सुनी थीं कि विभाजन के दौरान उन्होंने कितना कुछ खोया था, वे जानते हैं कि उनका अनुनय भौतिक समृद्धि के लिए नहीं था, न अपने सिर पर छाया या पेट भर भोजन के लिए, बल्कि एक स्वस्थ मानस के लिए था। वे समझते थे कि जो कुछ भी आपके पास है वह सब आपके दिमाग़ में है।

लेकिन जिन वर्षों में रटते-रटते मैंने इस प्रार्थना को दोहराना शुरू किया, मुझे किसी ने नहीं समझाया कि इसका वाक़ई क्या अर्थ है और यह मेरे लिए क्यों उपयोगी है। मुझे किसी ने नहीं बताया कि ईश्वर नाम की इस चीज़ का क्या उपयोग है। धर्म का हमारे लिए क्या उपयोग है? हम क्या उपयोग कर सकते हैं?

हमें ईश्वर संयोग से मिला था, वैसे ही जैसे बहुत सारी दूसरी चीज़ें संयोग से मिली थीं। कहाँ थी वह पुस्तक या वह व्यक्ति जो हमसे कहता, जैसा कि एलेन वाट्स को बोध हुआ था कि 'सच्चा विनोद अपने ऊपर हँसने में है, सच्ची मनुष्यता अपना ज्ञान होने में है?' लेकिन वह स्वत्व कहाँ था जिसका ज्ञान हासिल करने की हमें ज़रूरत थी? उस आत्मा तक ले जाने के लिए हमारा मार्गदर्शन कौन करता, कौन कर सकता था? हमारे पास कोई जवाब नहीं था।

अपनी पुस्तक में एलेन वाट्स उस चीज़ की चर्चा करते हैं जिसे वे ईसाई धर्म द्वारा स्पष्ट किए गए ईश्वर के विचार के साथ बहुत-से ईसाइयों द्वारा महसूस किए जाने वाले बुनियादी अलगाव की तरह देखते हैं और वे स्पष्ट करते हैं कि इसका ताल्लुक एक पिता के रूप में ईश्वर की एकवर्णी छवि से है। 'हमारे पिता, जो स्वर्ग में हैं' - इस सबकी शुरुआत उसी छवि से होती है, वाट्स कहते हैं। उनका कहना है कि यह साधारण लोगों की ज़िन्दगियों में भी प्रतिबिम्बित होता है, जहाँ बच्चे अपने पुरुष अभिभावक को उस व्यक्ति के रूप में देखते हैं जो हर दिन उस पैसे को कमाने घर से बाहर जाता है जो बाद में घर की जरूरतों पर खर्च किया जाता है।

वाट्स ने लिखा है, 'हमारे समाज के नौजवान सदस्यों में कुछ समय से पैतृक सत्ता और पैतृक राज्य के ख़िलाफ़ विद्रोह की भावना बढ़ती गई है। एक ही कारण है, औद्योगिक समाज में घर मुख्यतः एक शयनागार (डॉर्मीटरी) होता है और पिता वहाँ

काम नहीं करता, नतीजतन उसके पेशे में उसकी बीवी और बच्चों की कोई भूमिका नहीं होती। वह महज़ एक ऐसा चरित्र है जो घर में पैसे लाता है और काम के वक़्त के बाद उससे अपेक्षा की जाती है कि वह अपने धन्धे को भुलाकर मनोरंजन करे।'

'यह स्थिति और भी ज़्यादा इससे बिगड़ती है कि अभिभावक अब अपने ही बच्चों को शिक्षित नहीं करते। इसीलिए बच्चे अपने पिता के काम के प्रति समझ या उत्सुकता के साथ बड़े नहीं होते।'

जब मैंने ये पढ़ा, तो मैं दो चीज़ों के बारे में सोचने लगा। पहली, मुझे सहसा समझ में आया कि मेरे पिता ने जिस काम में – रेलवे सिविल इंजीनियर के काम में – अपनी पूरी ज़िन्दगी खपा दी, उसको लेकर मेरी कोई समझ या शिक्षा नहीं थी। मुझे इस बात पर गर्व था कि उन्होंने दो शहरों – कलकत्ता और दिल्ली – में हिन्दुस्तान के पहले मेट्रो या ट्यूब रेलवे नेटवर्क को खड़ा करने में मदद की थी, लेकिन मैं उनके काम के बारे में कुछ नहीं जानता था। जब वे हर रोज़ काम पर जाते थे तो वे वहाँ क्या किया करते थे? उनके सपने और महत्त्वाकांक्षाएँ क्या थीं? सच्चाई यह है कि मैं नहीं जानता था, यहाँ तक कि आज भी नहीं जानता जो मुझे जानना चाहिए था। इस समझ के अभाव का क्या अर्थ है? इसका अर्थ है कि मेरे पिता और मेरी माँ मेरे लिए भौतिक और भावनात्मक राहत के मुक़ाम बने रहे। मैं उनके बारे में बहुत कम जानता था और जो मैं करता था वह विचलनकारी ढंग से लेन-देनपरक लगता था। इसने मुझे ईश्वर को लेकर और स्वयं को लेकर मेरी समझ के बारे में सोचने को भी प्रेरित किया। मैं किसके प्रति याचना करता था? मैं ईश्वर के साथ किस तरह के लेन-देन करने की कोशिश कर रहा था? कोई मुसीबत आने पर क्यों मैं, अपने लाखों सह-धर्मनिष्ठों की ही तरह, ईश्वर से प्रतिदान-स्वरूप जल्दी से कुछ अनुग्रह हासिल करने के लिए प्रोत्साहित हो जाता था?

कितने हिन्दू हैं जो वास्तव में यह जानते हैं कि वे क्यों प्रार्थना करते हैं? मन्त्रों का क्या अर्थ है और वे उनको क्यों बुदबुदाते रहते हैं? हमें यह समझने की सीख किसी ने नहीं दी कि प्रार्थना का कर्म वास्तव में अन्तर्मुखी होता है, बहिर्मुखी नहीं, और याचना के कर्म में आप केवल उस चीज़ के बोध को हासिल करने की उम्मीद कर सकते हैं जो आपके भीतर मौजूद है।

हम इस विश्वास के साथ बड़े होते हैं कि प्रार्थना करना उस तक पहुँचना है जो हमसे बाहर है। वास्तव में, पूरे समय हम उस चीज़ की तलाश में होते हैं जो हमारे भीतर मौजूद है। जब हम ज़्यादा उम्र के हो जाते हैं तो हम यह मानने लगते हैं कि ईश्वर के साथ हमारा सम्बन्ध तर्कहीन जादूमन्तर का है। आस्था जैसे मसलों पर चर्चा करना न सिर्फ़ शर्मनाक ढंग से बचकाना है बल्कि निन्दनीय ढंग से मूर्खतापूर्ण भी है। जनसमूह की अफ़ीम हमारे लिए नहीं है, क्योंकि हम, शायद, जनसमूह नहीं हैं।

हमारी विचारधाराएँ बाहर से आई हुई हैं और घर के बारे में हमारी धारणाएँ भी। सभ्यता की शुरुआती कोंपलों को अक्सर ही प्रतिगामी ढंग से भावुकतापूर्ण मानकर ख़ारिज़ किया जाता रहा है और 'अनुकूलन' कहकर अकाल परिपक्व ढंग से झाड़कर अलग कर दिया जाता रहा है।

लेकिन ईश्वर की धारणा, घर की धारणा की ही तरह, कभी पूरी तरह जाती नहीं है। ख़ास तौर से तब जबकि आप उस धारणा को कैलेंडर कला से लेकर छुट्टियों के उत्सवों तक हर कहीं अचानक उभार उठता देखते हुए बड़े हुए हों। इसीलिए आप या मैं इसके बारे में कैसा महसूस करते हैं, इससे कैसे निबटते हैं, उसे किस तरह बरतते हैं और उसका हमारे लिए क्या अर्थ है-इसकी समझ इतनी महत्त्वपूर्ण है।

सांस्कृतिक इतिहासकार पीटर गे ने आधुनिकता पर केन्द्रित अपने महत्त्वाकांक्षी अध्ययन में इसे 'वर्णन करने से कहीं ज़्यादा आसान उदाहृत करना' कहकर चित्रित किया है। ईश्वर नामक इस क्षणिक विचार की हमें क्यों ज़रूरत है या हम इसे क्यों खोजते हैं इसकी वजह भी वही है - वर्णन करने से कहीं ज़्यादा आसान उदाहृत करना। जितना ही मैंने इसके बारे में सोचा उतना ही मुझे यह समझ में आया कि ईश्वर, जो कि व्यक्ति का वास्तविक आत्म भी है, को समझने की यह यात्रा हमारे सामने हमारी सबसे जटिल ज़रूरतों को उद्घाटित करती है। उदाहरण के लिए, वेध्य होने की हमारी ज़रूरत।

प्रार्थना वेध्यता की अगाध शक्ति का एक सबक़ होने के सिवा और क्या है? प्रार्थना हमें सिखाती है कि वेध्य होना मानवीय होना, यहाँ तक कि जीवित होना है।

लेकिन आप बाहरी अवलम्ब की ख़ातिर प्रार्थना करते हैं, यह विचार सनातन धर्म का आधार नहीं है। आश्चर्य की बात है कि अगर आप इस पर मनन करें, तो हिन्दू धर्म यह शिक्षा देता है कि आपकी प्रार्थनाओं का रुख़, एक अर्थ में वाक़ई आपकी ओर होता है।

आप ख़ुद की प्रार्थना कर रहे होते हैं। यह सबसे पहले आपके दिमाग़ को हल्का-सा झनझना देता है और फिर यह हल्का-सा बोध जागता है कि ये दिलचस्प ढंग से मुक्तिदायक है। यह उस चीज़ के लिए एक नया परिप्रेक्ष्य प्रदान करता है जिसे आदिम समझा जाता रहा है। आप यह पहचानना शुरू कर देते हैं कि, मसलन प्रार्थना की शक्ति आपके मानस के अरसे से उपेक्षित हिस्सों को सम्बोधित करने की एक प्रक्रिया है। यह सत्य कथन करने की प्रक्रिया है, खुद के प्रति। एक बार मुझसे पूछा गया था कि क्या हिन्दू धर्म का अपना कोई प्रायश्चित कक्ष होता है, जहाँ पादरी गुनाहों और कमज़ोरियों के आपके आत्मस्वीकार को शान्त चित्त होकर सुनता है। मैंने इस पर सोचा और इस नतीजे पर पहुँचा कि सनातन धर्म में भी दरअसल आत्मा से सत्य उगलवाने का एक रूप है, लेकिन एक फ़र्क़ के साथ - यहाँ प्रायश्चित ख़ुद के सामने किया जाता है। बोलने वाले और सुनने वाले आप ही हैं।

इस तरह, मैंने महसूस किया कि यह समझना कि हम ईश्वर के साथ किस तरह रिश्ता बनाते हैं क़तई निरर्थक नहीं है। यह समझना शायद ही अनुपयोगी हो कि इस धारणा से आप किस तरह रिश्ता बनाते हैं जिसकी ओर आप सहायता के लिए मुड़ते हैं, कभी-कभी शायद लगभग लज्जाजनक ढंग से अपने सबसे असहाय क्षणों में। दरअसल यह हमारी निजी यात्राओं में सर्वथा महत्त्वपूर्ण चीज़ है। केवल इस यात्रा के माध्यम से ही हम में यह बोध जागता है कि वैयक्तिक यात्रा कोई एक नहीं है, यह उस लम्बे सफ़र की एक अभिव्यक्ति है जिस पर विश्व चलता है।

एलेन वाट्स ने इस पर वेदान्त के दृष्टिकोण को तीसरे रास्ते की संज्ञा दी है। 'परम पावन व्यक्ति - अनूठा वैयक्तिक अहं, प्रकृति और ईश्वर दोनों से पृथक' (तत्त्वतः मनुष्य के प्रति पूँजीवादी दृष्टिकोण) और 'औद्योगिक-सामूहिकतावादी मशीन के एक दाँते या महज़ एक "हाथ" की तरह' (जैसा कि कारख़ाने के कामगार को अक्सर संज्ञा दी जाती है) के रूप में मनुष्य (कम्युनिस्ट दृष्टिकोण) - दोनों से इतर तीसरा रास्ता वह है जो वेदान्त निर्धारित करता है और जिसे एलेन वाट्स उस मनुष्य के रूप में चित्रित करते हैं जिसे 'उस एक ख़ास केन्द्र बिन्दु के रूप में देखा गया है जिस पर समूचा विश्व स्वयं को - आत्मा के, ईश्वर के, या आप उसे जो भी नाम देना चाहें उसके, अवतार के रूप में - अभिव्यक्त करता है।'

इसका बोध ही ईश्वर की धारणा को और प्रार्थना की प्रक्रिया को समझने की क्रमिक प्रक्रिया है।

हम इसे क्यों नहीं समझ पाते? शायद इसलिए कि हमें यह विश्वास दिलाया गया है कि किसी भी ऐसी चीज़ की खोज करना जो ईश्वर की ज़रा भी चर्चा करती हो अगर गँवारूपन नहीं तो पिछड़ापन ज़रूर है।

हिन्दुत्व की सुन्दरता यह है कि सनातन धर्म और उसके सिद्धान्त इस क़दर बुनियादी ढंग से सार्वभौम और इस क़दर वैयक्तिक हैं कि उनके पुराने पड़ जाने का सवाल ही पैदा नहीं होता। ख़ुद अपने लिए की जाने वाली आपकी खोज प्रतिगामी कैसे हो सकती है?

महात्मा गाँधी ने इसे समझा था और इसे दूसरों को समझाने में अपना जीवन लगा दिया था। 1927 में, एक सवाल का जवाब देते हुए उन्होंने कहा था : 'मैं किसी भी प्रमाण-पुरुष या *शास्त्र* को अचूक मार्गदर्शक स्वीकार नहीं करता। मैं इस दावे को नामंज़ूर करता हूँ कि अगर हम एक अंश को स्वीकार करते हैं तो हमें समग्र को स्वीकार करना चाहिए।'

तब उनसे पूछा गया : 'तब क्या आप उस चीज़ को मंज़ूर करेंगे जो सुविधाजनक है और उसे नामंज़ूर करेंगे जो असुविधाजनक है?'

'ये अच्छा सवाल है,' गाँधी ने जवाब दिया।

> 'हिन्दुत्व कोई संहिताबद्ध धर्म नहीं है। हिन्दू धर्म में हमें हर शास्त्र और आचरण के हर नियम को मापने का यह असाधारण पैमाना मिला हुआ है, और यह पैमाना है सत्य। हम इस विश्वास में रहकर खुद को धोखा न दें कि सब कुछ जो संस्कृत में लिखा हुआ है और शास्त्रों में छपा हुआ है वह हमारे लिए बन्धनकारी है। जो कुछ भी नैतिकता के उसूलों के ख़िलाफ़ है, जो कुछ भी अनुशासित विवेक के ख़िलाफ़ है, उसके शास्त्र होने का दावा नहीं किया जा सकता चाहे वह कितना ही प्राचीन क्यों न हो।'

लेकिन ये सत्य क्या है? ये कहाँ से आता है? इन 'नैतिकता के उसूलों' का निर्माण या रचना कौन करता है? और 'अनुशासित विवेक' किसके मुताबिक़?

1940 में गाँधी अपनी नैतिकता और अनुशासित विवेक को लेकर और भी स्पष्ट थे : 'मेरा विवेक मेरे हृदय का अनुसरण करता है। बिना हृदय के ये रास्ते से भटक जाएगा। आस्था हृदय का कार्य है। इसे विवेक से दृढ़ बनाया जाना चाहिए। ये दोनों एक दूसरे के विरोधी नहीं हैं जैसा कि कुछ लोग समझते हैं। हमारी आस्था जितनी ही प्रबल होती है उतनी ही वह हमारे विवेक को धार देती है। मैंने अपने विवेक को कोल्ड स्टोरेज में नहीं रखा है। जब आस्था अन्धी हो जाती है, तो वह मर जाती है।'

ये निर्णायक प्रश्न हैं। उतनी ही प्रतिध्वनियाँ लिए हुए जितने वे तब थे जब गाँधी ने इनके उत्तर दिए थे, बल्कि आज कहीं ज़्यादा क्योंकि आधुनिकता कहती है कि जो हमें हमारे असल स्वत्व की तरह अनुभव होता है, उसे विघटित और खण्ड-खण्ड करते हुए हम अपने और भी अन्तरंग हिस्सों को उघाड़ें। चर्च अपने इतिहास में सबसे ज़्यादा उथल-पुथल का सामना कर रही है, इस्लाम रक्तपात से तहस-नहस हो रहा है और बौद्ध धर्म तक म्याँमार, श्री लंका और चीन के कुछ हिस्सों में आक्रामक प्रवृत्तियों का सामना कर रहा है। हमसे कहा गया है कि हिन्दुत्व भारत में हमेशा से ज़्यादा कट्टर होता जा रहा है। ऐसे में अब पहले से कहीं ज़्यादा अहम हो उठा है कि न सिर्फ़ इस बात को परिभाषित किया जाए कि हिन्दू होने का क्या अर्थ है बल्कि इसे भी कि हिन्दू होने का अर्थ क्या नहीं है, कि हिन्दू होना बहुलतावादी होना है भर काफ़ी नहीं है। हमें आक्रामक ढंग से यह घोषित करना चाहिए कि हिन्दू होना कट्टरपन को अस्वीकार करना है, विविधता को स्वीकार करना है, भेदों को अंगीकार करना है, लैंगिक अधिकारों को स्वीकार करना है और नई प्रौद्यागिकियों और विज्ञानों को सक्रिय रूप से अपनाना है।

हिन्दू विश्वदृष्टि का मूल्यवान हिस्सा अप्रासंगिक है लेकिन विवेकहीन नहीं है।

एक 'अच्छा हिन्दू' किस चीज़ से बनता है, यह बहस निरर्थक है और 'अच्छा मुसलमान/बुरा मुसलमान' के पुराने फन्दे की ओर ख़तरनाक ढंग से मोड़ देने वाली

है। अपने समय की स्वीकार्य विचारधाराओं की रूपरेखा तैयार करना बहुत अच्छा है। उदाहरण के लिए, जन्म के आधार पर भेदभाव अस्वीकार्य है, चाहे कोई भी प्रथा, आस्था या पुरोहित वैसा करने को क्यों न कहता हो। अन्ततः, धर्म के प्रक्षेप पथ का निर्धारण विचारधारा की नैतिकता के आधार पर होना चाहिए, आवेदक की व्यक्तिनिष्ठ नैतिकता के आधार पर नहीं।

इसलिए, प्रोत्साहित किए जाने लायक़ विचार यह है कि अपने धर्म को समझने को इच्छुक किसी भी हिन्दू को इसके मर्म की ओर, इसके फ़लसफ़ों की ओर रुख़ करना चाहिए इसके पछतावों की ओर नहीं। यह हिन्दुत्व की उदारमनस्कता है जिस पर एक सच्ची हिन्दू अस्मिता निर्मित की जा सकती है।

संक्षेप में, आज ईश्वर होना शायद पहले से कहीं ज़्यादा मुश्किल है, लेकिन तभी जब आप ईश्वर को एक सुदूर, मिथकीय सत्ता के रूप में देखें। अन्यथा, आपको तर्क देना होगा कि आपका आप होना इतना मुश्किल कभी नहीं रहा, हैं न!

स्टार्ट-अप के इस युग में, जिसमें मानव जीवन का हर पहलू एक बार फिर से पुनर्कल्पित किया जा रहा है और हमसे कहा जा रहा है कि हर चीज़ 'बाधित' की जाएगी, आज एक स्टार्ट-अप खड़ा करने की तत्काल ज़रूरत है।

हमें ऐसे स्टार्ट-अप की ज़रूरत क्यों है? हम किस चीज़ को बाधित करने की कोशिश कर रहे हैं? ईमानदारी से कहें तो किस चीज़ को बाधित किया जाना चाहिए। क्या शायद स्वत्व के हमारे बोध को? क्या यह विचारणीय नहीं है कि स्वत्व के अपने बोध को हम कहाँ से हासिल करते हैं? और किस तरह हम उन वंश परम्पराओं को नए सिरे से पार कर सकते हैं जो हमें एक पहचान देती हैं।

यह बात कि भौतिक परिग्रह - वह मकान, यह कार, वह पोशाक और यह रत्न - काम नहीं आएँगे इतनी ज़्यादा दोहराई गई है कि लगता है कि इसने अपना अर्थ खो दिया है। यहाँ तक कि वस्तुनिष्ठीकरण का अटल अस्वीकार भी, दुखद ढंग से, वस्तुनिष्ठीकृत हो चुका है।

तब क्या हम समस्या पर बहुत ज़्यादा विचार करने की बजाय समाधान को विचारणीय बना सकते हैं? हम उस चीज़ को कैसे बाधित करते हैं जो हम अपनी आत्मा के बारे सोचते हैं? वह क्या चीज़ है जो इसे भावपूर्ण बनाती है। सुख की अपनी खोज में हम विषादग्रस्त को कैसे गले लगाते हैं?

एक स्टार्ट-अप जो हमें यह देखने में सक्षम बनाएगा कि अगर सुख की खोज की जाती है तो इस खोज की नियति विफल होने की है। सुख, ईश्वर के बोध की भाँति, अन्दर से उत्पन्न होता है, लेकिन हमेशा की तरह हमने किसी चीज़ को खोजे जाने के लिए बाह्य बना दिया है। लेकिन तब क्या होगा अगर एक नया स्टार्ट-अप, अपनी ज़िन्दगियों के बारे में सोचने का एक नया बाधक ढंग, हमसे यह कहे कि

जिस किसी भी चीज़ की हम अपने से बाहर होने की कल्पना करते हैं जिसको हमें हासिल करने, ढूँढ़ निकालने, जीतने, क़ब्ज़े में करने, अपने स्वामित्व में लेने, पकड़ने, ताले में बन्द करने की ज़रूरत है, इसकी कोई सम्भावना नहीं कि वह चीज़ हमें सुखी बना देगी?

ये उस दृश्य की तरह है जिससे हममें से बहुत से लोग अपनी जवानी के दिनों में बहुत आकृष्ट हुआ करते थे - टीले पर खड़े होकर हँसता हुआ नंगा हावर्ड रोआर्क, आयन रैंड की वह चरम कल्पना जिसमें मनुष्य की निरी इच्छा-शक्ति से एक दुनिया और प्रकृति को जीत लिया गया है।

नीचे दिए गए पैराग्राफ़ों का ध्यान से पढ़िए। पूरी सम्भावना है कि इनको आपने पहले भी पढ़ा हो। लेकिन शायद मैं इन पर एक बार फिर से ग़ौर करने के लिए आपको राज़ी कर सकूँ। इनके सन्देश और उसमें निहित विश्वदृष्टि को मेरे साथ पुनर्विश्लेषित करने की कोशिश करिए।

> 'हावर्ड रोआर्क हँसा।
>
> वह टीले की कगार पर नंगा खड़ा था...
>
> नीचे का तालाब महज़ एक पतले स्टील के छल्ले की तरह था जो चट्टानों को आधा काटता था। चट्टानें गहराई में चली गई थीं, अपरिवर्तित। वे आकाश में शुरू होती थीं और ख़त्म होती थीं। इस तरह कि संसार अधर में लटका हुआ-सा लगता था, शून्य में तैरता हुआ एक द्वीप, टीले पर खड़े आदमी के पैरों पर टिका हुआ...
>
> उसका चेहरा प्रकृति के नियम की तरह था - एक ऐसी चीज़ जिस पर कोई सवाल नहीं उठा सकता था, जिसे कोई बदल नहीं सकता था या जिससे कोई याचना नहीं कर सकता था। उसमें दुबले, धँसे हुए गालों के ऊपर हड्डियाँ उभरी थीं; भूरी आँखें, भावहीन और स्थिर; तिरस्कार से भरा हुआ मुख, सख़्ती से बन्द, वह मुख...
>
> उसने ग्रेनाइट की ओर देखा। ये चट्टानें, उसने सोचा, यहाँ मेरे लिए हैं; ड्रिल, डायनामाइट और मेरी आवाज़ की प्रतीक्षा करती हुईं; तोड़े जाने, काटे जाने, चूरचूर किए जाने की, फिर से जन्म लेने की प्रतीक्षा करती हुईं; उस आकार की प्रतीक्षा करती हुईं जो उनको मेरे हाथ देंगे।

ये ललचाने वाले ढंग से अपना व्यसन बना लेने वाला दृश्य है, नहीं? इसमें उस मनुष्य की धारणा के बारे में कोई चीज़ है जो अपनी संकल्प-शक्ति के चरम नियन्त्रण में है। लेकिन इस क़िस्म का नियन्त्रण मनुष्य की उस परम दैवीय शक्ति का विलोम है जिसकी बात विवेकानन्द ने की थी।

क्यों?

शब्दों को ध्यान से पढ़िए। इस सबके भीतर मनुष्य की उसके सारे अवलोकनों पर श्रेष्ठ होने की धारणा प्रवाहित है। यह बोध कि यह सब कुछ मनुष्य के द्वारा जीते जाने के लिए है, जबकि मनुष्य इस सबसे अलग, अहंकार में डूबा हुआ खड़ा है, अपने वर्चस्व को लेकर विश्वास से भरा हुआ, जो कुछ भी वह देख रहा है उस पर अपना प्रभुत्व क़ायम करने, उसको अपने अधीन करने के संघर्ष में अन्ततः विजय प्राप्त कर लेने के आत्मविश्वास से भरा हुआ।

'इस तरह कि संसार अधर में लटका हुआ-सा लगता था, शून्य में तैरता हुआ एक द्वीप, टीले पर खड़े आदमी के पैरों पर टिका हुआ।'

मुझे बहुत अच्छा लगा करता था यह शुरुआती दृश्य; यह उद्धत श्रेष्ठता, यह आत्मविश्वास कि अन्ततः मनुष्य की विजय होती है। लेकिन जब मैंने वेदान्त पढ़ना शुरू किया, तो एक मुक़ाम आया जब मैंने यह सवाल उठाना शुरू किया - लेकिन विजय किसके विरुद्ध? मनुष्य किस चीज़ पर विजय प्राप्त करता है? हम किस चीज़ पर विजय प्राप्त कर रहे हैं? और किस उद्देश्य से? हमारी निरन्तर विजयें हमें कहाँ ले जा रही हैं? क्या ये, जैसी कि एलेन वाट्स ने उपेक्षा के भाव से टिप्पणी की थी, कुछ उस तरह की बात है जो रैड क्वीन ने कही थी?

लुइस कैरोल की एलिस के वंडरलैंड के आगे के साहसिक अभियानों के क़िस्से *थ्रू द लुकिंग ग्लास* में यह होता है :

'ख़ैर, हमारे देश में,' एलिस ने कहा, जो अभी भी थोड़ा-सा हाँफ रही थी, 'अगर आप देर तक बहुत तेज़ दौड़ते रहें, जैसा कि हम करते रहे हैं, तो किसी दूसरी जगह पहुँच जाते हैं।'

'एक धीमे क़िस्म का देश!' रानी ने कहा। 'यहाँ तो एक ही जगह पर बने रहने में ही वह सारी दौड़ खप जाती है जितना तुम दौड़ सकती हो। अगर तुम किसी और जगह जाना चाहती हो तो तुम्हें कम से कम इससे दुगुना तेज़ दौड़ना ज़रूरी है।'

विज्ञान-कथाओं में इसे प्रारब्ध विरोधाभास के नाम से जाना जाता है। जहाँ आप काल यात्रा की दो घटनाओं के बीच के फन्दे में फँस जाते हैं और उनके बीच पेंडुलम की तरह डोलते रहते हैं, एक ऐसी स्थिति जिससे छुटकारा प्रतीत नहीं होता।

क्या हमारी अन्तहीन विजय कुछ ऐसी ही है? जहाँ उसी जगह पर बने रहने के लिए, संसार में शक्ति-सन्तुलन क़ायम रखने के लिए, हमें और ज़्यादा बढ़ने और आगे तथा और गहरे खोदने तथा और ज़्यादा निर्दयतापूर्वक और ख़तरनाक ढंग से शोषण करने की ज़रूरत होती है?

आश्चर्य की बात नहीं है कि रेड क्वीन की दौड़ की अवधारणा का इस्तेमाल 2010 की आर्थिक गिरावट के दौरान *फ़ायनेंशियल टाइम्स* के कम से कम एक कॉलम-लेखक द्वारा किया गया था। सन्दर्भ था बैंक ऑफ़ इंग्लैंड के वित्तीय विश्लेषण

तथा सांख्यिकी विभाग के एक्ज़ीक्यूटिव डायरेक्टर एंड्र्यू हाल्डेन का एक भाषण, जिसमें उन्होंने बैंकिंग जोख़िम में होती क्रमिक वृद्धि और इसी के साथ-साथ सरकारी सुरक्षा जाल के गहरे और व्यापक होते चले जाने को लेकर विलाप किया था। *फ़ायनेंशियल टाइम्स* के इस कॉलम-लेखक ने ध्यान दिलाया था कि यह रेड क्वीन की दौड़ है जिसमें 'तन्त्र अपनी जगह पर स्थिर बने रहने के लिए भाग रहा है जिसके तहत सरकारें वित्त को सुरक्षित रखने के लिए दौड़ रही हैं और बैंकर और अधिक जोख़िम रच रहे हैं।' हमारी दुनिया हमें उसी जगह पर बने रहने के लिए तेज़ी से दौड़ने की शिक्षा देती है लेकिन यह पूछना भूल जाती है : क्या हम वाक़ई उस जगह पर होना चाहते हैं?

इस तरह के सवाल पूछने को प्रोत्साहित नहीं किया जाता। उनको पलायनवादी, अप्रासंगिक, अव्यावहारिक और यहाँ तक कि 'नाकामयाब-नुमा' कहकर ख़ारिज़ कर दिया जाता है। गुलाम बना लेने की लगभग उपनिवेशवादी इच्छा या बलात् अँटा देने की स्तालिनवादी आकांक्षा - ये हमारे एकमात्र विकल्प हैं।

इसमें रैंड ने अपना पक्ष चुना है।

अपने मुख्य किरदार का रैंड का चित्रण उस चीज़ से रिक्त था जिसे उन्होंने ढुलमुल भावुकता की तरह देखा था। रोआर्क पिचके गालों वाला है, उसकी आँखें भावहीन हैं और उसका मुँह और बाहरी हावभाव तिरस्कार से भरा हुआ है। हम देखते हैं कि रैंड किस ओर निशाना साध रही थीं। साम्यवाद के अत्याचारों से भागकर आई रैंड जनसमूह के उत्पीड़न के ख़िलाफ़ नायकत्व से युक्त व्यक्ति को चित्रित कर रही थीं, सुपर ईगो बनाम वह व्यक्ति जिसकी हैसियत विशाल मशीन के एक पुरजे जितनी है और प्रत्येक में जीत सुपर ईगो की होती है।

लेकिन वेदान्तियों की दुनिया इन दोनों दृष्टिकोणों की निस्सारता को पहचानती है। और ऐसा इसलिए क्योंकि ये ही वे विकल्प हैं जो, जब हमें अपने साथ अपने एक रिश्ते के बोध की ज़रूरत होती है तब, दुनिया ज़्यादातर हमारे सामने उछालती है, एक ऐसे रहस्य के साथ जो हमारे अवचेतन में घर कर जाता है।

हमारी दुनिया बच्चों की खेल-पुस्तकों में और वयस्कों की स्वालम्बन सम्बन्धी पुस्तकों में उपदेश परोसती है। लेकिन जिस पुस्तक की हमें ज़रूरत है उसे ये दोनों ही काम नहीं करने चाहिए। इसे सिर्फ़ हमें उस विवेकधर्मी नैतिकता के बोध की ओर प्रेरित करने की ज़रूरत है जिसकी शिक्षा गाँधी ने दी थी, जिसके बारे में उन्होंने कहा था, 'मुझे एक संदिग्ध चरित्र वाले व्यक्ति की धर्मग्रन्थीय प्रामाणिकता को ख़ारिज़ करने में कोई संकोच नहीं है... बल्कि अगर धर्मग्रन्थीय प्रमाण उद्वेग-रहित विवेक और हृदय के आदेश के टकराव में होते हैं तो मैं ऐसे तमाम धर्मग्रन्थीय प्रमाणों को ख़ारिज़ कर दूँगा। प्रमाण जब विवेक का हस्तकौशल होता है, तब वह कमज़ोर को सहारा देता है उसका उदात्तीकरण करता है, लेकिन वह उस वक़्त उनको नीचे

गिरा देता है जब वह अन्तःकरण की आवाज़ से पवित्रीकृत विवेक की जगह ले लेता है।'

हमें एक नए क़िस्म के स्टार्ट-अप की ज़रूरत है जो हमारे अन्दर उठते सवालों के जवाब देने में हमारी मदद कर सके क्योंकि बाहर के कितने ही सवालों के जवाब हम दे लें, जब तक अन्दर के सवालों के जवाब नहीं दिए जाते, तब तक शान्ति नहीं हो सकती। इन जवाबों को ढूँढ़ निकालने की ज़रूरत नहीं है। ये शायद सबसे सुखद बात है। हम पहले से ही जानते हैं कि वे मौजूद हैं। हम जानते हैं कि वे हमें कहाँ मिलेंगे और हम जानते हैं कि वे मानवजाति की सामूहिक चेतना में निहित हैं। हम अभी तक सिर्फ़ उस अखण्ड, दैनन्दिन तरीक़े को नहीं खोज सके हैं जो इन जवाबों तक हर किसी की पहुँच मुमकिन बना दे या इन जवाबों तक पहुँच क़ायम करने की प्रक्रिया की शुरुआत कर सके।

हम किस तरह शुरुआत करें?

अगर आप इसे समझते हुए नंगे होकर टीले पर खड़े होने जा रहे हैं, तो इस दृश्य का आनन्द लीजिए और याद रखिए ये सब आपका हिस्सा है।

आभार

मैं इस पुस्तक की हिमायत करने के लिए मिली ऐश्वर्य को और पुस्तक को उलट-पुलट कर देख जाने के लिए रोशनी ददलानी और दीप्ति आनन्द को धन्यवाद देना चाहता हूँ।

मैं पुस्तक के एक हिस्से के मार्गदर्शन के लिए संजीव सान्याल को और उर्वशी सुरैया को भी धन्यवाद देना चाहता हूँ जो सालों से मुझसे हिन्दुत्व पर पुस्तक लिखने का आग्रह करती रही थीं।

मैं डी.एन. मुखर्जी और बृन्दा वासुदेवन को उनके निरन्तर प्रोत्साहन के लिए धन्यवाद देता हूँ।

रामकृष्ण मिशन के संन्यासियों के प्रति मैं अत्यन्त कृतज्ञतापूर्वक धन्यवाद व्यक्त करता हूँ जिनके साथ मैं अपनी पूरी ज़िन्दगी भर वार्तालाप करता रहा हूँ। मिशन से मेरा परिचय कराने वाले मेरे माता-पिता की इस आस्था की मेरी समझ विकसित करने में महत्त्वपूर्ण भूमिका रही है।

हरिकिरण वदलामणि ने जो बहुत सी पुस्तकें मुझे भेजीं वे मेरे लिए बहुत उपयोगी रहीं और वामसी जुलुरी का काम बहुत प्रेरणादायी रहा।

यह पुस्तक मेरी दोस्त और एजेंट प्रिया दोरास्वामी की बहुत ऋणी है जो इस पुस्तक की सबसे बड़ी हिमायती रही हैं।

इशिरा मेहता की मदद के बिना मैं इस पुस्तक को कभी पूरा न कर पाता। इस मुहिम में वे सच्ची सहयात्री रही हैं।

अनुवादक के बारे में

मदन सोनी हिन्दी के लेखक हैं जो मुख्यतः साहित्यालोचना और अनुवाद के क्षेत्र में सक्रिय हैं। आलोचना पर केंद्रित उनकी अनेक पुस्तकें प्रकाशित हैं तथा उन्होंने विश्व के कई शीर्षस्थ लेखकों और चिंतकों की रचनाओं के अनुवाद किए हैं जिनमें शेक्सपीयर, लोर्का, नीत्शे, एडवर्ड बॉण्ड, मार्ग्रेट ड्यूरास, ज़ाक देरिदा, एडवर्ड डब्ल्यू सईद आदि शामिल हैं। हाल ही में उनके द्वारा अनूदित अम्बर्टो ईको का विश्वविख्यात उपन्यास *द नेम ऑफ़ द रोज़ (ख़ाली नाम गुलाब का)* प्रकाशित हुआ है। मंजुल पब्लिशिंग हाउस के लिए उन्होंने जो अनुवाद किए हैं उनमें वनमाली द्वारा रचित *श्री शिव लीला,* नीरज कुमार की पुस्तक *डायल डी फ़ॉर डॉन* और एस. हुसैन ज़ैदी की पुस्तकें *डोंगरी टू दुबई (डोंगरी से दुबई तक)* तथा *बायकला टू बैंकॉक* शामिल हैं।

भोपाल स्थित राष्ट्रीय कला-केंद्र भारत भवन के मुख्य प्रशासनिक अधिकारी के पद से सेवा-निवृत्त सोनी को अनेक सम्मान और पुरस्कार प्राप्त हुए हैं जिनमें मानव संसाधन विकास मंत्रालय, संस्कृति विभाग की वरिष्ठ अध्ययन वृत्ति और रज़ा फ़ाउंडेशन पुरस्कार शामिल हैं। वे नान्त (फ़्रांस) के उच्च अध्ययन संस्थान के फ़ेलो भी रहे हैं।